ROYALLY TRICKED – KÖNIGLICH AUSGETRICKST

MISHA BELL

Übersetzt von
GRIT SCHELLENBERG

♠ Mozaika Publications ♠

Copyright © 2022 Misha Bell
www.mishabell.com

Veröffentlicht von Mozaika Publications, einem Impressum von Mozaika LLC.
www.mozaikallc.com

Aus dem Amerikanischen von Grit Schellenberg
Lektorat: Fehler-Haft.de

Umschlag von Najla Qamber Designs
www.najlaqamberdesigns.com

Fotografie von Wander Aguiar
www.wanderbookclub.com

e-ISBN: 978-1-63142-745-9
ISBN drucken: 978-1-63142-751-0

Kapitel Eins

Ich umfasse das Messer fester. »Halt still.«

Mein Opfer – ich meine meinen Freund Walter, den Zuschauer – sieht unruhig aus. »Bist du dir sicher?«

Ich muss all meine schauspielerischen Fähigkeiten aufwenden, um genau die richtige Menge an Zweifel in meinem Gesicht erscheinen zu lassen. »Aber zieh auf keinen Fall deine Hand weg.«

Er drückt seine Handfläche gegen meine, als wären wir mitten in einem peinlichen High Five aneinandergeklebt worden. Ich trage natürlich Handschuhe.

Ich schaue mich um. Wir sind allein im Außenbereich des Cafés, und die Fußgänger, die auf der Straße vorbeigehen, beachten uns nicht.

Zu schade. Ich liebe es, Publikum zu haben.

Wie ich gehofft hatte, verwechselt Walter mein Umherschauen mit Nervosität, und seine Hand zittert.

Bin ich eine schlechte Freundin, weil ich das so sehr genieße?

Blöde Frage. Das ist wie die Frage, ob ich eine schlechte Schwester bin, weil ich die Hand meiner Zwillingsschwester in der Nacht in warmes Wasser gehalten habe, als sie »aus irgendeinem Grund« ins Bett gemacht hat.

Ich bin einfach eine lustige Freundin. Und eine lustige Schwester.

Ich starre auf meinen Handrücken, um mein Opfer noch nervöser zu machen. »Ich werde es versuchen … jetzt.«

Ich lasse meinen Worten Taten folgen und hebe das Messer in einem weiten, dramatisch wirkenden Bogen an, wie in der Duschszene von *Psycho*.

Walter zieht seine Hand weg, bevor die Klinge ihr Ziel erreicht.

Puh. Das hätte nicht funktioniert, wenn er nicht gekniffen hätte.

Ich führe die Bewegung zu Ende und täusche einen Schmerzensschrei vor, bevor ich die versteckte Bewegung mache, um die Illusion zu vervollständigen.

Das visuelle Ergebnis spricht für sich selbst: Das Messer ist auf einer Seite bis zum Griff meiner behandschuhten Handfläche vergraben, die Klinge ragt auf der anderen Seite heraus.

Walter starrt sie an, sein dünnes Gesicht ist fast so blass wie meines – und als Teil meiner Bühnenpersönlichkeit habe ich seit Jahren keine Sonne mehr an meine Haut gelassen.

Ich nehme seine Reaktion als Kompliment. Er muss tatsächlich glauben, dass ich meine Hand durchbohrt habe. Die Realität sieht natürlich anders aus. Die Klinge, die aus dem Messer ragte, ist nun im hohlen Griff versteckt, und die Klinge, die aus meiner Handfläche herausragt, wird von einem starken Magneten im Inneren meines Handschuhs festgehalten.

»Warte eine Sekunde«, sagt Walter, und sein Atem wird ruhiger. »Da ist kein Blut.«

Bevor er noch mehr lästige Logik anwenden kann, *reiße* ich triumphierend das Messer heraus und behaupte, meine Hand mit einem Zauberwort geheilt zu haben.

»Das war offensichtlich eine Illusion«, sagt er und blickt auf das Messer.

Ich verstecke es in meiner Tasche. »Bist du sicher?«

Er ergreift mein Handgelenk, um den Handschuh zu inspizieren. Er ist intakt, und ich habe den Magneten in meine Tasche fallen lassen, als ich das Messer versteckt habe, also bin ich, wie wir in meinem Beruf sagen, sauber.

»Lass mich das Messer sehen«, fordert er.

Ich ziehe das normale Messer heraus, das in meiner Tasche neben dem mit dem anderen versteckt ist.

Walter begutachtet es und sieht von Sekunde zu Sekunde verwirrter aus. Zum Schluss spricht er die neun Lieblingswörter eines jeden Magiers aus. »Ich habe keine Ahnung, wie du das gemacht hast.«

Ich grinse. »Dann wirst du hiervon vielleicht noch

überraschter sein.« Ich nehme eine rot gestreifte Uhr aus meiner Tasche. »Ich glaube, die gehört dir.«

Keuchend schnappt er sie sich. »Wie hast du das gemacht?«

»Äußerst gut«, sage ich völlig ernst.

»Holly?«, fragt eine unbekannte männliche Stimme von der Straße.

Ich schaue den Neuankömmling an, und plötzlich bin ich an der Reihe, zu starren.

Ich wusste nicht, dass diese Art von männlicher Perfektion außerhalb von Hollywood existiert.

Gemeißelte Züge. Eine römische Nase. Haselnussbraune Katzenaugen, die mein Gesicht raubtierhaft anvisieren und mir das Gefühl geben, eine Gazelle zu sein, die gleich verschlungen wird.

Ich schlucke hörbar die übermäßige Menge an Speichel in meinem Mund herunter.

Der breitschultrige, muskulöse Oberkörper des Fremden ist in ein enges, weißes T-Shirt gekleidet, und trotz der ausgefransten Jeans, die tief auf seinen schmalen Hüften sitzt, hat er etwas Königliches an sich – ein Eindruck, der durch das seltsame Design seiner Gürtelschnalle unterstützt wird. Es ähnelt dem Wappen, das ein mittelalterlicher Ritter auf seinem Schild haben könnte.

Mir wurde gesagt, dass ich Menschen zu sehr mit Berühmtheiten vergleiche, aber das ist bei diesem Kerl schwer. Vielleicht wenn die Liebe zwischen Jake Gyllenhaal und Heath Ledger in *Brokeback Mountain* Früchte getragen hätte?

Nein, er sieht sogar noch besser aus als das.

Als ich merke, dass ich mehr in sein Gesicht starre, als es die Höflichkeit zulässt, senke ich meinen Blick und bemerke, dass er zwei Lederriemen in seinen Fäusten hält. Leinen, vermutlich.

Ich erwarte beinahe, willige Sexsklaven am anderen Ende dieser Leinen vorzufinden, aber stattdessen sind es zwei seltsame Hunde.

Zumindest denke ich, dass diese Kreaturen Hunde sind.

Einer hat schwarz-weiße Flecken, die ihn wie einen Panda aussehen lassen. In Anbetracht der enormen Größe der Kreatur kann ich nicht ausschließen, dass sie ein Bär ist. Und als ob es nicht schon seltsam genug wäre, wie eine vom Aussterben bedrohte Bärenart auszusehen, trägt das Tier auch noch eine Schutzbrille.

Liegt es an schlechter Sicht oder geht der Panda gleich snowboarden?

Die zweite Kreatur ist brillenlos und erinnert mich an einen Koala, nur viel größer und mit einer heraushängenden Hundezunge.

Ich zwinge meinen Blick zurück zu dem unglaublich gut aussehenden Besitzer. »Hey«, ist alles, was ich zustande bringe. Meine überaktiven Hormone scheinen mich der Fähigkeit, zu sprechen, beraubt zu haben.

Der Fremde verengt die haselnussbraunen Augen. »Du *bist* Holly, oder nicht?«

Das ist deine Chance, meldet sich mein innerer

Magier. *Trickse den heißen Fremden aus. Wickele ihn um deinen kleinen Finger.*

Ich verbanne meine Lust mit einer heroischen Willensanstrengung und reibe innerlich à la böser Schurke meine Hände. Bis ich meine jetzige blasshäutige Bühnenpersönlichkeit mit den rabenschwarzen Haaren annahm, wurde ich regelmäßig mit meinem eineiigen Zwilling verwechselt, sogar von Leuten, die uns am nächsten standen. Unsere oval geformten Gesichter sind identisch, bis hin zu scharfen Wangenknochen und einer starken Nase. Ich wurde buchstäblich für diese besondere Täuschung geboren.

Mit einem Hauch von englischer Eleganz in der Stimme sage ich: »Wer sollte ich denn sonst sein?«

So. Wenn er weiß, dass Holly einen Zwilling namens Gia – also mich – hat, wird er diese Vermutung jetzt äußern, und ich werde mich zurückhalten.

Vielleicht.

Ich wette, ich kann ihn auch dann täuschen, wenn er weiß, dass ich existiere.

Er betrachtet mich eindringlich. »Du hast deine Haare verändert.«

»*Addams-Family*-Rollenspiel«, sage ich in meiner besten Morticia-Addams-Stimme. Es ist nicht meine überzeugendste Lüge, aber der Typ sieht so aus, als würde er sie mir trotzdem abkaufen. Dann bemerke ich ein Problem. Walter, der verwirrt blinzelt, will gerade anfangen zu sprechen. Ich trete an sein Bein

6

unter dem Tisch und frage den Fremden fröhlich: »Kennst du Walter schon?«

Ich hoffe, dass der heiße Typ seine Hand ausstreckt und sich vorstellt, damit ich seinen Namen erfahre.

Mein böser Plan wird von dem Panda vereitelt. Er zieht mit seinen Zähnen am Hosenbein des Hotties. Als er das sieht, macht der Koala das Gleiche auf der anderen Seite, nur dass seine Bewegungen ungeschickt und welpenhaft sind und ein Loch in der Hose hinterlassen.

Wenn die Hunde auf diese Weise seine Aufmerksamkeit auf sich ziehen, ist es kein Wunder, dass er etwas so Zerlumptes trägt. Außerdem: Igitt. Ich hoffe, er wäscht den Hundespeichel so schnell wie möglich von seiner Hose.

»Eine Sekunde, Leute«, sagt der Fremde in einem freundlichen, väterlichen Tonfall, der an etwas in meiner Brust zerrt, zu seinen pelzigen Freunden. »Seht ihr nicht, dass ich mit Holly rede?«

Treffer! Er glaubt, dass ich Holly bin.

Der Fremde schaut von den Hunden auf und mustert Walter. Findet er auch, dass mein Freund aussieht wie Willem Dafoe, allerdings als er den Mentor von Aquaman gespielt hat und nicht den Green Goblin aus *Spider-Man*?

Bevor ich fragen kann, richtet sich der Blick des Fremden wieder auf mich. »Das ist nicht dein Freund.«

Ich blinzele. Er kennt Hollys Freund? Wo findet meine Schwester all diese Kerle? Dieser hier ist sogar noch heißer als ihr Alex.

»In der Tat«, sage ich und konzentriere mich wieder darauf, sie zu sein. »Dieser Kerl ist nur ein *Freund* Freund.«

Das verruchte Grinsen des Fremden ist wie ein Zungenschlag auf meinem Kitzler. »Ich glaube nicht, dass Männer und Frauen nur Freunde sein können.«

Das können sie auf jeden Fall. Meine Schwestern und ich sind schon ewig mit einem bestimmten Typen befreundet, und er hat noch nie eine von uns angemacht. Zugegeben, er ist schwul, aber trotzdem.

Walter steht voller verletzter Würde auf. »Hör mal, Kumpel, ich bin allergisch gegen Hunde, also wenn es dir nichts ausmacht …«

»Kumpel?« Die katzenartigen Augen des Fremden sind spöttisch, als sie sich wieder auf mich richten. »Siehst du? Er mag es nicht, dass ich in seinem Revier wildere.«

Die Hitze, die durch meinen Körper schießt, ist keine Lust mehr. Was für eine Frechheit von diesem Kerl. »Ich bin niemandes Revier.« Und schon gar nicht Walters. Er hat mich in den ganzen achtzehn Monaten, die wir uns kennen, auch noch nie angebaggert.

Walters Gesicht rötet sich, und er umfasst das Messer in seiner Hand, das er mir nicht zurückgegeben hat, fester.

Ernsthaft? Kann Testosteron einen *so* dumm machen?

»Sie hat recht, Kumpel«, sagt Walter mit seiner bedrohlichsten Stimme, die, wenn wir ehrlich sind, ein wenig so klingt, als würde er das Krümelmonster imitieren. »Du solltest besser türmen.«

Der Fremde verzieht seine Oberlippe. Wenn er das Messer bemerkt hat, zeigt er es nicht. Ein weiteres Opfer der Testosteron-Vergiftung, kein Zweifel.

»Türmen?« Er schaut zurück zu mir. »Wo hast du denn diesen Walter gefunden?«

Okay, das war's. Ich bin die Einzige, die »Wo ist Walter?«-Witze auf Kosten meines Freundes machen darf.

Der heiße Fremde hat gerade eine Grenze überschritten.

Ich schiebe meinen Stuhl zurück und erhebe mich zu meinen vollen fast ein Meter siebzig. »Wie wäre es mit ›verpiss dich‹? Ist das eine bessere Wortwahl für dich?«

Das ist der Moment, in dem der Panda Walter anknurrt – ein bedrohlicher Laut, den man von einem so niedlichen, wenn auch übergroßen Hund nicht erwarten würde. Das erinnert mich an diesen Nachrichtenbericht über einen Mann, der im Zoo versucht hat, einen Panda zu umarmen, nur um dann im Krankenhaus zu landen, nachdem der verängstigte Bär ihn gebissen hat.

Walter erblasst und legt das Messer auf den Tisch. In seinem dicken Schädel befinden sich eindeutig mindestens zehn Gehirnzellen.

Der Fremde tätschelt den Kopf des bebrillten Tieres und murmelt etwas Beruhigendes in einer Sprache, die osteuropäisch klingt.

9

Hm. Er hatte keinen Akzent, als er mit mir sprach, aber Englisch muss seine zweite Sprache sein, sonst würde er mit seinen Hunden nicht in dieser fremden Sprache sprechen.

Mist. Bei unserem Glück ist der Hottie ein russischer Mafioso.

»Setz dich«, zische ich Walter zu, und zu meiner Erleichterung tut er, was ich sage.

Ich erhöhe auf zwanzig Gehirnzellen.

Die schönen Augen des Fremden streifen über mein Gesicht, bevor sie sich wieder verengen. »Du bist nicht Holly. Sie ist nett.« Ein Hauch von diesem verruchten Grinsen kehrt auf seine Lippen zurück, und seine Stimme wird tiefer. »Wohingegen *du* unartig bist.«

Das reicht. Keine Mrs. Nette Magierin mehr.

Ich schlendere langsam zu ihm hinüber.

Obwohl ... vielleicht ist das keine so gute Idee.

Jetzt, wo ich näher dran bin, wird mir klar, wie groß er ist. Und breitschultrig. Die riesigen Hunde brachten meine Perspektive durcheinander und erzeugten eine visuelle Illusion, dass ihr Besitzer normal groß sei. Das ist er nicht. Schlimmer noch, er riecht göttlich, nach Meeresbrandung und etwas unbeschreiblich Männlichem.

Ein Trick unter diesen Bedingungen wird alle meine Fähigkeiten testen.

Moment einmal. Werden die Hunde sauer sein, dass ich so nah bin?

Als ob er meine Gedanken lesen könnte, gibt der

Fremde ihnen einen strengen Befehl, und sie bleiben verlegen hinter ihm.

War dieses Kommando dazu gedacht, dass *ich* mich wie eine gute, gehorsame Hündin verhalten will? Weil ich gerade genau das tue.

Nein, Scheiß drauf. Ich bleibe bei meinem Plan, der erfordert, dass ich in Taschendiebstahldistanz komme.

»Willst du sehen, wie unartig ich sein kann?«, frage ich mit der verführerischsten Stimme, die ich aufbringen kann.

Ist es normal, dass menschliche Augen so schlitzförmig werden, als sei er ein Löwe?

»Wie unartig ist das denn, *myodik?*«, murmelt der Fremde.

Hat er gerade *my dick*, also *mein Schwanz* gesagt? Nee. Es war etwas in der Sprache, die er mit den Hunden benutzte. Trotzdem ist sein Schwanz jetzt fest in meinem Kopf, was nicht gegen die hormonelle Überlastung hilft.

Ich verdränge die nicht jugendfreien Bilder und lecke mir absichtlich über die Lippen. »Ich werde deine Brieftasche stehlen. Oder deine Uhr. Wie du möchtest.«

Die vermeintliche Wahl ist offensichtlich eine Irreführung. Mein eigentliches Ziel ist keines dieser Dinge, aber das muss er nicht wissen.

Seine Nasenflügel beben, als sein Blick auf meine Lippen fällt. »Ist es Diebstahl, wenn du mich vorwarnst?«

Wenn es mir möglich wäre, meine Bedenken über

Keime zu vergessen und in Erwägung zu ziehen, meine Lippen auf die von jemand anderem zu legen, würde ich das jetzt tun. Es ist der stärkste Drang, den ich je verspürt habe.

»Was ist los?«, frage ich atemlos. »Zu feige?«

Er tätschelt die rechte Tasche seiner Jeans. »Wie wäre es, wenn du meine Brieftasche klaust?«

Ich nehme einen beruhigenden Atemzug. »Danke, dass du mir gezeigt hast, wo sie ist.«

Bevor er antworten kann, greife ich in die Tasche. Ich brauche eine riesige Ablenkung für das, was ich wirklich zu stehlen versuche.

Bei Houdinis Augenbrauen, ist es das, was ich denke?

Jepp. Es ist nicht zu übersehen. Als ich mit meinen behandschuhten Fingern über die Brieftasche streiche, spüre ich etwas anderes hinter dem Stoff der Hose.

Etwas Großes und sehr Hartes.

Nun. Jemand ist überglücklich über den Taschendiebstahl.

Vielleicht *hat* er vorher doch *my dick* gesagt?

Ich gebe mein Bestes, um seinem Blick standzuhalten und meine plötzlich trockene Kehle nicht zu räuspern. »Spürst du, wie ich sie stehle?«

Während ich spreche, arbeite ich daran, die schicke Schnalle zu öffnen – denn sein Gürtel ist mein eigentliches Ziel.

Seine Augenlider senken sich auf halbmast, und seine Stimme wird noch tiefer. »Deine flinken Finger sind genau da, wo ich sie haben will.«

Mist. Mit meinen Handschuhen und bei seinem lächerlich starkem Sexappeal habe ich Probleme mit dem Verschluss.

Aber nein. Ich darf nicht erwischt werden. Das wäre so, als würde man ein magisches Geheimnis lüften – das größte Tabu, das ich mir vorstellen kann.

»Diese Finger?«, frage ich heiser und streiche durch die Stoffschichten sanft über seine Härte. Ich nutze die Ablenkung, die diese nuttige Bewegung erzeugt, um mit meiner anderen Hand fester am Verschluss zu ziehen und ihn schließlich zu öffnen.

Ich würde gerne sehen, wie David Blaine *das* macht.

Das tiefe, kehlige Stöhnen des Fremden ist animalisch und macht meine Nippel so hart, dass sie kurz davor sind, sich umzustülpen. Er sieht jetzt aus wie ein Löwe, der zum Angriff übergeht.

Schluckend ziehe ich meine Hand aus seiner Tasche und versuche, ihm ein hinterhältiges Lächeln zu schenken. Stattdessen sage ich stockend: »Ich habe meine Meinung geändert. Ich werde deine Uhr klauen.«

Ich ergreife sein Handgelenk und drücke es fest, während ich mit der anderen Hand den Gürtel herausziehe.

Ja! Ich habe ihn. Ich verstecke den Gürtel hinter meinem Rücken und schaue schmollend auf die Uhr. »Wenn ich es mir recht überlege, denke ich, dass ich dir deine Besitztümer lasse.«

Er sieht triumphierend aus, wahrscheinlich ist er überzeugt davon, dass sein Sexappeal meine

Taschendiebstahl-Fähigkeiten besiegt hat. Da es fast passiert ist, kann ich ihm nicht wirklich einen Vorwurf daraus machen, das zu denken.

Ich weiche vorsichtig zurück. »Oh, übrigens, hast du das verloren?«

Ich zeige ihm meine Trophäe.

Er bekommt große Augen, und sein Blick wandert zwischen meiner Hand und seiner Hose hin und her.

»Wie?«, fragt er.

Die Frage ist Musik in meinen Ohren.

»Äußerst gut«, sage ich, aber ich schaffe es nicht, mein übliches Getöse zu machen.

Er streckt seine Hand aus, um den Gürtel zurückzubekommen. »Du bist eine gefährliche Frau.«

Zwei Dinge passieren gleichzeitig, als ich auf ihn zutrete, um den Gürtel zurückzugeben.

Der Panda versucht wieder, seine Aufmerksamkeit zu bekommen, indem er an seinem linken Hosenbein zieht. Der Koala macht das Gleiche auf der rechten Seite, nur dass dieses Mal kein Gürtel die Hose oben hält – und sie nach unten rutscht.

Den ganzen Weg nach unten.

Scheiße. Scheiße.

Die größte Erektion in der Geschichte der Phalli ragt heraus und – obwohl das meine Einbildung sein könnte – zwinkert mir zu.

Er hat die ganze Zeit keine Unterwäsche getragen?

Unglaublich.

Ich staune über die Ungeheuerlichkeit. Obwohl ich ihn berührte und seine Größe spürte, als ich in seiner Tasche kramte, hätte ich ihn mir nie so vorgestellt.

Glatt. Gerade. Mit leckeren Adern. Er bettelt geradezu darum, berührt, gelutscht oder geleckt zu werden – aber ich kann es nicht, aus Gründen, an die ich mich im Moment nur schwer erinnern kann.

Für diese Art von Hitze sollte eine verdeckte Trageerlaubnis erforderlich sein. Und auch die Lizenz, die man braucht, um schwere Maschinen zu bedienen. Und ein Jagdschein. Vielleicht sogar eine Lizenz zum Töten im 007-Stil.

Hinter mir höre ich Walter keuchen. Armes Ding. Ich wette, auch *er* ist bereit, für eine Kostprobe auf die Knie zu gehen, und soweit ich weiß, ist er hetero.

Ich kann meinen Blick nicht losreißen.

Wenn dieser Schwanz ein Zauberstab wäre, dann wäre es einer der Heiligtümer des Todes – der, den Voldemort am Ende schwang. Und wenn es eine Banane wäre, dann wäre sie genau der richtige Snack für King Kong.

Der Fremde sollte vor Verlegenheit rot werden und sich in Sicherheit bringen, aber stattdessen hebt ein freches Grinsen seine Mundwinkel an. »Gefällt dir, was du siehst?«

Das tut es. So sehr, dass ich mein Handy zücken und ein Selfie damit machen möchte.

Zu meiner großen – und ich meine *großen* – Enttäuschung zieht er die Hose hoch. Seine Stimme ist heiser. »Wie ich schon sagte. Ungezogen. Sehr ungezogen«

Er schnappt sich den Gürtel aus meinen nervösen Fingern, schiebt ihn zurück in seine Hose und schlendert mit seinen Hunden davon, während ich mit offenem Mund dastehe.

»Kann man das glauben?«, fragt Walter irgendwo in der Ferne, und sein Tonfall ist empört.

Nein. Ich kann das nicht.

Ich kann nicht glauben, was gerade passiert ist, Punkt.

Alles, was ich weiß, ist, dass das nicht das war, was ich im Sinn hatte, als ich seinen Gürtel geklaut habe.

Kapitel Zwei

*D*er Rest des Ausflugs mit Walter findet wie im Nebel statt. Ich bin mir ziemlich sicher, dass er mindestens zwanzig Minuten damit verbringt, gegen die Eier des Fremden zu wettern – im wörtlichen und übertragenen Sinne – aber ich höre nur halb zu. Sobald es gesellschaftlich akzeptabel ist, erfinde ich eine Ausrede, um nach Hause zu eilen und meinen Zwilling per Video anzurufen.

Da der mysteriöse Typ sie kennt, muss sie ihn auch kennen.

Als ich mein Zimmer betrete, suche ich nach einem Platz, an dem ich mein Handy aufstellen kann, ohne dass meine Schwester die überall verstreuten Magier-Utensilien sieht. Ich will nicht, dass sie als meine persönliche Marie Kondo herkommt.

Da.

Ich gehe zu Manny, der Schaufensterpuppe, an der ich meine Tricks übe – die magische Variante. Ich nehme Manny den ausdruckslosen Kopf ab, lege ihm mein Handy in den Nacken und wähle Holly.

Keine Antwort.

Mist.

Ich rufe sie ohne das Video an. Gleiches Ergebnis.

Ich schalte auf Text um und bitte sie, mich anzurufen, sobald sie verfügbar ist, und warte.

Und warte noch ein wenig.

Müde vom Warten, beschließe ich, mich abzulenken. Aber womit?

Normalerweise nutze ich jeden freien Moment meines Lebens, um Magie zu praktizieren, aber der Schwanz des mysteriösen Kerls hat mich an ein Projekt erinnert, an dem ich von Zeit zu Zeit gearbeitet habe – eine Art Expositionstherapie, die mir eines Tages erlauben soll, mit einem Mann intim zu werden.

Na schön. Ich gebe es zu. Ich habe vielleicht ein klitzekleines Problem. Ich habe nicht nur Probleme beim Händeschütteln ohne Handschuhe. Ich habe auch ein Problem mit intimeren Berührungen, ganz zu schweigen vom Austausch von Körperflüssigkeiten jeglicher Art.

Das ist weder für einen Magier noch für einen Menschen gut. Wenn ich allerdings ein Detektiv à la Adrian Monk sein wollte, wäre ich unbezahlbar.

Das Gute daran ist, dass die Wahrscheinlichkeit, dass ich die Ruhr bekomme, gering ist.

Alles begann in meiner Kindheit, als ich Zeuge von etwas Schrecklichem wurde, einem Vorfall, den ich das Zombiemeisenmassaker nenne.

Meine Eltern besitzen einen Bauernhof, auf dem sie alle Arten von Tieren retten, und sie hatten die glänzende Idee, einem Vogel Unterschlupf zu gewähren, der den wissenschaftlichen Namen *Parus major* trägt, auf Englisch besser bekannt als *the Great Tit* – nein, keine große Titte, sondern eine Kohlmeise. Dieser Vogel hat auch einen anderen Namen – Zombie Tit. Der Grund für Letzteres ist das, was man erwarten würde. In freier Wildbahn sind diese Vögel durstig nach Hirn – Fledermaushirn, um genau zu sein. Aber wie sich herausstellte, sind sie nicht wählerisch und fressen auch das Hirn anderer Vögel, einschließlich Hühnern, in die ich an diesem schicksalhaften Tag hineinlief.

Blutige Hühner mit bösartig herausgehackten Gehirnen.

Blut und Hirn überall.

Eine zufriedene Zombiemeise.

Ich hatte vor lauter Schreien fast meine Stimme verloren.

Es waren tatsächlich zwei von uns an diesem Tag traumatisiert. Meine Schwester Blue, eine der Sechslinge und somit jünger und beeinflussbarer, stieß zuerst auf die blutige Szene. Sie hat bis zum heutigen Tag Angst vor Vögeln. Vielleicht auch Titten. Ich habe sie nie gefragt.

Ich habe kein Problem mit Vögeln. Oder Brüsten. Aber ich ekele mich vor Blut und Hirn, und diese Abneigung hat sich inzwischen auf alle

Körperflüssigkeiten und damit auch auf Keime übertragen.

Also ja. Wenn schon allein das Küssen für mich undenkbar ist, so sind es verschiedene sexuelle Handlungen noch mehr.

Mit einem lauten Seufzer schnappe ich mir meinen Laptop und öffne die erste Pornoseite, die ich finde.

Bin ich bereit dafür?

Ich atme tief ein und langsam aus.

Was ich vorhabe, nennt sich systematische Desensibilisierung, und die Idee dahinter ist, wie der Begriff schon sagt: Wenn ich Handlungen, die mir Angst machen, in einer ruhigen, kontrollierten Umgebung sehe, kann ich vielleicht den Mut aufbringen, mich mit der realen Situation auseinanderzusetzen.

Hey, es funktioniert schließlich bei Spinnen- und Schlangenphobien.

Ich beginne mit Videos von Menschen, die sich küssen.

Bleib ruhig. Denk nicht über die Mikrobiota des Speichels nach. Oder die Mikrobiota der Zunge.

Das Problem ist, dass niemand in Pornos einfach küsst. Sie lutschen sich gegenseitig die Gesichter auf eine Art und Weise, die an die Monster aus *Alien* erinnert. Generell löst das Anschauen von Pornos für mich dasselbe aus wie Horrorfilme bei allen anderen.

Apropos Horror, Zeit, den Einsatz zu erhöhen.

Ich beginne mit einer harmlosen Sexszene. Die

Geschichte hier ist, dass er ein Pizzalieferant ist und sie nicht anders kann, als ihn zu verführen.

Ja. Sicher. Das ist wahrscheinlich.

Ihnen beim Ausziehen zuzusehen ist okay. Sie küssen sich nicht, was gut ist – nicht für ihre fiktive Beziehung, sondern für meine Zimperlichkeit. Als ich jedoch beobachte, wie ein kondomloser Schwanz in die Öffnung der Schauspielerin eindringt, steigt mein Herzschlag wieder an, und das nicht aufgrund sexueller Erregung.

Scheiße. Hyperventiliere ich etwa?

Atme. Ein. Aus. Das passiert nicht mir. Die Menschen in dem Video sind Erwachsene, die eingewilligt haben, das zu tun. Außerdem werden Pornostars regelmäßig getestet, was kann also schlimmstenfalls passieren?

Meine Mantras funktionieren nicht. Mir fällt eine Handvoll Geschlechtskrankheiten ein, die eine extrem kurze Inkubationszeit haben, aber nach meinen Recherchen testen sich Pornostars nur etwa zweimal im Monat. Rein rechnerisch ist es also durchaus möglich, dass sie sich anstecken könnten, wenn sie genug Szenen drehen.

Irgendwie schaffe ich es, meine Atmung zu beruhigen.

Gut. Ich bin bereit für mehr.

Ich klicke auf ein Video, das einen für mich besonders verstörenden Fetisch zeigt – Natursekt.

Die Geschichte hier ist, dass sie eine MILF ist, und er ist der beste Freund ihres Sohnes. Was keinen Sinn ergibt. Sollte sie nicht seine Urologin sein oder so?

Außerdem steht MILF für Mom I'd Like to Fuck, also sollte sie in diesem Fall nicht eine MILPO sein, wie in Mom I'd Like to Pee On? Oder MILPOM – Mom I'd Like to Pee On Me?

Auf jeden Fall steigert dies den therapeutischen Wert dieser Sitzung. Sobald ich es aushalten kann, mir so etwas anzusehen, bin ich vielleicht bereit für den ersten Schritt in der realen Welt.

Hoffentlich. Vielleicht.

Sobald das Video beginnt, verstärkt sich das Gefühl, dass ich einen Horrorfilm schaue.

Manche Menschen glauben, dass Urin steril sei, aber das ist Unsinn. Wenn jemand eine Harnwegsinfektion hat, wonach suchen Ärzte in der Urinprobe? Bakterien. Würde das funktionieren, wenn das Zeug wirklich steril wäre? Nein.

Ich komme bis zur Hälfte des Videos, bevor ich es ausschalten muss. Ich bin noch nicht ganz so weit, denke ich.

Ich kaue auf meiner Lippe und überlege, ob ich die Therapiesitzung hier beenden soll, aber ich entscheide mich, noch eine Sache zu wagen.

Bukkake.

Es ist ein japanisches Wort, das übersetzt *Augenherpes* bedeutet. Zumindest nehme ich das an, denn Bukkake ist ein Akt, bei dem eine große Anzahl von Männern kollektiv auf jemanden ejakuliert – in der Version, die ich mir gleich anschaue, auf eine Frau.

Die Geschichte in diesem Video ist, dass sie die

ungezogene Stiefschwester ist – ein sehr beliebtes Pornothema auf dieser Seite.

Aber Moment einmal. Abgesehen von der Tatsache, dass einige der Jungs viel zu alt sind, um noch zu Hause zu leben, wie ist diese fiktive Familie überhaupt zu fünfzig Stiefsöhnen und einer Stieftochter gekommen?

Sobald der eigentliche Bukkake beginnt, fällt es mir schwer, hinzusehen.

Vielleicht, wenn ich ein wenig vorspule?

Nein.

Schlimmer.

In der Ecke des Videos wird digital gezählt, wie oft die Jungs schon gekommen sind und wie oft die Schauspielerin geschluckt hat – wir sind bei sechzehnmal Abspritzen und zehnmal Schlucken.

Sollte das nicht für alle wie ein Horrorfilm aussehen? Anders als bei einer normalen Gesichtsbehandlung ist das Gesicht der Frau komplett mit cremiger Flüssigkeit bedeckt, was einen grotesken Effekt erzeugt.

Seltsamerweise habe ich nicht das Gefühl, dass die Schauspielerin ausgenutzt wird, obwohl das sehr wohl der Fall sein könnte. Vielleicht liegt es daran, dass sie so aussieht, als hätte sie Spaß, während die gesichtslosen Männer nur mechanisch und ohne jede Begeisterung wichsen – als wäre es eine lästige Pflicht.

Ich frage mich, wie viel es kosten würde, so viele Kerle zu engagieren, um das privat bei sich zu Hause machen zu lassen. Außerdem, macht es eigentlich

Heteromännern Spaß, dabei zuzusehen? Ich bin kein Experte, aber es scheint so, als ob Schwänze und Männersperma hier das Hauptgericht sind und das Mädchen eher die Beilage. Lässt die Schauspielerin nach dieser Szene auch eine Mahlzeit aus? Wie nahrhaft ist das Zeug eigentlich? Kann ein Veganer es konsumieren?

Nebenbei bemerkt: keiner dieser Schwänze sieht so schön aus wie der, den der mysteriöse Fremde hatte. In der Tat kann keiner der Porno-Schwänze, die ich je gesehen habe, mithalten.

Moment. Ich schummele. Ich habe mich von dem Video abgelenkt. Ich muss genau auf den Bildschirm achten und daran arbeiten, mich zu beruhigen, um eine therapeutische Wirkung zu erzielen.

Ich öffne die Augen im *Clockwork-Orange*-Style und schaue mir das Kommen und Trinken an.

Jetzt setzt die Panik ein.

Genau wie beim Urin kann auch das Sperma mit Bakterien verunreinigt sein, wenn ein Mann eine Harnwegsinfektion hat. Bei so vielen Jungs steigen die Chancen auf einen schlechten Ausgang proportional an.

Ich schalte das Video aus und beruhige meine Atmung.

Bin ich bereit für den schwierigsten Teil der Therapie?

Ich gehe zur Zielkategorie und schaue zweimal hin. Es gibt ein Video namens *Analyse*. Macht es Menschen an, Dinge zu analysieren?

Nein. Es ist eigentlich Anally Sis, eine andere Stiefgeschwister-Geschichte.

Na schön. Zumindest hat diese eine realistischere Anzahl von Stiefgeschwistern. Ich fange an, zuzuschauen, und zwinge mich, die klaffende Öffnung auf dem Bildschirm anzustarren.

Ja. Das ist es. Arsch zu Mund – eine Praxis, die ich gruseliger finde als Freddy Krueger, Michael Myers, The Babadook und sogar Pee Wee Herman.

Das langsame Atmen hilft mir jetzt überhaupt nicht. So muss sich jemand mit einer Clown-Phobie fühlen, wenn er *ES* sieht.

Der Empfänger muss super sauber sein.

Nein. Das hilft nicht.

Der Geber muss ein extrem gutes Immunsystem haben.

Nein.

Ich schalte das Video aus.

Ich kann das nicht ansehen. Ich bin noch nicht bereit.

Hey, wenigstens habe ich nicht geschrien. Oder einen Herzinfarkt bekommen. Das erste Mal, als ich hörte, dass man dazu auch *toss the salad*, also den Salat anmachen sagt, habe ich für etwa ein Jahr lang keinen Salat mehr gegessen.

Ich schließe meinen Laptop und versuche, mich zu beruhigen.

Vielleicht war das eine schlechte Idee. Vielleicht will ich nicht, dass mein Zwilling mir sagt, wer der Typ ist. Denn was soll das bringen? Es ist nicht so, dass ich etwas mit ihm machen kann. Es könnte einfach frustrierend sein ...

Mein Telefon klingelt.

Als ich auf dem Weg zurück zu meiner Schaufensterpuppe fast stolpere, gestehe ich mir ein, dass ich *doch* wissen will, wer er ist.

Deshalb ist es eine große Erleichterung, dass der Anrufer mein Zwilling Holly ist.

Kapitel Drei

*I*ch hüpfe fast vor Freude, als ich den Videoanruf annehme.

»Hiya«, sagt Holly, und ein strahlendes Lächeln erhellt unser gemeinsames Gesicht.

Hmm. Ist das ein Blick der postkoitalen Glückseligkeit? Das würde erklären, warum sie so lange gebraucht hat, um mich zurückzurufen.

Wie so oft hält sie mit einem vornehm abgestreckten kleinen Finger eine dampfende Tasse Tee in der Hand. Den großen Raum hinter ihr habe ich noch nie gesehen. Sie ist wahrscheinlich bei ihrem Freund zu Hause – was meine Beischlaf-Theorie untermauert.

»Hey«, sage ich und schaue auf ihren Kopf. »Hast du dir die Haare gefärbt?«

Wenn ich meinen Zwilling anschaue, fallen mir normalerweise nur unsere Ähnlichkeiten auf. Diesmal aber konzentriere ich mich auf die feinen

Unterschiede, vor allem in unseren Gesichtern, und es bringt mich auf den Gedanken, dass der mysteriöse Fremde vielleicht doch recht hatte. Verglichen mit der Arglosigkeit, die in Hollys unschuldiges Gesicht geschrieben steht, sehe ich vielleicht ein wenig ungezogen und frech aus.

Das würde allerdings auch eine Nonne neben ihr.

Mein Zwilling nimmt eine Haarsträhne in ihre Hand und runzelt die Stirn. »Es hat die gleiche Farbe wie immer. Warum fragst du?«

Ich stehle die Brieftasche mit einer geschmeidigen Bewegung aus Mannys Gesäßtasche, die ein normaler Mensch hoffentlich nicht bemerken würde. »Aus irgendeinem Grund sieht es für mich röter aus.«

Sie schüttelt den Kopf.

Ich grinse. »Vielleicht hast du es endlich gewaschen?«

Sie pustet verärgert auf ihren Tee, und ich kann sehen, dass es ihr in den Fingern juckt, mit den Augen zu rollen. »Hast du vielleicht schon vergessen, was unsere natürliche Haarfarbe ist?«

»Ich habe meine Schamhaare, um mich daran zu erinnern.« Ich schiebe das Portemonnaie zurück in Mannys Tasche, eine Technik, die man *put-pocketing* nennt. »Und da ist kein Hauch von Rot zu sehen.«

Sie verliert den Kampf gegen den Augenaufschlag. »Ich – das heißt, *wir* – habe diese rote Färbung nur auf dem Kopf, und auch nur in einem bestimmten Licht, was der Grund sein könnte, warum du es nicht bemerkt hast.«

Ich zucke mit den Schultern. »Damit siehst du aus wie Cate Blanchett am Anfang von *Elizabeth*.«

Sie sieht aus, als ob sie unsicher wäre, ob sie beleidigt wurde oder nicht, was seltsam ist, wenn man bedenkt, wie sehr sie alles Britische mag. Ihre leicht verengten Augen deuten darauf hin, dass sie es am Ende als Beleidigung aufgefasst hat. »Nun, *du* siehst aus wie Cate Blanchett als Hela in *Thor: Ragnarok*.«

»Ich nehme das als Kompliment. Diese Frau sieht immer umwerfender aus, je älter sie wird, und dieser spezielle Charakter war knallhart.«

Sie schüttelt den Kopf. »War sie nicht böse?«

Mein Grinsen wird verschlagen. »War sie das? Sie war die Erstgeborene, also war sie die rechtmäßige Thronfolgerin. Willst du damit sagen, dass sie es nicht verdient hat, über Asgard zu herrschen, weil sie eine Frau ist?«

»Eine blutrünstige Frau.«

Ich stehle wieder die Brieftasche. »Ihr Vater hat sie zu einer Eroberin erzogen, dann aber die Außenpolitik geändert und die arme Frau verbannt. Warum? Sie ist nicht schlimmer als Loki, aber der durfte bleiben.«

Holly pustet jetzt fast gewalttätig auf den Tee. »Hast du mich angerufen, weil du eine willkürliche Diskussion anfangen wolltest?«

Da ich das in der Vergangenheit schon gemacht habe, bin ich nicht allzu beleidigt. »Nein.« Ich werfe einen Blick auf meine Tür, um sicherzugehen, dass sie geschlossen ist, denn ich will nicht, dass einer meiner Mitbewohner den nächsten Teil mitbekommt. »Ich bin jemandem begegnet, den du kennst, und wollte dich nach ihm fragen.«

Sie stellt ihre Tasse ab und zieht das Telefon näher an ihr Gesicht. »Ein *Er*?«

Hm. Der hinterhältige Ausdruck, der sich auf ihrem Gesicht ausbreitet, lässt es so aussehen, als würde ich in einen telefonförmigen Spiegel starren.

Ich stecke das Portemonnaie in die Tasche. »Jepp. Ein Mann der Spezies *Homo sapiens*.«

Ich beschreibe ihn und die Details unseres Treffens, und als ich zu dem Teil komme, wo ich seinen riesigen Zauberstab gesehen habe, spuckt sie ihren Tee aus.

»Also«, sage ich, als sie sich unter Kontrolle hat, »er wusste von deinem Freund, also ist es jemand, den du …«

»Ich weiß genau, wer er ist.«

Ein geradezu schelmischer Ausdruck liegt jetzt auf ihrem Gesicht. Sehe ich die meiste Zeit so aus? Wenn ja, dann sollte ich es während meiner magischen Auftritte besser im Zaum halten.

Sie nimmt ihre Tasse wieder in die Hand, pustet übertrieben langsam auf die Flüssigkeit und nimmt einen gemächlichen Schluck.

Ich seufze. »Willst du, dass ich bettele?«

Sie schluckt genüsslich ihren Tee. »Warum willst du das wissen?«

Jetzt bin ich dran, mit den Augen zu rollen. »Um Leonardo DiCaprio in *Django* aufzugreifen: als ich ihn das erste Mal sah, war ich neugierig. Aber nachdem ich seinen voll erigierten Schwanz gesehen hatte, hatte er meine Aufmerksamkeit.«

»Gut. Es war Tigger.« Sie blickt mich über ihre Tasse hinweg aufmerksam an. »Erinnerst du dich an ihn?«

Ich starre verständnislos zurück. »An wen? Ist er ein großer Fan von Winnie Pooh?«

Sie lacht. »Ich dachte etwas Ähnliches, als ich diesen Spitznamen zum ersten Mal hörte. Ich vermute, dass er den Spitznamen bekommen hat, weil er als Kind viel herumgehüpft ist.«

Oh. Nun, er kann jederzeit auf mich hüpfen – oder springen – wenn er will. »Woran sollte ich mich erinnern?«

Der Tee erhält einen weiteren, verärgert klingenden Puster. »Dass ich dir angeboten habe, dich mit ihm zu verkuppeln.«

»Hast du?«

»Ja.« Sie nimmt einen winzig kleinen Schluck. »Du hast dich geweigert. Du hast gesagt, er höre sich nach einer männlichen Hure an.«

»Oh.« Auf reinem Autopilot klaue ich Mannys Uhr, während ich mein Gedächtnis anstrenge. »Meinst du den Cousin des Bruders des Freundes deiner neuen besten Freundin?«

Bis vor kurzem war ich besorgt, dass mein Zwilling asozial ist. Jahrelang war ich ihre beste und einzige Freundin, während sie eine meiner vielen war. Ich war angenehm überrascht, als sie einen Typen kennenlernte und sich mit seiner Schwester anfreundete – und ich bin überhaupt nicht neidisch auf ihre Freundschaft. Nicht einmal, wenn sie begeistert davon schwärmt, wie schön, klug und inspirierend ihre neue beste Freundin und wie cool ihr Dildo-Business ist. Meine Schwester hat sogar so etwas wie ein Freundschaftsarmband von ihrer neuen Freundin bekommen – nur war es ein Dildo.

Sie schaut sehnsüchtig auf ihren schwindenden Tee. »Er ist kein Cousin, aber ja, das ist der Typ.«

Ich stecke die Uhr heimlich in Mannys linke Hosentasche. »Der Typ, der versucht hat, mit dir zu tanzen?«

»In der Tat. Ich denke, das bedeutet, dass er unser Gesicht attraktiv findet.«

Ich verenge die Augen. »Ist er nicht auch derjenige, der die Mutter deines Freundes trocken gebumst hat?«

Sie schnaubt, und es ist ein Wunder, dass ihr der Tee nicht aus der Nase läuft. »Sie haben einfach getanzt, und *sie* hat *ihn* trocken gebumst.«

Klingt plausibel. Wenn ich eine Frau mittleren Alters wäre, würde er sofort einen Puma aus mir machen. Andererseits würde ich ihn in jedem Alter köstlich finden, sogar …

»Also.« Jetzt sieht Holly unserer Mutter so ähnlich, dass ich fast erwarte, dass sie mir Tipps gibt, wie man einen richtigen Orgasmus bekommt. »Möchtest du, dass ich euch einander vorstelle?«

Will ich das?

Die Erinnerung an das Porno-Debakel ist mit voller Wucht zurück. Um mich zu beruhigen, klaue ich wieder die Brieftasche. So lässig wie möglich sage ich: »Nein, danke.«

Die Enttäuschung in ihrem Gesicht ist Octomom pur. »Warum nicht?«

»Weil er immer noch eine männliche Hure ist?«

Die volle Wahrheit ist offensichtlich subtiler als das. Holly weiß nichts von meinen Intimitätsproblemen. Damals in der Highschool habe ich eine meiner besten Illusionen geschaffen: Ich ließ alle meine sieben Schwestern glauben, ich sei sexuell aktiv, obwohl ich alles andere als das war. Wenn ich ihnen die Wahrheit gesagt hätte – dass meine absolut vernünftige Keimvermeidung mich davon abgehalten hat, auch nur einen Jungen zu küssen –, hätten sie mich verspottet, bis unsere Eltern mich in eine Therapie gesteckt hätten. Der Flüssigkeitsaustausch ist für unsere Octomom, wie auch für Octodad, heilig. Zugegeben, Holly hätte sich nicht über mich lustig gemacht, aber sie kann kein Geheimnis bewahren, selbst wenn es um ihr Leben geht, also habe ich sie zusammen mit den Sechslingen getäuscht.

Jetzt, wo wir erwachsen sind, schäme ich mich zu sehr, als vor ihr zuzugeben, dass ich immer noch nie jemanden geküsst habe. Niemand weiß, dass ich eine Jungfrau bin – eine, die ihr Jungfernhäutchen vor vielen Jahren mit einem Dildo durchstoßen hat, aber trotzdem.

»Wenn du auf einen zwanglosen Rumpty-Tumpty aus bist, wirst du keinen besseren Partner finden.« Sie stellt ihre Teetasse ab.

»Rumpty-Tumpty? Ist das eine andere Version von ›vögeln‹?«

Holly besuchte das College in Großbritannien, und als sie zurückkam, klang sie wie eine Figur aus einem Jane-Austen-Roman, und für eine Weile hatte ich das Vergnügen, mich über sie lustig machen zu können. Jetzt hat sie den Akzent verloren, lässt aber immer noch gelegentlich einen – meist charmanten – Britizismus fallen, so dass ich sie nicht mehr so oft ärgern kann, wie ich es gerne würde.

Sie formt einen Kreis mit ihrem rechten Zeigefinger und Daumen und durchbohrt ihn dann mit ihrem linken Mittelfinger. »Die Kartoffel backen, das Brot in den Ofen schieben, die Pastinake pflanzen, eine Gurke in …«

»Stopp«, sage ich streng. »Meine Auswahl an Lebensmitteln ist ohnehin schon begrenzt.«

Sie sieht selbstgefällig aus. »Ich wette, er wäre bereit für einen One-Night-Stand.«

Sicher. Tolle Idee. Die Jungfräulichkeit an einen Sexgott verlieren und für den Rest meines Lebens für jeden anderen Mann verdorben sein. Nicht, dass er überhaupt dafür benutzt werden wollte, ganz zu schweigen von …

»Wenn es hilft«, flüstert meine Schwester verschwörerisch, »er ist ein Prinz.«

»Wie bitte?« Ich schiebe das Portemonnaie ohne jede Heimlichkeit in Mannys Tasche und drehe die Lautstärke meines Handys hoch. »Was hast du gerade gesagt?«

»In seinem Heimatland heißt es *velikiy knyaz*«, sagt sie. »Das bedeutet so etwas wie Großfürst.«

Ihr Gesichtsausdruck ist ernst. Entweder beherrscht sie plötzlich die Kunst des Lügens – oder sie sagt die Wahrheit. Oder vielleicht hat sie einfach eine Wiederholung von *Downton Abbey* zu viel gesehen.

»Er ist ein Prinz?«, frage ich ungläubig. »Ein echter Prinz?«

»In der Tat.« Sie reicht ihre Tasse jemandem außerhalb des Blickfeldes der Kamera und sagt etwas – wahrscheinlich auf Russisch –, was sich anhört wie *chai*. Sie schaut zu mir zurück und sagt: »Wenn du ihn heiraten würdest, wärst du eine Prinzessin.«

Während sie das sagt, sehe ich eine disneyesque Story vor meinem inneren Auge ablaufen. Ich singe ein Lied darüber, wie sehr ich eine berühmte Illusionistin werden möchte. Ich spreche mit meinem – wahrscheinlich tierischen – Kumpel, der genau wie ein berühmter Komiker klingen wird. Ich bekomme den einen wahren Kuss von dem Prinzen.

»Hier«, sagt eine männliche Stimme mit leichtem russischen Akzent, während eine riesige Hand, die eine dampfende Teetasse hält, im Video erscheint.

Ich hatte recht. Sie ist in der Wohnung ihres Freundes.

»*Spasibo*«, sagt sie mit einem anbetenden Grinsen.

Also *kann* sie jetzt Russisch sprechen. Cool. Wenn ich Glück habe, entwickelt sie auch noch einen russischen Akzent, und ich kann sie damit aufziehen.

Mit ihrem Tee in der Hand blickt sie in die Kamera.

»Hast du mich nicht gehört? Du könntest eine bloody Prinzessin sein.«

Ich kneife mir in den Nasenrücken, da ich zu abgelenkt vom aktuellen Thema bin, um mich über dieses *bloody* lustig zu machen. »Das ergibt doch keinen Sinn. Wer ist heutzutage noch königlich? Und wenn er wirklich ein Prinz ist, warum bezieht sich sein Spitzname auf einen Tiger? Würde ein Löwe nicht mehr Sinn machen? Wie in König des Dschungels?«

»Vielleicht denken sie in Ruskovia, dass Tiger die Könige des Dschungels sind.« Sie bläst verstörend verführerisch auf ihre neue Tasse.

Zieht sie eine Show für ihren Beau ab?

Dann erst registriere ich das Land, das sie erwähnt hat, und meine rechte Augenbraue schießt in die Höhe. »Er ist ein Fürst von Ruskovia?«

Das ergibt so viel Sinn, wie einen echten Prinzen zu treffen überhaupt Sinn ergeben könnte. Es erklärt die osteuropäische Sprache, in der er mit seinen Hunden sprach, und das Design seiner Gürtelschnalle – das wahrscheinlich ein Familienwappen war. Das erklärt vielleicht sogar sein selbstbewusstes Auftreten.

Sie nickt. »Hast du schon mal von Ruskovia gehört?«

Ist das eine Anspielung auf meinen fehlenden College-Abschluss?

Ich klaue Mannys Brieftasche, ein Kunststück, auf das einen kein College vorbereiten kann. »Natürlich. Meine Lieblingsillusionistin lebt dort. Rasputina. Hast du schon von ihr gehört?«

»Von dir, glaube ich.« Sie schaut spitz auf meine Haare. »War sie nicht diejenige, von der du diese Vampirverkleidung gestohlen hast?«

»Nein«, sage ich entrüstet.

Ich habe sie nicht gestohlen. Ich wurde davon inspiriert. Und überhaupt, ich liebe Rasputina. Wenn ich mit einer Frau schlafen müsste – ein Szenario mit einer Pistole am Kopf –, würde ich *sie* wählen.

Ich stecke das Portemonnaie noch einmal in die Tasche. »Meine Bühnenpersönlichkeit ist eher Criss Angel mit ein wenig Winona Ryder von *Beetlejuice*.«

»Klar«, sagt Holly. »Auf jeden Fall wären du und Tigger ein süßes Paar.«

Ich schnaube. »Warum sollte er mich überhaupt brauchen? Sind ihm die Frauen in seinem Heimatland ausgegangen?«

»Ich habe keine Ahnung, aber wenn du dich entscheidest, mehr zu tun als nur mit ihm zu schlafen, solltest du wissen, dass er ein Draufgänger ist.« Sie fährt fort, mir von seinen verrückten Aktionen zu erzählen – wobei Base-Jumping die harmloseste Sache auf der Liste ist.

»Mach dir keine Sorgen«, sage ich, als sie fertig ist. »Ich werde überhaupt nichts mit ihm machen.«

Wenn es das Ziel meines Zwillings war, mich davon abzuhalten, den Mann zu wollen, dann hat die Liste der Aktivitäten, auf die er steht, das Gegenteil bewirkt. Ich stelle mir gerade Tigger als den interessantesten Mann der Welt vor, so wie den in der Dos-Equis-Bierwerbung. Ich kann praktisch hören, wie der

Sprecher sagt: »*Das Einzige, das er bedauert, ist, nicht zu wissen, wie sich Bedauern anfühlt. Er hat den Preis für sein Lebenswerk gewonnen ... zweimal.*«

»Weißt du«, sagt Holly, »wenn du mit ihm ausgehen würdest, würde das dein bevorstehendes Treffen mit unseren Eltern um einiges einfacher machen.«

Houdini, hilf mir. Das hatte ich total vergessen. Vor nicht allzu langer Zeit schuldete Holly mir noch einen Gefallen, und ich bat sie, an meiner Stelle mit unseren Eltern zu Mittag zu essen – eine Aufgabe, die sie gründlich vermasselt hat. Jetzt muss ich nicht nur die neugierigen Bedenken der Eltern über mein Dating-Leben abwehren, sondern mir auch Octomoms Klagen über diesen – ziemlich harmlosen – Betrugsversuch anhören.

Oh, und das erinnert mich daran: Holly schuldet mir noch etwas. Ich muss sicherstellen, die Schulden einzufordern.

»Du *triffst* dich doch mit ihnen, richtig?«, fragt sie schuldbewusst. Zweifellos gingen ihre Gedanken in die gleiche Richtung wie meine.

Ich seufze. »Natürlich. Aber ich werde ihnen nichts über Tigger erzählen. Das Letzte, was ich will, ist, dass Octomom versucht, mit mir über Nachwuchs zu reden.«

Mein Zwilling zuckt zusammen.

Ah. Richtig. Sie mag es nicht, wenn ich unsere Mutter Octomom nenne, und das nicht wegen der Ungenauigkeit – Mom hat uns beide und dann unsere Sechslingsschwestern zur Welt gebracht, keine

Achtlinge. Nein, Holly mag einfach die Zahl Acht nicht. Oder Neun. Oder Sechs. Sie bevorzugt Primzahlen, wie Fünf. Ich wette, wenn sie vorausschauend gehandelt hätte, als wir beide zusammen in Mamas Gebärmutter hingen, hätte sie mich mit ihrer Nabelschnur erwürgt, um sicherzustellen, dass die Gesamtzahl der Hyman-Geschwister am Ende sieben ist. Sie ist auch die Einzige von uns, die es nicht gestört hätte, wenn Mama noch drei weitere Geschwister gezeugt hätte, damit es elf sind.

7-Eleven muss ein himmlischer Ort für sie sein.

»Wann triffst du sie?«, fragt sie.

»In ein paar Tagen.«

Sie lacht. »Viel Glück.«

»Danke.« Ich krame Mannys Geldbörse noch einmal aus seiner Tasche. »Ich werde es brauchen.«

Sie nickt jemandem außerhalb meines Blickfeldes zu – zweifellos ihrem Freund. »Ich sollte jetzt besser auflegen.«

»Eine letzte Sache«, sage ich. »Ähnelt Ruskovisch der russischen Sprache?«

»Ich denke schon. Warum?«

Ich kratze mich am Hinterkopf. »Ich würde gerne wissen, was *my-dick* oder *my-o-dick* bedeutet.«

Sie grinst. »Meinst du *myodik*?«

»Ich denke schon.«

»Auf Russisch heißt es *kleiner Honig*«, sagt sie in einem lehrerhaften Ton. »Wahrscheinlich ist es das Gleiche auf Ruskovisch.«

Wow. Entweder hat sie alle Wörter, die mit

Teestunde zu tun haben, gelernt, oder ihr russischer Wortschatz ist bereits sehr groß. So oder so, der Akzent ist gleich um die Ecke.

Eine männliche Stimme sagt etwas auf ihrer Seite, was ich nicht ganz verstehe.

»Ah. Mir wird gerade gesagt, dass man in Russland eine Frau nicht *myodik* nennt«, erklärt sie. »Honig ist ein maskulines Substantiv.«

»Ist es das?«

Bedeutet das, dass ich für ihn männlich aussehe?

Sie seufzt. »Lass mich nicht damit anfangen. Russisch ist eine schwer zu lernende Sprache.«

»Aber warum ist Honig männlich? Die Bienen, die es herstellen, sind weiblich, warum sollten ihre Ausscheidungen also das Geschlecht wechseln?«

Sie nickt enthusiastisch. »Es gibt keine Logik für Körperflüssigkeiten auf Russisch, Punkt. Blut ist weiblich, Schweiß ist männlich, Kacke ist neutral. Warum?«

Igitt. Ich ziehe eine Grimasse und schüttele den Kopf. »Ich bin immer noch bei Honig. Es ist eine Flüssigkeit, also sollte er nicht neutral sein?«

Sie stöhnt. »Das, was mich am meisten nervt, sind Blumen. Warum sind sie männlich? Sie sind wie Vaginas geformt und enthalten normalerweise beide Geschlechtsorgane. Und ich will nicht klischeehaft sein, aber es sind Frauen, die Blumen mögen, nicht Männer.« Ein männliches Lachen ertönt hinter der Kamera, so dass meine Schwester die Quelle anschaut und spitz fragt: »Warum ist der Mond weiblich, aber die Sonne ein Neutrum? Warum sind Löffel und Gabel feminin, aber Messer maskulin?«

»Das sind sie einfach«, sagt er. »Nicht meine Schuld, *kroshka*. Du musst es nicht lernen.«

»Da«, grummelt sie. »*Kroshka* bedeutet *Brotkrume* und ist weiblich. Das Brot selbst ist männlich. Eine Scheibe Brot ist auch männlich, aber sobald man klein genug ist, ändert sich das Geschlecht?«

»Hey, ich lass dich mit der Linguistik allein«, sage ich und greife nach meinem Telefon, um den Anruf zu beenden.

»Warte, Schwesterherz, es tut mir leid.« Holly schaut zurück in die Kamera. »Willst du meinem Russischlehrer Hallo sagen?«

Ich nicke, und ihr Beau, Alex, kommt in Sicht.

Ich habe ihn schon einmal getroffen ... aber verdammt. Gut für Holly. Sie hat sich ein beeindruckendes Exemplar zugelegt. Ich wette, so würde Henry Cavill aussehen, wenn er als *Red Son* gecastet werden würde – eine Version von Superman, dessen Rakete in Sowjetrussland statt in Kansas abgestürzt ist.

Ist es seltsam, einen Ego-Schub zu spüren, wenn ich weiß, dass ein Mann wie er mit einer Frau mit meinem Gesicht ausgehen würde?

»Hey«, sage ich zu ihm. »Hast du irgendwelche neuen russischen Witze?«

Er lässt ein sexy Grinsen aufblitzen. »Es klingelt an der Tür. Der junge Vovochka öffnet sie und sieht einen jungen Mann mit einem Blumenstrauß. Er schaut ihn nachdenklich an und sagt: ›Du hast meine Schwester in letzter Zeit ziemlich oft besucht. Hast du keine eigene?‹«

Nachdem das Gelächter über den Scherz verklungen ist, verabschieden wir uns. Die beiden auf Russisch.

Kapitel Vier

*D*ie Versuchung, Tigger nach diesem Anruf zu googeln, ist groß, aber ich kämpfe dagegen an. Es wird nichts Gutes dabei herauskommen, mehr über ihn oder seinen Besser-als-im-Porno-Schwanz zu erfahren.

Da er ein Prinz ist, nenne ich ihn hiermit Seine Königliche Härte.

Ich nehme mein Handy von Mannys Hals und befestige seinen Kopf wieder. Um mich von den Gedanken an Tigger und seine königlichen Anhängsel abzulenken, stelle ich die CGI-Version von *Der König der Löwen* an. Das ganze Zeug über Disney und Riesenkatzen hat meinen Drang geweckt, ihn sehen zu wollen.

Auf halbem Weg halte ich inne und schlage eine wichtige Frage nach: Wer würde in einem Kampf gewinnen, ein Löwe oder ein Tiger?

Meine Nachforschungen zeigen, dass Tiger stärker und größer sind als Löwen. Allerdings jagen Löwen in Rudeln, während Tiger Einzelgänger sind. Würden sie also in der Natur aufeinandertreffen, wäre der Kampf nicht fair. Wenn das wahr ist, warum wird dann der Löwe als König der Tiere angesehen? Sollte es nicht der Tiger sein? Wenn Stärke der entscheidende Faktor ist, sollte es eigentlich der Elefant sein, oder noch besser der Killerwal.

Löwen müssen die richtigen Leute kennen, etwa die Leute bei Disney.

Ich fahre mit dem Film fort, merke aber bald, dass es ein Fehler war, ihn anzusehen. Jetzt habe ich einen Ohrwurm, nur in meiner Version ist es Tigger, der heute Nacht im gewaltigen Dschungel schläft. Vorzugsweise mit mir.

Nein. Ich darf nicht an ihn denken.

Ich muss an etwas anderes denken.

Irgendetwas anderes.

Oh, ich weiß. Vielleicht ist es der russische Witz, der mich darauf gebracht hat, aber es scheint, als gäbe es versteckten Inzest in *Der König der Löwen*. Zum Beispiel Simba und Nala. Sie könnte seine Schwester oder seine Cousine sein. Schließlich sind die einzigen männlichen Figuren im Film Mufasa und Scar, und die sind Brüder. Ganz zu schweigen davon, dass die Weibchen in einem Löwenrudel normalerweise miteinander verwandt sind. Wie sieht eigentlich eine Disney-Löwen-Ehe aus? In der Natur schläft der männliche Löwe mit jedem Weibchen im Rudel. Führen sie eine offene Ehe in *Der König der Löwen*?

Bei dem Gedanken an Raubkatzenkönige schleicht sich ein gewisser Prinz zusammen mit seiner Königlichen Härte in mein Bewusstsein zurück.

Pfui Teufel. Es scheint, als ob mich die Beschäftigung mit dem Löwensex nur noch geiler gemacht hat.

Zeit für eine größere Filmablenkung: *The Illusionist, Prestige – Die Meister der Magie* oder *Die Unfassbaren*.

Ich habe *The Illusionist* ausgewählt, aber das ist ein weiterer Fehler. Es gibt einen Prinzen, und obwohl er ein Bösewicht ist, erinnert er mich an Tigger – ganz zu schweigen davon, dass der böse Prinz Leopold heißt. Für seine Freunde ist er wahrscheinlich Leo, und Leo ist lateinisch für Löwe, also gar nicht so weit weg von Tiger.

Ich gebe die Filme auf und übe ein paar Taschenspielertricks.

Nein. Das lässt mich auch an ihn denken. Oder zumindest meine Hand an Seiner Königlichen Härte.

Verzweifelt werfe ich meinen Computer an – den größte Zeitfresser der Menschheit – und öffne eine App, die meine Schwester Blue, das andere Trauma-Opfer des Zombiemeisenassakers, für mich entwickelt hat. Ich benutze die App, um einige Bilder von oberkörperfreien Jungs auf beliebten Internetplattformen zu modifizieren, indem ich die männlichen Nippel durch die Nippel von weiblichen Pornostars ersetze.

Warum? Weil ich es lustig finde. Außerdem unterstütze ich die Bewegung Free the Nipple, wenn auch nicht genug, um meine Nippel in den Mund zu nehmen und oben ohne an einen öffentlichen Ort zu gehen.

Vielleicht eines Tages. Vielleicht kann ich, wenn ich die Chance bekomme, eine große Bühnenperformance zu machen, meine Nippel *verschwinden* lassen.

Mist. Jetzt frage ich mich, wie Tiggers Brustwarzen aussehen und welchen Nippeln eines weiblichen Pornostars sie am meisten ähneln, wenn überhaupt.

Mein Telefon klingelt mit einer eingehenden SMS.

Was für ein Zufall.

Ich habe gerade Blues App benutzt, und schon fragt sie, ob wir bald einmal wieder zu Mittag essen wollen.

Das ist großartig. Blue ist eine meiner Lieblingssechslinge. Abgesehen davon, dass sie das Zombiemeisenmassaker mit mir durchlebt hat, hat sie eine Leidenschaft für Spionagekunst, die der Magie erstaunlich ähnlich ist.

Ich sage ihr, dass ich gerne mit ihr essen gehen würde, und sie sagt mir, wo – ein Restaurant, das kein Geflügel auf der Karte hat – und wann.

Apropos Essen, ich bin am Verhungern.

Ich gehe in die Küche, hole etwas Hafermilch aus dem Kühlschrank und eine Packung Kellogg's Frosties aus der Speisekammer. Heute ist ein Frühstück-zum-Abendessen-Tag, ein häufiges Ereignis für mich und den Rest meiner hungrigen Künstlerkollegen.

Ich setze mich an den Tisch und fange an, das

Essen in mich hineinzuschaufeln, nur um innezuhalten, als ich die Vorderseite meiner Müslipackung bemerke.

Der Slogan auf den amerikanischen Packungen lautet: This is just grrrrreat – das ist einfach großartig. Wie passend, denn Tony der Tiger erinnert mich auch an Tigger.

Ich muss meine Gedanken zerstreuen.

Warum ist ein Tiger ein Maskottchen für Kohlenhydrate? Sollte er nicht stattdessen für eine Steakhauskette arbeiten? Wäre *grrr* nicht auch ein Ausdruck von Tigerwut? Tony klingt glücklich, sollte er also nicht schnurren?

Können Tiger schnurren?

Nein. Laut einer schnellen Google-Suche atmen Tiger hörbar aus, wenn sie glücklich sind, was wie ein Schnauben klingt, weil sie die Luft so stark durch ihre Nasenlöcher pusten.

»Hey.« Eine vertraute Stimme reißt mich von der Anziehungskraft meines Telefonbildschirms weg.

»Hey du.« Ich grinse meine Mitbewohnerin und Freundin an, die in der magischen Welt als La Profesora bekannt ist. Das liegt daran, dass ihr Vater ein berühmter spanischer Magier war, der El Profesor genannt wurde, und auch daran, dass sie, wenn es um Kartenmagie geht, einen Kurs auf Hochschulniveau unterrichten könnte.

Der Name auf ihrer Geburtsurkunde ist Clarisa, aber sie bevorzugt den amerikanisch klingenden Namen Clarice – vielleicht weil sie nachts geschlachtete Lämmer schreien hören kann, wie die gleichnamige Heldin aus *Schweigen der Lämmer*.

Warum sonst sollte sie ihren Kater Hannibal nennen?

Trotz ihres Namens sieht sie weder wie Jodie Foster, die ursprüngliche Clarice, noch wie Julianne Moore, die neue, aus. Die Schauspielerin, an die sie mich am meisten erinnert, ist Penelope Cruz, speziell ihr Charakter in *Fluch der Karibik*, bis hin zu der Bluse, der Weste und dem Federhut im Piratenstil, die alle denken lassen, dass sie auf dem Weg zu einer Steampunk-Convention ist.

Da Clarice meine Probleme kennt, gibt sie mir einen Luftkuss, den ich erwidere. Sie gesellt sich mit ihren Zerealien-zum-Abendessen zu mir, nur dass es in ihrem Fall Captain Crunch ist – zweifellos, weil sie einen ähnlichen Modegeschmack hat wie das Maskottchen.

»Willst du etwas sehen, woran ich gearbeitet habe?«, fragt sie.

Sie hat mich gestern eine Stunde lang für sie auftreten lassen, also ist es nur fair, sie an mir üben zu lassen. »Sicher. Hauptsache, ich muss nichts anfassen, bevor ich mit dem Essen fertig bin.«

Sie holt ein Kartenspiel heraus und mischt die Karten auf eine Art und Weise, die echt aussieht. »Denk an eine Karte.«

Wow. Nur die besten der besten Kartenmagier beginnen einen Trick, indem sie einen bitten, einfach an eine Karte zu *denken*. Bei den meisten anderen muss man sich eine aussuchen.

»Ich habe eine im Kopf«, sage ich und denke an die Pik drei.

»Jetzt denk an eine Zahl«, sagt sie.

Ich spüre, wie mir ein Schauder über den Körper läuft. Wenn das so weitergeht, wie ich vermute, dann wird es mich umhauen.

»Hab eine«, sage ich mit einem langen Zögern, während ich mich für die Siebzehn entscheide.

»Ich werde die Karten verdeckt auf den Tisch legen«, sagt sie. »Wenn wir bei deiner Nummer sind, sagst du stopp.«

Auf keinen Fall.

Sie beginnt, die Karten eine nach der anderen abzulegen.

Ich zähle, bis wir bei meiner Zahl angekommen sind, und sage: »Stopp.«

Wie kann das nur die Karte sein, an die ich gedacht habe? Auf keinen Fall. Sie wird die Dinge noch komplizierter machen.

Aber nein.

Sie dreht die Karte um, und es ist die verdammte Pik drei!

Mich überkommt ein überwältigendes Gefühl der Ehrfurcht. Es versetzt mich zurück in meine Kindheit, als ich das erste Mal auf einen Zaubertrick hereinfiel und für immer süchtig wurde.

Im nächsten Moment schießen mir jedoch mögliche

Wege in den Kopf, wie sie es getan haben könnte, und verderben den Moment. Vielleicht hat sie mich dazu gebracht, an die Karte und die Nummer zu denken? Oder eine Art von unterschwelligen Botschaften benutzt, um irgendwie wie in *Inception* in mein Gehirn zu kommen?

Aber wann? Wie?

Ich habe wieder keine Ahnung, und obwohl sie mir wahrscheinlich sagen würde, wie sie es gemacht hat, wenn ich sie fragen würde, möchte ich das nicht tun – zum Teil, weil ich im Gegenzug ein großes Geheimnis von mir preisgeben müsste, aber auch, weil es mehr Spaß macht, es nicht zu wissen.

Manchmal.

»Das war unglaublich«, sage ich. »Du bist wirklich La Profesora.«

Sie strahlt und sammelt die Karten liebevoll ein, bevor sie sie in ihre Tasche steckt.

Das Gerücht unter uns, ihren Mitbewohnern, ist, dass sie mit einem Kartenspiel in der Hand und einem weiteren unter dem Kopfkissen schläft. Wenn sie einen Vibrator in Form eines Kartenspiels hätte, würde es mich auch nicht wundern. Wenn es so etwas wie eine Karten-Sexuelle gibt, dann ist sie es.

»Also«, sagt Clarice und sieht extrem unbehaglich aus, »diesen Monat bin ich an der Reihe, das Geld für die Miete einzusammeln.«

Und einfach so ist jedes warme Nachglühen nach ihrem Wunder verschwunden.

Es ist schon eine Weile her, dass ich so etwas wie einen bezahlten Auftritt hatte.

»Wie schlimm ist es diesen Monat?«, frage ich zaghaft.

Sie seufzt. »Ohne deinen Anteil werden wir die Zahlung nicht pünktlich leisten können, und der Vermieter wird uns mit Sicherheit rauswerfen. Wir sind schon fünfmal zu spät dran gewesen.«

Ja. So schlimm, wie ich befürchtet habe. Mein Müsli schmeckt plötzlich wie die Schachtel, in der es sich befand.

»Ich werde meine Fernsehkontakte anrufen«, sage ich. »Vielleicht braucht jemand etwas?«

Auch wenn ich am liebsten selbst auftreten würde, verdiene ich etwas Geld, indem ich erfolgreiche Magier berate, die zu beschäftigt sind, um sich neue Tricks für ihr Repertoire auszudenken.

»Danke.« Sie steht auf. »Ich lebe wirklich gerne mit euch allen zusammen.«

Ich nicke feierlich. Meine Mitbewohnerinnen sind größtenteils Magierinnen, aber wir haben auch eine Mentalistin – was so ziemlich das Gleiche ist –, eine Jongleurin, eine Schlangenfrau und sogar eine Comedian. Alle sind Frauen, die ich sehr mag, und ich möchte nicht, dass sie ausgerechnet wegen *meiner* Geldprobleme obdachlos werden.

Sie geht, und ich leere meine Schüssel. Dann stelle ich sie in die Spülmaschine und kehre in mein Zimmer zurück, um zu telefonieren und E-Mails zu schreiben.

Stunden später muss ich zugeben, dass ich das Gefühl eines drohenden Unterganges verspüre.

Es scheint keine Arbeit für einen weniger berühmten Magier zu geben.

Vielleicht sollte ich doch einen Mugglejob annehmen? So etwas wie Stewardess, Bankangestellte oder eine Panda-Züchterin? Sind die schwer zu bekommen?

Eines ist sicher: Wenn man bedenkt, wie meine Expositionstherapie gelaufen ist, ist der älteste Beruf der Welt nichts für mich. Strippen würde auch nicht funktionieren. Die Metallstangen, an denen diese tapferen Frauen hochklettern, scheinen mehr Keime zu haben als die Handläufe in der New Yorker U-Bahn, und *diese* Keime sind kurz davor, empfindungsfähig zu werden.

Ich seufze laut.

Wenn wir rausfliegen, versaue ich es nicht nur mir, sondern auch den Menschen, die mir außerhalb meiner Familie am nächsten stehen.

Apropos Familie, vielleicht könnte ich meine Schwestern oder Eltern um Geld bitten?

Nein. Auf keinen Fall. Ich bin mit zu viel Stolz verflucht worden. Außerdem ist das Geld der Familie an zu viele Bedingungen geknüpft. Octomom, zum Beispiel, würde verlangen, dass ich es ihr mit einem oder zwei Enkeln zurückzahle.

Ja, nein, danke. Ich werde etwas finden, auch wenn das bedeutet, Teenagern die Grundprinzipien der Magie beizubringen oder Trickkartendecks in einem Zauberladen zu verkaufen.

Moment einmal. Ich habe nicht überprüft, ob

Clarices Kartenspiel normal war. Sie behauptet immer, normale Karten zu benutzen, aber ist das nicht das, was sie immer sagen würde?

Auf jeden Fall navigiere ich mit dem Unterrichten im Hinterkopf zu meinem YouTube-Kanal und schaue mir die Kommentare unter meinem beliebtesten Video an, in dem ich zwanzig Minuten lang unter Wasser *die Luft angehalten* habe.

Wie im Internet nicht anders zu erwarten, sind neunundneunzig Prozent der Kommentare extrem unhöflich, wobei das beliebteste Thema ist, wie fickbar ich in dem Bikini aussehe, den ich für den Stunt getragen habe.

Ja, das ist das Interessante daran. Meine Brüste, nicht meine Fähigkeit, ohne Sauerstoff auszukommen. Nicht, dass ich wirklich keinen Sauerstoff hatte, aber trotzdem.

Die gute Nachricht ist, dass es immer noch das eine Prozent der Teens gibt, die wissen wollen, wie ich das gemacht habe, was ich gemacht habe. Ihnen zuliebe nehme ich ein Video auf, in dem ich meine magischen Nachhilfedienste anbiete, und poste es in der Hoffnung, dass jemandes Eltern reich sind.

Zeit zum Schlafen. Aber als ich im Bett liege, habe ich Schwierigkeiten, einzuschlafen – Gedanken an Obdachlosigkeit mischen sich mit den Erinnerungen an Tiggers Augen ... und andere Teile. Wie Seine Königliche Härte.

Hmm. Sollte ich mit mir selbst spielen, um sie mir aus dem Kopf zu schlagen?

Um in Stimmung zu kommen, lege ich etwas sexy Musik auf – *The Final Countdown* von Europe. Obwohl dieser Song in *Arrested Development* verwendet wurde, um Magier zu verspotten, liebe ich ihn trotzdem.

Als Nächstes hole ich meinen treuen Dildo aus dem Nachttisch und schaue ihn mit zusammengekniffenen Augen an. *Du bist zu klein. Und zu schlicht. Ich habe plötzlich Lust auf etwas viel Größeres ... und Königlicheres.*

Hey! Ich kann mir vorstellen, wie der arme Dildo antwortet. *Es kommt nicht auf die Größe des Ozeans an, sondern auf die Schwingungen der Wellen.*

Nein.

Ich schnappe mir meinen Laptop und schreibe meiner Zwillingsschwester eine E-Mail, in der ich sie um einen Link zu der Website bitte, auf der ihre neue beste Freundin ihr Spielzeug verkauft. Ich möchte den größten Dildo kaufen, den sie hat.

Nachdem ich auf *Senden* geklickt habe, bemerke ich meinen Fehler. Ich brauche Geld für die Miete, und frivole Einkäufe – zusammen mit einem Mangel an magischen Auftritten – sind der Grund, warum ich in finanziellen Schwierigkeiten bin.

Oh, na gut. Mein kleiner Dildo wird reichen müssen.

Nenn mich noch einmal winzig, und ich schließe mich kurz.

Ich schalte die Vibration ein und denke an Tiggers gemeißelte Gesichtszüge.

Bumm. Ich komme in Rekordzeit.

Siehst du? Winzig, aber mächtig.

Im orgastischen Nachglühen schwelgend, schlafe ich schnell ein, aber meine Träume sind seltsam. Einer erinnert mich an *Donnie Darko*, nur dass statt eines riesigen Kaninchens der Joker von Batman zu sehen ist. Danach träume ich von Jake Gyllenhaal, der ein von Heath Ledger gezeugtes Baby zur Welt bringt.

Kapitel Fünf

*D*as Erste, was ich am nächsten Morgen tue, ist, meinen Laptop mit in den Coffeeshop vom Vortag zu nehmen.

Es ist *kein* Trick, um Tigger wiederzutreffen. Das Internet hier ist schneller als bei mir zu Hause, das ist alles.

Leider hat sich trotz aller Anrufe und E-Mails, die ich verschickt habe, kein Jobangebot ergeben.

Auch die Königliche Härte zeigt sich nicht – nicht, dass ich deswegen hier wäre.

Da ich mein spärliches Geld nicht für Essen auswärts ausgeben sollte, gehe ich für ein schnelles Mittagessen nach Hause und suche mir eine Beschäftigung für den Rest des Tages.

Am nächsten Tag gehe ich noch einmal in den Coffeeshop – wieder nicht in der Hoffnung, Tigger zu treffen.

Ich bin auf der Suche nach einem Job. Das ist alles.

Leider wieder keine Hinweise auf besagte Jobs. Schweren Herzens bewerbe ich mich um eine Stelle als Kellnerin in dem Café und ein paar anderen Restaurants in der Nähe, nur um auf der Stelle abgelehnt zu werden, weil mir die Erfahrung fehlt.

Verflucht sei mein jugendliches Ich dafür, dass ich alle meine Sommer damit verbracht habe, Magie zu üben, anstatt die üblichen Jobs zu machen.

Ich bin gerade auf dem Weg nach Hause, als ich eine SMS von meinem Zwilling bekomme:

Bella und ich werden gleich in deiner Gegend sein. Können wir vorbeikommen?

Ich sage ihr, dass sie das können, und eile nach Hause.

Als ich mit dem Abendessen fertig bin, habe ich die SMS meiner Schwester schon wieder vergessen – bis jemand an meine Zimmertür klopft.

»Ja?« Ich öffne die Tür und sehe Harry.

Sie ist eine meiner Lieblingsmitbewohnerinnen, denn Harry erinnert mich an Meg Ryan in *Harry und Sally*, nur mit runder Brille. Leider weigert sie sich, auf Sally zu hören. Geboren als Harriet, behauptet sie, dass sie Harry heißt, wegen der berühmten Zauberer Harry Houdini und Harry Blackstone, aber angesichts ihrer Brille vermute ich stark, dass es eigentlich wegen Harry Potter ist.

Bis ich sie kennenlernte, hatte mich der Name Harry an Octodad erinnert – da Harry sein Vorname ist –, aber er passt besser zu meiner Mitbewohnerin. Nicht zum ersten Mal frage ich mich, ob meine

Großeltern begriffen haben, dass der Name ihres Sohnes Harry mit dem Nachnamen Hyman ihn wie die jungfräuliche Membran eines Yetis klingen lässt. Andererseits hat er es verdient, weil er meinen armen Zwilling Holly genannt hat, denn Holly Hyman klingt auch wie das Jungfrauenhäutchen, nur das einer Jungfrauengöttin. Ganz zu schweigen von Blue und den Namen einiger der anderen Sechslinge.

Wenn sie nicht durch das Gedränge in einer Gebärmutter verkorkst wären, würden ihre Namen sicherlich den Zweck erfüllen.

»Hier ist jemand für dich.« Harry klingt genervt darüber, dass sie den Butler geben muss, also bedanke ich mich, bevor ich zur Tür eile.

Dort wartet Holly auf mich, und mit ihr eine Frau, die aussieht, als wäre sie einem Modemagazin entsprungen.

Das muss Bella sein, die neue beste Freundin meines Zwillings.

Verdammt. Sie *ist* so umwerfend, wie meine Schwester gesagt hat. Erinnert mich an Angelina Jolie in *Maleficent*. Eigentlich müsste sie mich, da sie Russin ist, an Angelina Jolie in – Spoiler-Alarm – *Salt* erinnern.

»Ihr seid wirklich Zwillinge«, sagt Bella, und ihr Blick wandert von meinem Gesicht zu dem meiner Schwester.

Hmm. Null Akzent.

»Ja«, sagt Holly. »Nur, dass sie von Vampiren aufgezogen wurde.«

Ich rolle mit den Augen. »Wenigstens wurde ich nicht in Downton Abbey aufgezogen … von Mary Poppins.«

Bella grinst mich an. »Deine Schwester *ist* supercalifragilisticexpialigetisch.«

Ich erwidere das Grinsen. Ich kann Hollys Schwärmereien jetzt verstehen. Wenn Bella eine Magierin wäre, würde sie sich zu Rasputina gesellen, die Frau, mit der ich schlafen würde – natürlich unter der Bedingung, dass sie mir eine Waffe an den Kopf hält.

»Gib ihn ihr«, flüstert Holly ihrer allerbesten Freundin zu.

War es mein früherer Gedanke, oder klang das vage sexuell?

»Ah, richtig.« Bella hebt den Koffer an, den sie in der Hand hält. Er sieht aus wie derjenige, der einen goldenen Schein projizierte, als Jules ihn in *Pulp Fiction* öffnete.

Moment. Ist der Deckel mit handgezeichneten Genitalien verziert?

Bevor ich fragen kann, öffnet Bella ihn, und ich starre in morbider Faszination auf den Inhalt.

Dildos.

Bunte Dildos.

Bauchige Dildos.

Dünne Dildos.

Kleine Dildos.

Große Dildos.

Riesige Dildos … und sogar ein paar obszön riesige.

Dildos aus Silikon.

Glasdildos.

Metalldildos.

Auch etwas, was aussieht, als wäre es aus Holz, es aber hoffentlich nicht ist, denn Splitter in der Hooha klingen überhaupt nicht lustig.

Holly muss meinen Gesichtsausdruck missverstehen, denn sie klingt schuldbewusst, als sie sagt: »Ich habe deine E-Mail Bella gegenüber erwähnt, und sie wollte dir eine schöne Auswahl zusammenstellen.«

»In Ordnung«, sage ich, während ich immer noch die phallischen Waren in der Auslage betrachte.

»Alle vibrieren«, sagt Bella, und ihr Tonfall wechselt zu verkaufsorientiert. »Alle funktionieren auch mit der Belka-Teledildonics-App, so dass du dich von deinem Freund aus der Ferne befriedigen lassen kannst.«

Wenn ich einen Freund hätte – und da fällt mir eine ganz bestimmte Person ein –, würde ich Seine Königliche Härte anstatt eines Dildos genießen wollen, wie der Pöbel.

»Wähle einfach einen aus«, sagt mein Zwilling, und eine leichte Röte überzieht ihre Wangen.

Oh. Sie denkt, dass es peinlich für *sie* ist, dass eine Frau, die ich noch nie getroffen habe, mir das hier vorbeibringt?

Außerdem lässt »wähle« die ganze Sache wie einen Kartentrick klingen.

»Wähle einen Dildo, irgendeinen Dildo.«

Jemand tut es.

»Präge dir deinen Dildo ein.«

Er prägt sich den Dildo ein.

»Jetzt verstecken wir den Dildo in irgendeiner Frau im Publikum.«

Fertig.

Mit großer Ernsthaftigkeit findet der Magier die Frau und extrahiert den Dildo, ohne ihr das Höschen auszuziehen. »Ist das dein Dildo?«

Mein Zwilling schaut mich besorgt an. »Ich glaube, ihr Gehirn ist vor lauter Unentschlossenheit abgestürzt.«

Ich schüttele den Kopf und schnappe mir den Dildo, der Seiner Königlichen Härte in Größe und Form am nächsten kommt, nur in knallrot. Und hey, das könnte die Farbe der ruskovischen Flagge sein. »Dieser hier. Wie viel schulde ich dir?«

Bella schließt den Aktenkoffer mit einem lauten Knall. »Er ist ein Geschenk.«

»Ein Geschenk?« Ich halte den Dildo am Schaft und schwenke ihn in der Luft. »Verdienst du nicht dein Geld damit?«

Sie zwinkert mir zu. »Wenn du das Gefühl hast, dass du mir etwas schuldest, kannst du mir sagen, was du davon hältst. Wie ein Beta-Tester.«

Großartig. Das sollte lustig werden.

Dann fällt mir etwas ein.

Ich kann sie für den Dildo mit meiner Kunst bezahlen und dabei eine unbezahlbare Performance-Erfahrung machen.

Holly runzelt die Stirn. Ich glaube, sie weiß, in welche Richtung ich gerade denke – ein Kunststück der Pseudo-Telepathie von Zwillingen. Ich kann es ihr nicht verdenken, dass sie nicht begeistert ist. Sie war dabei, als ich gerade erst als Magierin angefangen habe, also musste sie langweilige Tricks anschauen, die überhaupt nicht mit den lustigen Meisterwerken zu vergleichen sind, die ich heutzutage vorführe.

»Wie wäre es, wenn ich dir etwas Magie zeige?«, frage ich Bella mit einer Stimme, die vielleicht einen Hauch zu verführerisch ist.

Ihre Augen leuchten auf. »Ernsthaft?«

»Jepp.« Ich führe sie ins Wohnzimmer. »Gib mir eine Sekunde.«

Ich eile in mein Zimmer, lasse den Dildo dort und schnappe mir ein paar Requisiten.

Als ich zurückkomme, führe ich eine halbstündige Show für Bella auf, die sich als perfekter Zuschauer entpuppt: Sie macht in den richtigen Momenten »oh« und »ah« und fragt: »Wie hast du das gemacht?«, als würde sie es wirklich so meinen.

Es dauert nicht lange, bis meine Mitbewohnerinnen auftauchen und anfangen, ihre eigenen Nummern für sie aufzuführen, was Bella wie ein Kind in einer Süßigkeitenfabrik an Halloween aufnimmt.

Sogar mein magisch abgestumpfter Zwilling scheint die Vorstellung zu genießen.

Nachdem Harry ihren typischen Seiltrick vorgeführt hat, bedankt sich Bella herzlich bei uns allen, schenkt jedem der Darsteller einen Dildo und geht, mit meinem Zwilling im Schlepptau.

»Du hast dir *den* ausgesucht?«, frage ich Clarice und nicke zu ihrem neuen Dildo – dem aus poliertem Holz.

Sie zuckt mit den Schultern. »Passt zu meiner Bühnenpersönlichkeit.«

Vielleicht gibt es da eine gewisse Logik. Piraten haben Holzbeine, also nehme ich an, dass, wenn sie Dildos benutzen würden, diese auch aus Holz wären. Ihre Benutzer würden sie ohne Zweifel Woodies nennen und im Rausch der Leidenschaft »Arrgh, Freundchen, schneller, schneller«, schreien.

Ich grinse. »Du willst also einen Holzdildo zu deinem Auftritt hinzufügen?«

Sie hebt ihr Kinn an. »Du musst deine Bühnenpersönlichkeit zu jeder Zeit *leben.*«

Mit dieser weisen Lektion von *The Prestige* fest im Kopf, verstreuen wir uns alle in unsere Zimmer.

Ich lächele, als ich meine Tür abschließe. Ganz im Sinne von Forrest Gumps Mama: das Leben ist wie ein Koffer voller Dildos – man weiß nie, was man bekommt.

Bevor ich das neue Spielzeug ausprobiere, beschließe ich, brav zu sein und noch einmal nach Jobaussichten zu schauen.

Ja! Die E-Mail in meinem Posteingang stammt von einem Formular auf meiner Website, das nur von potenziellen Kunden oder Leuten aus den Medien, wie Walter, genutzt wird.

Ich schaue mir das *Von*-Feld an und sehe, dass der Name als Anatolio aufgeführt ist, ohne Nachname.

Hmm. Hört sich nicht bekannt an.

Ich lese die erste Zeile und erschaudere: »*Liebe Amazing Hyman.*«

Dummer Walter.

Er berichtete in seinem Magazin über meine Nummer, die Luft anzuhalten, und behauptete in seinem Artikel, dass Hyman mein Künstlername sei, was es bis dahin nicht gewesen war. Bis heute besteht Walter darauf, dass er nicht die Absicht hatte, gemein zu sein. Hyman ist mein Nachname, und viele Magier verwenden das Adjektiv *amazing* in ihren Künstlernamen, wie der Amazing Kreskin oder der Amazing Randi.

Amazing Hyman ist allerdings noch viel schlimmer. Es lässt mich wie einen jungfräulichen Superhelden klingen oder wie etwas, was jemand in einer Werbesendung sagen könnte, die Jungfrauen als Sexsklaven oder Drachenopfer verkauft. Die Tatsache, dass ich eine Jungfrau *bin* – Jungfernhäutchen intakt oder nicht –, macht es nur noch schlimmer.

Na schön. Wie auch immer.

Ich lese den Rest von Anatolios kurzer Nachricht. Er sagt, dass er meine YouTube-Performance gesehen hat, beeindruckt war und mir jetzt einen Job in dieser Richtung anbieten möchte.

Faszinierend. Vor allem wegen der letzten Zeile:

Dies ist ein ernsthaftes Angebot. Geld spielt keine Rolle.

Bitte legen Sie eine Zeit und einen Ort fest, wo wir uns treffen können.

Er klingt wie ein Mann, der bekommt, was er will.

Ich klicke auf *Antworten* und frage ihn, ob er sich mit mir in dem Café treffen würde, in dem ich immer war – ein öffentlicher Ort, falls er ein Widerling ist.

Bevor ich meinen Laptop schließen kann, bekomme ich eine Antwort:

Wie wäre es morgen früh um 10.00 Uhr?

Das ist vor meinem Mittagessen mit Blue, aber zwei Stunden sollten genug sein, um über das Geschäftliche zu reden, also stimme ich zu.

Wer ist er?

Ich suche nach Magiern mit dem Namen Anatolio, aber die Suche bringt keine Ergebnisse. Vielleicht ist er kein Zauberer? Hey, nicht jeder ist perfekt. Das Wichtigste ist, dass ich heute Nacht gut schlafe, damit ich diesen potenziellen Kunden morgen zu einem großen Honorar bewegen kann.

Da mir in der Nacht zuvor eine Liaison mit einem Dildo beim Einschlafen geholfen hat, beschließe ich, heute Nacht die gleiche Strategie anzuwenden. Außerdem kann ich es kaum erwarten, meinen neuen Silikonfreund zu testen.

Eins nach dem anderen. Ich sterilisiere den Dildo so gut ich kann und ziehe dann ein Kondom über, nur für alle Fälle.

Als ich zurück ins Bett komme, schaue ich schuldbewusst auf meinen alten Dildo.

Oh, mach dir keine Sorgen um mich. Lass einfach meine

Batterien leer werden und wirf mich in den Müll. Ich hätte niemals Loyalität von jemandem erwartet, der so oberflächlich ist wie du.

Achselzuckend schaue ich mir den neuen Dildo an.

Sehr schön. Bella ist eine tolle Designerin. Er gefällt mir sogar so gut, dass ich beschließe, ihm einen Namen zu geben. Wenn ich meine Spielzeuge vermenschliche, kann ich auch gleich Nägel mit Köpfen machen.

Wie wäre es mit Königliche Härte?

Nein. Der ist vergeben. Ich denke an den Regenten.

Wie wäre es mit Prinzregent?

Erledigt. Ich lade die notwendige App herunter, um die Vibration von Prinzregent zu aktivieren.

Während ich mir Lust verschaffe, versuche ich, nicht an Tigger zu denken, besonders nicht an seine haselnussbraunen Augen, seine breiten Schultern oder seinen ...

Egal.

Ich lasse mich voll und ganz auf den ruskovischen Prinzen ein und komme mit einem Knall, bevor ich mit einem albernen Grinsen im Gesicht einschlafe.

Kapitel Sechs

$\mathcal{I}$ch bin zehn Minuten zu früh im Coffeeshop, denn das Letzte, was ich will, ist, dass meine Mitbewohner und ich hinausgeworfen werden, weil ich zu spät zu meiner Verabredung komme.

Draußen schnappe ich mir einen Tisch, nippe an meinem Milchkaffee und schaue mir die Passanten an.

»Hallo«, sagt eine bekannte sexy Männerstimme.

Ich schaue auf und verschlucke mich fast an meinem Milchkaffee.

Das ist Tigger in seiner ganzen Pracht als interessantester Mann der Welt. Unaufgefordert kommen mir die Worte der Werbespots in den Sinn: *»Er hatte einmal einen unangenehmen Moment, nur um zu sehen, wie es sich anfühlt. In Museen darf er die Kunstwerke anfassen. Sein Liebesspiel wurde von einem Seismographen aufgezeichnet.«*

Eigentlich ist er noch heißer, als ich ihn in

Erinnerung habe, wahrscheinlich weil er ohne seine Hunde viel netter gekleidet ist.

Seine Tigeraugen funkeln verschlagen. »Schön, dich hier zu treffen.«

Ich springe auf und mache einen spöttischen Knicks. »Eure Königliche Hoheit. Es ist mir eine Ehre und ein Privileg.«

Er grinst. »Hört sich an, als hätte ich einen Eindruck auf dich gemacht.«

Ich rolle theatralisch mit den Augen. »Ganz ruhig, *Tigger*.«

»Siehst du.« Das Grinsen wird übermütig. »Du hast deine Schwester nach mir gefragt.«

Mist. Er hat mich erwischt. Ich gebe den Hormonen die Schuld.

Plötzlich fühle ich mich durstig und nehme einen großen Schluck von meiner Latte. Kann man dehydriert werden, wenn die Geschlechtsteile zu viel Saft produzieren? Ich frage für eine Freundin.

Er setzt sich an meinen Tisch.

»Was machst du da?«, frage ich streng.

»Ich setze mich zu dir. Offensichtlich.«

Unglaublich. »Wie groß ist dein verdammtes Ego?«

Er blickt nach unten. »Alles ist proportional.«

Großartig. Jetzt habe ich das Bild Seiner Königlichen Härte vor meinem geistigen Auge. Und in meinem geistigen Mund.

»Der Platz ist besetzt.«

So. Ich bin stolz darauf, wie fest meine Stimme ist.

Seine Augenbraue hebt sich. »Von wem?«

Ich verenge meine Augen. »Das geht dich nichts an.«

»Oh, ich denke, das geht mich sehr wohl etwas an.«

Der Typ hat Nerven. »Ernsthaft. Geh.«

Er verschränkt seine Arme vor der Brust. »Wo ist Walter?«

Ich kann mich dieses Mal nicht dazu bringen, wütend zu werden. Wenn mir jemand jedes Mal einen Dollar geben würde, wenn ich genau diese Frage stelle, um meinen Freund zu ärgern, wäre die Miete kein Problem. Trotzdem halte ich meinen Tonfall streng. »Er ist zu Hause. Nicht, dass es dich etwas angehen würde. Wo sind deine Hunde?«

»Auch zu Hause. Ich nehme sie nicht zu Geschäftstreffen mit.« Er sieht mich eindringlich an.

Geschäftstreffen.

Meine Finger fühlen sich trotz der Handschuhe eiskalt an.

Das kann nicht er sein.

Oder doch?

»Ah.« Dieses Mal ist sein Grinsen selbstzufrieden – wie das einer Katze, die endlich einen lästigen Kanarienvogel gefressen hat. »Langsam verstehst du es.«

Meine Backenzähne knirschen. »Wie ist dein richtiger Name? Er ist offensichtlich nicht Tigger.«

»Wie unhöflich von mir.« Er streckt seine Hand aus. »Anatolio Cezaroff, zu Ihren Diensten.«

Anatolio. Wie der Name aus der E-Mail des »Kunden«.

In fassungsloser Stille schüttele ich seine Hand.

Obwohl ein Handschuh zwischen uns liegt, breitet sich ein Kribbeln in meinem Körper aus, wirbelt herum und setzt sich in meinem Unterleib fest.

Verdammt. Wenn mich eine dieser Kreaturen aus *Predator* mit ihrem Hitzeblick ansehen würde, würde ich leuchten wie ein geiler Weihnachtsbaum.

Mit großer Anstrengung reiße ich meine Hand weg. »Warum die Farce?«

Er neigt seinen Kopf. »Wie meinst du das?«

»Warum hast du nicht gesagt, dass wir uns bereits getroffen haben, als du mir gemailt hast? Hast du überhaupt etwas zu besprechen oder ist das ein Scherz?«

»Oh, ich brauche deine einzigartigen Fähigkeiten, das versichere ich dir«, sagt er.

Entweder ist sein Pokerface das beste, das ich je gesehen habe, oder er sagt die Wahrheit.

»Was auch immer es ist, es sollte besser etwas mit Magie zu tun haben.«

Seine Augen glitzern. »Das tut es.«

Hmm, okay. »Es wird dich etwas kosten … eine Menge.«

»Ich habe es dir bereits gesagt, Geld spielt keine Rolle.«

Ich atme tief ein und langsam wieder aus. Wenn es nicht um meine finanzielle Situation ginge, würde ich ihn sofort abweisen, aber so, wie die Dinge stehen, muss ich sehen, ob er tatsächlich ein Weg sein könnte, um einen Rausschmiss zu vermeiden. »Okay. Wenn wir zusammenarbeiten werden, wie nenne ich dich dann? Anatolio? Eure Majestät? Arsch…«

»Du kannst mich nennen, wie du willst … außer Nate.«

Ich muss zu meinem Ärger grinsen. »Was ist mit Tony? Du weißt schon, wie der Tiger?«

»Wenn das bedeutet, dass du mit mir zusammenarbeitest, dann bitte – obwohl ich einfach Tigger bevorzuge.« Er beugt sich vor. »So nennen mich die Menschen, die mir nahestehen.«

Oh ja. Ich möchte ihm nahe sein. In der Tat möchte ich mich auf ihn stürzen, mit dem Kopf voran.

Nein, erst die Vagina.

Ich schlucke meinen Sabber herunter. »Tigger passt. Also, was willst du?«

Er schaut sehnsüchtig auf meine Tasse.

Ich seufze. »Willst du erst einen Kaffee trinken?«

Er nickt.

»Dann los«, sage ich in einem herrischen Ton, bevor ich merke, dass ich vielleicht wie seine Mutter klinge.

»Möchtest du auch noch einen?«, fragt er.

Als ich den Kopf schüttele, geht er davon.

Ich nehme mein Handy heraus und tippe *Anatolio Cezaroff* bei Google ein.

Wow. Meine Schwester hat keine Witze gemacht.

Abgesehen davon, dass er ein Prinz ist, ist er berühmt für seine Stunts. Es gibt Berichte über Rennen – Motorrad, Auto und Speedboat –,

Hochseilakte, Klettern – mit und ohne Ausrüstung –, Extremsurfen und Snowboarden.

Vielleicht *ist* er der Typ aus diesen Werbespots. Vielleicht hat er einmal die Tour de France gewonnen, wurde aber disqualifiziert, weil er auf einem Einrad fuhr.

Er kommt mit einer Tasse zurück, also verstecke ich schnell mein Handy.

Anmutig senkt er seinen muskulösen Körper auf seinen Sitz und nimmt einen Schluck, während ich hungrig seine Lippen betrachte. »Ob du es glaubst oder nicht, ich bin online auf dich gestoßen, bevor wir uns getroffen haben«, sagt er. »Ich habe nach ›wie halte ich lange die Luft an‹ gesucht und dein Video auf YouTube gesehen. Ich habe also nicht speziell dich im Internet gestalkt.«

Ich werde das *nicht* glauben, aber ich lasse ihn weiterreden.

»Ich weiß nicht, ob deine Schwester es erwähnt hat, aber ich mache gerne von Zeit zu Zeit lustige Ausflüge, und mein nächster ist Apnoetauchen im Dyrka«, sagt er. »Hast du schon davon gehört?«

Ich schüttele den Kopf.

Lustiger Ausflug? Es *ist* genau wie in der Werbung: »*Er spielte eine Partie russisches Roulette mit einer vollgeladenen Magnum und gewann.*«

»Dyrka ist ein berühmter unterirdischer See in meinem Heimatland«, erklärt er. »Taucherausrüstung ist dort verboten. Sagt dir das was?«

Ich schüttele wieder den Kopf. »Ich weiß nur zwei

Dinge über Ruskovia: meine Lieblingsmagierin lebt dort, und einer ihrer Fürsten ist voll von sich selbst überzeugt.«

Sein Grinsen kehrt zurück. »Du kennst meinen Bruder Kaz?«

»Nein. Warum? Ist er noch mehr von sich eingenommen als du?«

Er nippt an seinem Kaffee, während ich versuche, meine Fixierung auf seine Lippen dezent zu halten. »Kaz ist die Kurzform von Kazimir«, sagt er, »das bedeutet ›ein großer und mächtiger Zerstörer des Friedens‹. Jetzt füge noch hinzu, dass er die größte Hotelkette der Welt besitzt und ein Fürst ist.«

»Was bedeutet der Name Anatolio?«, frage ich im schnippischsten Ton, den ich hinbekomme. »Ich wette, es ist ›Rosen hören auf zu duften, um *ihn* zu riechen‹.«

»Nein«, sagt er, und falls er bemerkt hat, dass ich gerade eine Dos-Equis-Werbung zitiert habe, zeigt er es nicht. »Mein Name bedeutet ›einer, der aus dem Osten kommt‹.«

»Ist das der Grund für deinen Spitznamen – Tigger? Im Osten gibt es viele Tiger.«

»Wie wäre es, wenn wir uns wieder dem Geschäft widmen?«, sagt er. »Falls es nicht offensichtlich war, ich möchte im Dyrka apnoetauchen.«

»Apnoetauchen. Freitauchen. Wie in ›Tauchen ohne Atemgerät‹.«

»Genau«, sagt er. »Du verstehst also, warum ich zu dir gekommen bin.«

Nein. »Ja«, lüge ich. Ich habe keine Ahnung, wie ich ihm bei so etwas helfen soll.

Aber dann fällt mir etwas ein.

Mein Video. Er hat gesehen, wie ich zwanzig Minuten lang die Luft angehalten habe, und denkt, dass ich ihm das für den Freitauchgang beibringen kann.

»Ich will zehn Minuten die Luft anhalten«, sagt er und bestätigt damit meinen Verdacht. »Ich möchte, dass du meine Atemtrainerin wirst.«

Ich nehme einen großen Schluck von meinem Milchkaffee, um mir selbst eine Chance zu geben, meine Gedanken zu sortieren.

Es gibt ein Problem.

Ein großes.

Ich habe keine Ahnung, wie ich meinen Atem wirklich anhalten kann, zumindest nicht länger als neunzig Sekunden. Das Video war nicht echt. Ich meine, ich war im Wasser und all das, aber ich habe lediglich die Illusion geschaffen, zwanzig Minuten lang nicht zu atmen. Ich war nicht hardcore genug, um es wirklich zu tun, wie David Blaine es von sich behauptet.

Meine Methodik war ähnlich wie die des Maskierten Magiers in seiner Fernsehshow: ein im Wasser versteckter Atemschlauch, eine versteckte Sauerstoffflasche und viel Schauspielerei. Was meine Version besser machte, war, dass ich keine gruselige Maske aufsetzen musste und dass ich meinen eigenen, mit einem Bikini bekleideten Körper als Irreführung benutzte, anstatt einer Assistentin.

Es war ein Trick, um Walters Zeitung zu beeindrucken, mehr nicht. Die Idee kam mir, als ich mir *Die Unfassbaren – Now You See Me* ansah – speziell die Szene, in der Isla Fisher *von den Piranhas gefressen wird.*

Diesen Trick nachzumachen habe ich allerdings sofort ausgeschlossen, weil er so gefährlich ist. Durch einen echten Stunt starb die Frau von Hugh Jackmans Charakter in *The Prestige.* Okay, das ist Fiktion, aber viele echte Magier sind bei Wasserfluchten gestorben. Und ich will noch nicht sterben.

Es ist zu traurig, als Jungfrau zu ertrinken.

»Also«, sagt er. »Wirst du es tun?«

Ich schlucke hörbar mein Getränk, als mein innerer Magier erwacht.

Wen kümmert es, wenn du es vorgetäuscht hast? Lass ihn denken, dass du es wirklich gemacht hast. Damit hast du ihn zweimal getäuscht. Du brauchst Geld für die Miete, und du kannst damit prahlen, dass ein Prinz dein Kunde ist.

Er schenkt mir ein höschenverbrennendes Lächeln. »Sag einfach Ja.«

»Ja«, plappere ich, obwohl ich nicht sicher bin, ob ich zustimme – ihn zu unterrichten oder Mrs. Tigger zu werden. Nein, *Prinzessin Tiggress.*

»Großartig«, sagt er. »Wie wäre es, wenn wir unsere erste Stunde im Chelsea Piers Fitness haben? Ich verschaffe dir Zugang.«

»Warum?«, frage ich.

Er runzelt die Stirn. »Sie haben einen Pool.«

Ich erschaudere. »Ein öffentliches Schwimmbad? Warum sparen wir uns nicht die Zeit und tauchen unsere Köpfe einfach in die nächste Toilette?«

Sein Stirnrunzeln vertieft sich. »Hast du ein Problem mit Schwimmbädern?«

»Nicht mit Schwimmbädern. Mein Problem sind Kryptosporidien, Giardiasis, Norovirus, Shigellose, Legionellen, E…«

»Ich hab's kapiert«, sagt er, und das muss ich ihm lassen. Er sieht völlig ernst aus, während die Leute normalerweise spöttisch wirken, nachdem ich ihnen – ganz vernünftig – solche Gefahren erklärt habe. »Wie wäre es, wenn der Pool privat wäre?«

Ich zucke mit den Schultern. »Wenn er frisches Wasser und eine ordentliche Chlorung hat, wäre es für mich okay, wenn *du* reingehst.«

Sein Grinsen erscheint wieder. »Du bist also besorgt über *mein* Wohlbefinden?«

»Lass es dir nicht zu Kopf steigen. Ich muss dich am Leben lassen, bis ich bezahlt werde.«

»Stimmt. Und es klingt so, als würdest du nicht mit mir ins Wasser gehen?«

Ist es möglich, genau das gleiche Szenario zu wollen und zu fürchten? Ein Teil von mir stellt sich vor, wie ich mit ihm nackt bade, und dieser Teil ist nur Sekunden davon entfernt, sich unter dem Tisch zu berühren. Ein anderer, viel vernünftigerer Teil stellt sich vor, wie ich mir alle Poolbakterien und -viren einfange, die der Wissenschaft bekannt sind, und erschaudert.

»Keine Chance«, sage ich. »Du müsstest ein Becken mit sterilem Wasser füllen, damit ich in Erwägung ziehe, hineinzugehen. Sobald jemand – egal wie königlich sein Blut ist – in dasselbe Wasser kommt, ist es nicht mehr steril.«

Er nickt. »Ich werde mit meinem Bruder darüber sprechen.«

Ich runzele die Stirn. »Was hat dein Bruder damit zu tun?«

»Ich wohne in Kaz' Hotel. Es gibt ein Penthouse mit einem kleinen Pool neben meinem. Ich bin mir sicher, dass er mich dort einziehen und das Wasser für uns austauschen lassen wird, wenn wir das wollen.«

Ein Penthouse in einem Hotel? Aber natürlich, er ist ein verdammter Prinz.

Meine finanziellen Aussichten werden immer besser.

»Was sagst du dazu?«, fragt er mit leuchtenden haselnussbraunen Augen. »Sollen wir das machen?«

Kapitel Sieben

Tolle Frage.

Sollen wir?

Sollte ich?

Zum einen brauche ich das Geld dringend. Außerdem klingt Training mit ihm irgendwie heiß. Es wäre wie einen Tiger zu zähmen, also wäre ich im Grunde wie Siegfried & Roy. Nun, hoffentlich nicht *genau* wie sie. Am Ende lief es für Roy nicht mehr so gut.

Leider ist es auch so, dass ich nicht weiß, was zum Teufel ich tue. Was ist, wenn ich ihn falsch unterrichte und er am Ende ertrinkt?

»Ich verstehe«, sagt er. »Man kann sich nicht verpflichten, ohne über eine Entschädigung zu sprechen.«

Um mir noch etwas Zeit zum Nachdenken zu geben, nehme ich einen großen Schluck von meiner Latte.

»Wie wäre es damit?« Er nimmt eine Visitenkarte heraus und schreibt etwas darauf.

Als ich den Betrag sehe, muss ich ausprusten – nicht gerade eine der besten Verhandlungstechniken.

Mit einem Grinsen wischt er die Tropfen der Latte weg, die er auf seine Wange bekommen hat. »Ich verstehe. Die Summe war eine Beleidigung. Wie wäre es, wenn ich sie verdopple?«

Zum Glück habe ich keinen Milchkaffee mehr, an dem ich mich verschlucken könnte. Abgesehen vom Geld kann ich nicht glauben, wie cool er mit diesen Tröpfchen in seinem Gesicht umgeht. Wären unsere Rollen vertauscht, wäre ich jetzt wahrscheinlich des Mordes schuldig. Oder handelt es sich um fahrlässige Tötung, wenn es sich um ein Verbrechen aus Leidenschaft handelt?

»War das in amerikanischen Dollar?«, schaffe ich zu fragen.

Er nickt.

Ich widerstehe dem Drang, mir Luft zuzufächeln.

»Okay«, sagt er. »Ich werde die Summe verdreifachen.«

Meine Augen weiten sich.

»Gut, vervierfachen, aber das ist mein letztes Angebot«, sagt er völlig ernst.

Also gut. Meine moralische Zwickmühle von eben scheint so weit entfernt wie ein geschiedenes Paar nach einem erbitterten Sorgerechtsstreit. Die meisten Leute würden für so viel Geld ihre Großmutter schlagen, Analverkehr mit ihrem Feind haben und vielleicht sogar Handläufe in der New Yorker U-Bahn lecken.

Er runzelt die Stirn. »Ich meine es ernst. Das Vierfache ist das Höchste, was ich tun kann. Aber da du so eisern verhandelst, wie wäre es mit einem Bonus nach Abschluss der Ausbildung? Ganz nach meinem Ermessen, versteht sich.«

»Gut«, sage ich mit einer Selbstsicherheit, die ich nicht verspüre. »Ich werde es tun.«

»Großartig.« Und dafür bekomme ich ein weiteres Grinsen mit einem Katze-attackiert-chancenlosen-Kanarienvogel-Effekt – oder abgekürzt KACKE. »Gibt es irgendein Training, das du hier und jetzt vermitteln kannst?«

Mist. Ich werde mir tatsächlich eine Art Lehrplan für ihn ausdenken müssen.

Aber was?

Darum kümmere ich mich später. Für den Moment beschließe ich zu bluffen, indem ich ihm das beruhigende Atmen beibringe, das ich während der Desensibilisierungsübungen mache – eine ziemlich nützliche Fähigkeit.

Ich erkläre ihm, wie er mit der Nase einatmen und die Luft in den Bauch statt in die Brust einströmen lassen soll. Mittendrin hebt er eine Hand, wie ein pflichtbewusster Schüler.

Paradoxerweise wird mein eigener Atem flacher. »Ja?«

»Entschuldige, dass ich unterbreche«, sagt er und

klingt, als ob er es ernst meint. »Ich weiß bereits alles, was es über Zwerchfellatmung zu wissen gibt.«

»Tust du das?«

Es ist seltsam, sich vorzustellen, dass er eine Übung benutzt, um Stress und Angst zu bekämpfen. Er scheint nicht der Typ zu sein, der sich von viel beeindrucken lässt.

»Jepp«, sagt er. »Das war Teil meiner Tauchausbildung.«

Oh. Ich wusste nicht, dass es beim Tauchen helfen kann. Aber hey, wenigstens klinge ich aus Versehen so, als wüsste ich, wovon ich rede. Hurra.

Das könnte meine bisher größte Illusion sein.

»Kannst du mir sonst noch etwas beibringen?«, fragt er.

Mist. Ich habe keine Tricks mehr. Ich schätze, Angriff ist die beste Verteidigung.

»Lass mich zuallererst deine Bauchatmung kontrollieren«, sage ich mit dem Nachdruck von jemandem, der weiß, wovon er spricht.

»Sicher.« Er lehnt sich in seinem Stuhl zurück, schließt die Augen und beginnt, langsam und bewusst zu atmen.

Ich fächele mir Luft zu und widerstehe verschiedenen gruseligen Drängen, wie zum Beispiel, mich seinem Hals zu nähern und daran zu schnuppern.

Ein köstlich entspannter Ausdruck legt sich auf Tiggers Züge, einer, auf den Buddha stolz wäre … es sei denn, Buddha wäre stattdessen davon erregt, so wie ich es bin.

Hmm.

Als ich diese Technik selbst gelernt habe, war ein wichtiger Tipp, jeweils eine Hand auf Brust und Bauch zu legen und dann darauf zu achten, dass sich nur die auf dem Bauch bewegt.

Ich denke, wenn ich mit einer Trainerin gelernt hätte, hätte sie das mit *ihren* Händen gemacht.

Ja. Das ist kein unheimlicher Drang, ihn zu berühren. Ganz und gar nicht.

»Ich werde meine Hände auf dich legen«, flüstere ich. »Okay?«

Sein Kiefer spannt sich an, und sein Atem stockt, während er nickt.

»Ertappt«, sage ich streng. »Du hast nur mit der Brust geatmet. Bleibe bei der Bauchatmung, egal was passiert.«

Ich kann sehen, wie er darum kämpft, den gelassenen Ausdruck zurückzubekommen, als ich meine linke Hand auf seine Brust und die rechte auf seinen Bauch lege.

Heilige verdammte Muskeln.

Seine Brustmuskeln unter meiner linken Handfläche sind steinhart, und unter meiner rechten ist ein Sixpack.

Ich schäme mich nicht, zuzugeben, dass dieser Moment eine wichtige Rolle spielen wird, wenn ich heute Abend mit dem Prinzregent spiele.

Mist.

Ich muss mich konzentrieren.

Er atmet wieder durch seine Brust – also flach –,

und ich genieße das Wissen, dass meine Berührung Auswirkungen auf ihn hat.

»Ich sollte spüren, wie sich *diese* heben«, sage ich, während ich zugegebenermaßen seine Bauchmuskeln streichele.

Er atmet einige Male angestrengt ein, und seine frühere Gelassenheit kehrt zurück.

»Versuche beim Einatmen bis zwei und beim Ausatmen bis vier zu zählen.«

Er tut dies fachmännisch.

Ich lasse ihn ein anderes Verhältnis machen – vor allem, weil ich meine Hände nicht wegziehen möchte.

Er meistert jede Version wie ein Champion, und viel besser, als ich es könnte.

Ich lasse ihn noch ein paar Minuten atmen. Dann entferne ich zögernd meine Hände. »Darin bist du ziemlich gut.«

Er öffnet seine Augen und setzt sich aufrechter hin. »Danke.«

»Trotzdem«, sage ich, »möchte ich, dass du das jeden Tag vierzig Minuten lang übst.«

Das kann doch nicht schaden, oder?

»Wird gemacht«, sagt er. »Sonst noch etwas?«

»Nein«, sage ich. »Wir wollen dich an deinem ersten Tag nicht überfordern.«

Und ich habe keine Ahnung, was ich ihm noch beibringen soll, also war es das.

»Ich will nicht, dass du zu weich bei mir bist«, sagt er.

Ich schaue auf seinen Schritt, und meine Augen

wölben sich bei der Beule, die ich dort entdecke. »Wenn ich das zu dir sagen würde, wärst du beleidigt.«

Seine Augen leuchten auf. »Oh, mach dir keine Sorgen, *myodik*, wir wären nie weich bei dir.«

War das das königliche *Wir* oder das *Tigger-und-Seine-Königliche-Härte-Wir*? Anstatt das zu fragen, frage ich lieber: »Ist Honig auf Ruskovisch ein männliches Substantiv?«

»Nein. Du denkst an Russisch.« Er zieht eine Grimasse. »Das ist eine barbarische Sprache.«

»Gut«, sage ich. »Eine Sekunde lang dachte ich, du würdest andeuten, dass ich männlich aussehe.«

Er lässt seinen Blick über jede meiner Kurven gleiten, und seine Stimme wird heiser. »Männlich ist etwas, was du nicht bist.«

Ich werde selbstmörderisch geil und bin kurz davor, ihn hier und jetzt zu bespringen, Keime hin oder her.

Kann die Lust alles besiegen?

Nein. Selbst wenn sie es könnte – und das ist ein *Wenn* von der Größe Seiner Königlichen Härte – sollte ich das nicht zulassen, und das nicht nur, weil wir uns an einem öffentlichen Ort befinden. Ich bin dabei, etwas dringend benötigte Kohle zu machen, und Sex in diese Gleichung aufzunehmen könnte alles ruinieren.

»Hey.« Er nimmt einen magnetischen Augenkontakt mit mir auf, was meine Entschlossenheit weiter schwächt. »Ich wollte nicht, dass du dich unwohl fühlst.«

Ich schüttele den Kopf, in der Hoffnung, ihn von

den blöden Hormonen zu befreien. »Mach dir keine Sorgen. Das tue ich nicht.«

Seine Lippen verziehen sich zu diesem verruchten Grinsen. »Gut. Ich habe viel darüber nachgedacht, wie du meinen Gürtel gestohlen hast, und ich glaube, ich habe es herausgefunden.«

Ich hebe eine Augenbraue. »Erleuchte mich.«

»Irreführung«, sagt er in einem selbstzufriedenen Ton.

Ich schnaube. »Das ist deine geniale Antwort? Das ist so, als würde man sagen: ›Du hast es geschafft, indem du hinterhältig warst‹.«

»Ja. Das auch. Hinterhältig. Ganz genau.«

»Das ist nicht die Erklärung.«

»Was ist sie dann?«, fragt er ganz schnell.

Ich grinse schelmisch. »Netter Versuch.«

Er rückt seinen Gürtel zurecht. »Ich wette, du kannst es nicht noch einmal machen.«

»Wieder ein netter Versuch. Einen Trick einmal zu machen ist Unterhaltung, ihn zweimal zu machen ist eine Lehrstunde.«

Aber ich beschließe hier und jetzt, dass ich seinen Gürtel trotzdem wieder stehlen werde – nur zu einem für mich günstigeren Zeitpunkt.

»Das ist praktisch«, sagt er.

Ich zucke mit den Schultern.

»Ich wette, du kannst mich nicht noch einmal reinlegen – mit einem anderen Trick, meine ich.«

Ich widerstehe dem Drang, ihn zu fragen, ob er mich heiraten will. Eine solche Herausforderung ist das, wofür ich lebe. »Was passiert, wenn ich es schaffe?«

Er beugt sich vor. »Ich werde alles tun, was du willst.«

Wenn es darum ging, es mir schwerer zu machen, mich auf die Magie zu konzentrieren – oder auf das Atmen –, dann ist die Mission erfüllt. Ich stelle mir vor, wie er alle möglichen angenehm unartigen Dinge mit mir macht, die zärtlichsten davon sind eine Fußmassage – er kann Handschuhe tragen –, ein Video, in dem er sich zu meinem Sehvergnügen einen runterholt, ich benutze ihn als meinen sexy Assistenten …

Nein. Er ist ein Kunde.

Es muss etwas Professionelles sein.

»Wie wäre es, wenn du ein Shirt trägst, auf dem ›Ich will eine Meerjungfrau sein‹ steht?« Ich reibe meine Hände aneinander wie ein Superschurke. »Und Jeans und Unterwäsche, die mit Bildern von Meerjungfrauen bestickt sind.«

»Abgemacht«, sagt er und lässt wieder seinen Blick über mich gleiten. »Was wirst du für mich tun, wenn ich errate, wie dieser Trick funktioniert?«

Verdammt. Jetzt werde ich rot wie eine Jungfrau.

Nun, genau genommen *bin* ich eine Jungfrau.

Grinst er schon wieder?

Grr.

Wenn ich wirklich magische Fähigkeiten hätte, würde ich meine Kraft nutzen, um meine Wangen wieder normal aussehen zu lassen.

Nein. Vergiss das. Wenn ich wirklich magische Fähigkeiten hätte, würde ich alle Bazillen aus dem Leben pusten und mich hier und jetzt mit Tigger vergnügen.

Wäre es einvernehmlich, wenn ich Magie einsetzen würde, um ihn dazu zu bringen?

»Hat eine Katze deine Zunge gefressen?«, fragt er.

»Nein«, sage ich. »Eine Großkatze. Groß. Gestreift. Reimt sich auf Liger.«

»Willst du damit sagen, dass ein Tiger deine Zunge gefressen hat? Oder Tigger? Also ich? Außerdem, was ist ein Liger?«

Ich schaue ihn von oben herab an. »Ein Liger ist eine Hybride, die aus der Kreuzung eines männlichen Löwen und eines weiblichen Tigers hervorgeht. Lies ab und zu ein Buch.«

Er schnalzt mit seiner Zunge. »Du hast mir nicht geantwortet. Was bekomme ich, wenn ich deinen Trick durchschaue?«

»Dasselbe, was du bekommst, wenn du es nicht errätst – eine kostenlose Vorführung. Also, ja oder nein?«

»Gut«, sagt er. »Täusche mich.«

Was soll ich tun?

Ich habe ein paar Dinge bei mir. Alle Magier haben das. Aber ich will etwas Größeres machen, etwas, was ein echter Höhepunkt für ihn ist.

Hmm, hörte sich das vage sexuell an?

Auf jeden Fall beneide ich einige meiner Mitbewohner. Clarice würde jetzt gleich ein

Kartenspiel zücken und Harry hat immer genug Seil für einen Trick oder eine spontane Nummer, während ich improvisieren muss.

Kann ich einen der Becher verschwinden lassen? Kaffee gegen ein anderes Getränk tauschen? Eine Münze verschwinden lassen und sie dann in einem Zuckerpäckchen wieder auftauchen lassen?

Nein. Nicht gut genug.

Ein Zuckerpäckchen in seiner Hose?

Nein, das ist dem Diebstahl des Gürtels zu ähnlich.

Aber dann fällt mir etwas ein.

Ein Klassiker.

Ich lasse meine Bühnenpersönlichkeit über meine Gesichtszüge wandern und sage so ernst ich kann: »Geh in den Coffeeshop und hol einen Löffel. Einen aus Metall, nicht aus Plastik.«

Mit einem faszinierten Blick tut er, was ich sage, und kommt mit einem Löffel in der Hand zurück.

»Hier.« Er reicht ihn mir.

Ich verbanne die Bilder von uns in Löffelchenstellung aus meinem Kopf und greife nach ihm.

Ich halte den Löffel auf Augenhöhe und fordere ihn auf, hinzusehen.

Er starrt mich unverwandt an, als würde er versuchen, meine Seele durch meine Augen zu sehen. Das, oder er könnte eine andere Dos-Equis-Werbung in seinen Blick legen, die, in der er *einmal einen Wettbewerb gegen sein eigenes Spiegelbild gewonnen hat.*

Als ich das Gefühl habe, dass ich genug

geheimnisvolle Spannung aufgebaut habe, lasse ich die Illusion sich entfalten – und er sieht, wie sich der Löffel biegt.

»Wow«, murmelt er, während ein Ausdruck absoluter und völliger Ehrfurcht auf seinem Gesicht erscheint und ihm ein fast jungenhaftes Aussehen verleiht.

Stolz schwillt in mir an. Ich habe eine Weile gebraucht, um diese Illusion genau wie die Szene in *Matrix* aussehen zu lassen.

»Wie hast du das gemacht?«, fragt er, und seine Augen hypnotisieren den nun verbogenen Löffel.

Ich reiche ihm den Löffel, damit er ihn untersuchen kann. »Heißt das, ich habe gewonnen?«

»Ja«, sagt er. »Du hast gewonnen. Jetzt sag es mir.«

»Es ist ganz einfach.« Ich beuge mich näher heran. »Es gibt keinen Löffel, wie schon Neo in Matrix gesagt hat.«

Er atmet hörbar aus. »Gut. Du hast mich zweimal erwischt. Ich habe das Gefühl, dass die Meerjungfrauenkleidung nicht mehr ausreicht. Du musst dich heute von mir zum Mittagessen einladen lassen.«

»Ich treffe mich mit meiner Schwester zum Mittagessen«, antworte ich beinahe automatisch.

»Oh«, sagt er. »Natürlich.«

Ist das Enttäuschung in seinem Gesicht?

Ich räuspere mich. »Wo wir gerade von dem Mittagessen sprechen ... ich sollte bald aufbrechen.«

»Ich verstehe«, sagt er, und dieses Mal ist sein

Gesicht ausdruckslos. »Können wir unsere Nummern austauschen, bevor du gehst?«

Ich nehme die Visitenkarte in die Hand, auf die er sein erstes Angebot geschrieben hat. »Ist das dein Handy?«

Er nickt.

Ich gebe sie in mein Handy ein und speichere ihn in meinen Kontakten als *Seine Königliche Hoheit*, dann schreibe ich ihm eine SMS, damit er meine Nummer hat.

Sein Telefon klingelt.

Wie immer in dieser Situation, achte ich genau auf seine Hände. Als Magier lege ich Wert darauf, mir die PIN-Codes von allen, die ich kenne, zu merken und auswendig zu lernen. Auf diese Weise kann ich, wenn ich irgendwann die Chance bekomme, eines der Telefone zu stehlen, meine *Macht* demonstrieren, indem ich es *magisch* entsperre. Außerdem kann ich damit Mentalismustricks machen, wie zum Beispiel *Denk an eine Person, mit der du kürzlich gesprochen hast*, und dann den Namen der Person ansagen, den ich in ihrer letzten Anrufliste gesehen habe. Letzteres hat Walter fast ein Aneurysma beschert, als ich es vor ein paar Wochen für ihn gemacht habe.

Tigger tippt die Zahlen ziemlich schnell ein, aber ich denke, ich habe sie trotzdem.

Dann wischt er über den Bildschirm und macht meinen Kitzler eifersüchtig. »Hab dich. Danke. Ich gebe dir Bescheid, wenn ich für die nächste Stunde verfügbar bin.«

»Immer mit der Ruhe«, sage ich und meine es auch so. Wenn er es hinauszögert, gibt mir das Zeit, eine Art Unterrichtsplan auszuarbeiten.

Er steht auf.

Das tue ich auch.

Er scheint kurz davor zu sein, etwas zu sagen.

Ich überlege, ob ich näher kommen soll, um ihn zu umarmen und dann wieder seinen Gürtel zu stehlen, aber er gibt mir keine Gelegenheit dazu. Mit einer höflichen Verbeugung dreht er sich um und geht.

———

Als ich in ein Taxi springe, kann ich nicht anders, als mich zu fragen, ob er ein wenig zu abrupt gegangen ist.

Wenn ja, warum? War er sauer, dass ich nicht mit ihm zum Mittagessen gehen konnte?

Moment einmal. Hat er mich nach einem Date gefragt?

Nein. Das kann nicht sein. Er ist ein heißer Prinz, und ich bin ein mittelloses Chaos. Warum sollte er mit mir ausgehen wollen?

Obwohl das eigentlich auch egal ist. Wenn er mich wie durch ein Wunder gefragt hat, ob ich mit ihm ausgehe, ist es gut, dass ich – wenn auch versehentlich – abgelehnt habe.

Er ist ein Kunde, und ich brauche das Geld.

Selbst wenn er es nicht wäre, habe ich schon immer Beziehungen gemieden, um mich auf meine Karriere zu konzentrieren. Wenn alles gut geht, bedeutet es, dass ich für meine Shows reisen muss, und Reisen ist nicht förderlich für eine Beziehung. Genauso wenig wie meine Abneigung gegen Keime, und er ist eine männliche Hure, die wahrscheinlich von ihnen wimmelt.

Außerdem ist er ein Prinz. Das bedeutet, dass er – wie der Lieblingscharakter meines Zwillings in *Downton Abbey* es ausdrücken würde – über meinem Stand ist. Aufgrund seiner königlichen Pflichten könnte er nicht einmal in der Lage sein, mit einer Bürgerlichen auszugehen, abgesehen von einer kurzen Affäre. Und er steht wahrscheinlich im Rampenlicht der Öffentlichkeit, wird von den Paparazzi gejagt und so weiter.

Moment, eigentlich wäre Letzteres für mich in Ordnung. Die Publicity könnte für meine Magierkarriere hilfreich sein.

Aber nein. Verabredungen sind generell eine schlechte Idee für mich, und mit Tigger wäre es mit ziemlicher Sicherheit eine Katastrophe. Abgesehen von all den Gründen, die ich gerade aufgezählt habe, habe ich den heimlichen Verdacht, dass ich mir eine der furchterregendsten Krankheiten, die ich mir vorstellen kann, einfangen könnte, wenn ich diesen Weg einschlagen würde.

Gefühle.

Das Taxi hält an, und ich laufe schnell zu dem Restaurant, das Blue ausgesucht hat.

Oh, zur Hölle, nein.

Das Schild neben der Tür lässt mein Blut in Wallung geraten.

Ich ziehe mein Handy aus der Tasche und tippe eine Nachricht an meine Schwester:

Wo bist du? Auf keinen Fall werde ich in diesem Restaurant essen – oder es auch nur betreten.

Kapitel Acht

ast da, antwortet Blue. *Wo liegt das Problem?*

Ich starre wieder auf das Schild und kämpfe gegen die Übelkeit an, bevor ich wütend eine SMS schreibe: *Willst du mich verarschen? Wenn ich mich umbringen wollte, würde ich eine Überdosis an Schlaftabletten nehmen.*

Ein gelbes Taxi fährt an den Bordstein, und meine Schwester springt mit einem verärgerten Gesichtsausdruck heraus.

Da meine Sechslingsschwestern eineiig sind, sehen sie so identisch aus wie Holly und ich, also gleiche Gesichter, aber unterschiedliche Frisuren, Körperfettverteilungen und dergleichen. Es gibt auch eine recht große Ähnlichkeit zwischen meinem Zwilling, mir und den Sechslingen. Durch das Glück der genetischen Würfel sehen wir uns ähnlicher als die meisten Schwestern. Das könnte erklären, warum Blue mich auch an Cate Blanchett erinnert, nur in ihrer Rolle in *Heaven*, wo sie einen Buzzcut trägt.

»Was stimmt mit diesem Restaurant nicht?«, fragt Blue.

Ich zeige auf das Schild. »Das.«

Sie seufzt. »Ja. Das ist ein ›B‹.«

Das New Yorker Gesundheitsamt inspiziert Restaurants und verleiht ihnen eine Bewertung zwischen A und C. A bedeutet, dass das Lokal zwischen null und dreizehn Punkten für sanitäre Verstöße erhalten hat, während B vierzehn bis siebenundzwanzig Verstöße bedeutet. In der Realität bedeutet ein B, dass Ratten an Kakerlaken ersticken und Affen aus dem Zoo auftauchen, um die Kunden mit Fäkalien zu bewerfen. Eine C-Einstufung bedeutet achtundzwanzig Verstöße oder mehr, also stelle ich mir das Innere dieser Restaurants als eine postapokalyptische Landschaft mit pestverseuchten, mutierten Ratten vor, die das Personal fressen, Kunden, die sich gegenseitig kannibalisieren, und Essen, das zombieartig zum Leben erwacht.

Ich verenge die Augen. »Wie würdest *du* dich fühlen, wenn ich dich zu Chick-fil-A schleppen würde?«

Sie erschaudert.

»Was ist mit KFC?«

Sie erblasst.

»Popeyes. Church's Chicken. Zax …«

»Genug«, sagt sie. »Lass uns ein Restaurant mit einem ›A‹ für dich finden.«

Ja. Blues Angst vor Vögeln erstreckt sich auch auf gebratene.

Ich ziehe mein Telefon heraus. »Gib mir einen Moment.«

Ich traue nicht einmal A-bewerteten Orten, weshalb ich Blue angefleht habe, eine App für mich zu schreiben, die die reinen Inspektionsdaten analysiert, die die Stadt New York für jeden kostenlos zur Verfügung stellt. Ich verrate der App meinen Standort, und sie zeigt mir ein nahegelegenes Restaurant mit einer Nullwertung an.

Aha. Ein Ort namens Planet of the Crepes.

Vielversprechend.

Ich überprüfe, ob sie Geflügel servieren, und stelle fest, dass sie es nicht tun. Sie machen die Crêpes sogar ohne Eier.

»Was denkst du?« Ich zeige meiner Schwester die Speisekarte.

Sie seufzt theatralisch. »Gehen wir.«

Eine kurze Taxifahrt später betreten wir das Planet of the Crepes, und ich schaue mich zufrieden um. Die Crêpes werden vor den Augen aller gemacht, und der Typ, der sie zubereitet, reinigt den Crêpe-Maker zwischen jeder Runde und zieht sich neue Handschuhe an.

Das könnte das sicherste Mittagessen sein, das ich seit Langem draußen hatte.

Blue bestellt zuerst und wählt einen herzhaften Crêpe mit allem.

Ich zucke innerlich zusammen. Immer wenn ich die

Nachrichten sehe, achte ich auf Lebensmittel, von denen Menschen lebensmittelbedingte Krankheiten bekommen, damit ich sie von meinem Speiseplan streichen kann. Und mindestens ein paar der Zutaten in Blues Crêpe stehen auf dieser Niemals-essen-Liste. Das sage ich ihr aber nicht, denn sie hat es mir ausdrücklich verboten.

Was ich verstehe. Es war schon schlimm genug, dass ich meinen Geschwistern erzählt habe, dass der Weihnachtsmann nicht existiert – Magier sind von Natur aus skeptisch, also habe ich diese lustige Verschwörungstheorie bereits sehr früh in meinem Leben ausgegraben. Ich habe ihnen auch die Zahnfee verdorben. Wo wir gerade dabei sind: Was für ein verdrehtes Gehirn hat sich diese Geschichte ausgedacht? Ein übernatürliches fliegendes Wesen, das sich für Zähne interessiert? Sorry, die Zähne von *Kindern*, denn das macht es so viel besser. Bewahrt sie sie irgendwo als alptraumhaften Haufen auf, oder isst sie sie? Und wenn es Letzteres ist, wie hart sind die Zähne der Zahnfee?

Wie auch immer, ich mache mir Sorgen, dass, wenn ich meinen Schwestern den Schinken und andere leckere Lebensmittel verderbe, sie mich schließlich lynchen könnten – so wie sie es nach dem Santa-Gate fast getan hätten.

Als ich an der Reihe bin, zu bestellen, nehme ich einen süßen Crêpe mit Füllungen, die direkt aus dem Glas kommen, wie Nutella und Honig.

»Wollen Sie Vanillezucker?«, fragt der Typ.

Ich schreie fast panisch: »Auf keinen Fall!«, bevor ich ein gemäßigteres »Nein, danke« zustande bringe.

Es gibt eine Art Vanille-Aroma, das aus den analen Ausscheidungen von Bibern stammt. Das ist der Grund, warum ich sehr gewissenhaft bin, wenn es darum geht, Produkte mit Vanillegeschmack zu recherchieren, bevor sie in die Nähe meines Mundes kommen. Und warum ich nie schwedischen Schnaps trinke.

Als unser Essen fertig ist, besteht Blue darauf, für uns beide zu bezahlen. Mit unseren Crêpes in der Hand schnappen wir uns einen Tisch in der Ecke.

Ich schneide ein Stück von meinem Crêpe ab und schaue sie erwartungsvoll an.

»Was?«, sagt sie und klingt abwehrend.

»Du weißt schon.« Ich gabele den Bissen Crêpe in meinen Mund und unterdrücke ein Stöhnen, als der volle, süße Geschmack auf meinen Geschmacksnerven explodiert.

»Was weiß ich?«

Ich lege meine Gabel weg. »Du hast bezahlt.« Ich strecke einen Finger aus. »Du wolltest ein gemeinsames Essen, anstatt den üblichen Videoanruf zu machen.« Ich strecke einen zweiten Finger aus. »Entweder bist du dabei, ein großes Geheimnis zu teilen, oder du brauchst einen Gefallen.«

»Gut.« Sie sticht mit einer Gabel in ihren Crêpe. »Ich brauche deine Hilfe.«

Ich kann mir ein schelmisches Grinsen nicht verkneifen. »Wobei?«

Sie schneidet den Crêpe in zwei Hälften. »Ich möchte lernen, wie man Poker spielt – und wie man dabei betrügt.«

Wow. Das ist nicht gerade eine Aufforderung, ihr beizubringen, wie man Schlösser knackt oder Löffel verbiegt, aber nahe dran.

»Das ist keine kleine Bitte«, sage ich. »Du weißt, was ich davon halte, den Magierkodex zu brechen.«

Sie seufzt. »Ich dachte mir, dass du das sagen würdest.«

»Ich will wissen, warum.«

Sie seufzt eher theatralisch. »Dass du das sagen würdest, dachte ich mir ebenfalls.« Sie holt ihr schickes Handy heraus, ruft ein Bild auf und zeigt es mir.

Ich pfeife, während ich auf den Bildschirm starre.

Das Bild sieht aus wie ein Setup für eine Art Porno. Eine seltene, exklusiv für Frauen gemachte Art von Porno.

Eine Gruppe sehr attraktiver Männer sitzt um einen Tisch in einer Art Sauna, nur mit Handtüchern bekleidet und – im Falle eines Mannes – mit einer Sonnenbrille. Der Schweiß perlt auf ihren gemeißelten Gesichtern, und ihre festen Muskeln spannen sich deutlich vor Konzentration an.

Der Testosteronspiegel in diesem Raum würde ein Pferd töten.

Der vielleicht seltsamste Teil des Tableaus ist, dass sie Spielkarten in der Hand halten. Das, kombiniert mit den Chips auf dem Tisch und dem Wunsch meiner Schwester, etwas über Poker zu lernen, deutet für mich darauf hin, dass das das Spiel ist, das sie spielen.

Ich frage mich, was Clarice von diesem Bild halten würde. Könnte der Anblick so vieler umwerfender Männer, die Spielkarten halten, ein Weg aus ihrer Karten-Sexualität sein?

Vielleicht. Oder es könnte in die andere Richtung gehen. Wenn eine Frau lange genug auf dieses Bild starrt, möchte sie vielleicht ein Kartenspiel kaufen. Vielleicht passiert es sogar schon mit mir. Warum sonst wünsche ich mir so verzweifelt, Tigger nackt und mit Karten in der Hand in diesem Raum zu sehen?

Meine Schwester zieht das Telefon zurück.

Ich schaue auf. »Ich habe schon von Hot Yoga gehört, aber noch nie von Bikram-Poker.«

Sie lächelt. »Es ist lustig, dass du das sagst. Er ist bekannt als der Hot Poker Club.«

Ich lache. »Diese Typen *sind* heiß. Ich würde mich von jedem von ihnen ficken lassen.« Das ist offensichtlich eine Lüge, aber ich habe den Schein aufrechterhalten, seit ich mich in der Highschool vor meinen Schwestern wie eine Sexgöttin aufgeführt habe. »In der Tat könnte dieses Bild nur noch heißer sein, wenn ihre *Asse* nicht von diesen glücklichen Handtüchern bedeckt wären.«

Sie runzelt die Stirn. »Eines dieser Asse ist tabu.«

»Verstanden«, sage ich. »Die erste Regel im Hot Poker Club lautet: ›Lass deine schmutzigen Hände vom Boytoy deiner Schwester‹.«

Das ist auch so eine Art Familienmotto unter uns acht Leuten.

Ihr Stirnrunzeln verschwindet. »Und die zweite Regel ist ...«, sagen wir unisono, »»Lass deine schmutzigen Hände vom Boytoy deiner Schwester‹.«

Ich grinse sie an. »Welcher?«

Sie zeigt auf den Typen mit der Sonnenbrille.

»Gar nicht schlecht«, sage ich und schaue mir das Premium Man Candy an. Er erinnert mich vage an Ryan Reynolds, aber mit slawischen Zügen. »Also, wie lautet der Plan? Du lernst, zu betrügen, und schlägst ihn dann in einer heißen Partie Strip-Poker?«

Sie rollt mit den Augen. »Wirst du mir helfen?«

Ich beiße mir auf die Lippe. »Das kann ich, aber nicht so, wie du denkst.«

Das Stirnrunzeln ist zurück. »Wie meinst du das?«

Ich strecke meine Hände nach rechts und links aus und spreize die Finger, um meine Handschuhe zu präsentieren. »Die Kartenmanipulation ist schwierig, wenn man diese die ganze Zeit trägt. Zu allem Übel möchten die Leute immer die Karten des Magiers anfassen, also – und ich schäme mich, das zuzugeben – bin ich nicht so gut in diesem Zweig der Magie.«

»Was?« Sie schaut mich an, als wäre gerade das Pik-As auf meiner Stirn erschienen. »Was ist mit den Millionen von Kartentricks, die du mir gezeigt hast?«

Ich zucke mit den Schultern. »Ein berühmter Magier sagte einmal, ›Kartentricks sind die Poesie der Magie‹. Ich kenne offensichtlich einige. Das tun wir alle, aber ich bin kein Experte – vor allem nicht, wenn es um Kartenbetrug geht.«

Sie verengt ihre Augen. »Du hast es so klingen lassen, als würdest du helfen können.«

»Und das kann ich auch.« Jetzt bin ich an der Reihe, mein Handy zu zücken. »Ich kenne jemanden, der eine der besten der Welt sein könnte, für das, was du brauchst.« Ich rufe ein Video von Clarice auf, in dem sie einen ihrer Poker-Betrügereien zeigt. »Siehst du?«

Während meine Schwester zusieht, wird ihr Blick berechnend.

»Bring mich mit ihr in Kontakt«, sagt sie, als das Video zu Ende ist.

»Du musst mir im Gegenzug einen Gefallen tun«, sage ich.

Sie schnaubt. »Einen Gefallen dafür, dass du mich mit jemandem in Kontakt gebracht hast?«

»Verdient eine Maklerin nicht ihr Honorar für die Vermittlung eines Käufers und eines Verkäufers? Verdient ein Reisebüro nicht …«

»Du weißt, dass ich sie auch allein finden könnte, wenn ich wollte, oder? Ich habe ihr Gesicht gesehen und ich weiß, dass sie zu deinem inneren Kreis gehört.«

Das stimmt. Meine Schwester arbeitet für die Regierungsbehörde, die gerne jedermanns Handygespräche abhört – oder, wie sie sagt, *No Such Agency* anstatt *National Security Agency* – so kann sie jemanden mit noch weniger Daten orten und danach wahrscheinlich alle seine Telefonate abhören.

»Vertrau mir«, sage ich mit so viel Zuversicht, wie ich aufbringen kann. »Du wirst wollen, dass ich ein gutes Wort für dich einlege.«

In Wahrheit würde sie Clarice aber sofort überzeugen, sobald sie das Wort *Poker* sagt.

»Gut.« Blue nimmt ein Stück von ihrem Crêpe in den Mund. »Was willst du?«

Ich schenke ihr mein hinterhältigstes Grinsen. »Ich möchte, dass du mir eine weitere App schreibst.«

Noch ein Augenrollen. »Ich kann nicht glauben, dass du meine Hilfe dabei brauchst. Du hast den höchsten IQ in der Familie. Warum lernst du nicht einfach, wie man programmiert?«

Ja, das ist ein weiterer Trick, den ich bei ihnen angewandt habe. Wissenschaftler haben meine Sechslingsschwestern seit ihrer Geburt untersucht, um nach Ähnlichkeiten und Unterschieden in allen möglichen Bereichen zu suchen, und mein Zwilling und ich wurden gelegentlich in diese Forschung einbezogen, was IQ-Tests und Ähnliches beinhaltete. Also habe ich bei einem dieser Tests geschummelt. Na ja, nicht wirklich geschummelt – ich habe nur für den Test gelernt, während meine Schwestern das nicht getan haben. Also habe ich viel mehr Punkte bekommen, als ich es sonst getan hätte. Obwohl jeder denkt, dass diese Tests nur die Begabung messen, ist das nicht wahr.

»Dafür brauchst du vielleicht gar keine Programmierung«, sage ich beschwichtigend. »Ich will die Autokorrektur der Leute durcheinanderbringen.«

Ihr Grinsen lässt uns noch ähnlicher aussehen. »Mit ›Leute‹ meinst du Kreaturen mit dem Nachnamen Hyman.«

»Ja. Und meine Mitbewohner.«

Sie kratzt sich am Kinn.

»Kannst du dich nicht in ihre Telefone hacken und ein paar Shortcuts erstellen?«, frage ich. »*Schicken* in *ficken, rasen* in *blasen* und so weiter verändern?«

»Gut«, sagt sie. »Das ist ein Deal. Aber nur, weil mir dieses spezielle Projekt gefallen könnte.«

»Großartig. Ich hoffe, das bedeutet, dass du mir bei einer weiteren Sache helfen wirst.«

Sie hebt eine Augenbraue. »Jetzt auf einmal zwei Gefälligkeiten?«

»Das hier ist trivial für jemanden mit deinen Ressourcen«, sage ich. »Ich will alles über einen Kerl erfahren, was es zu wissen gibt.«

Ihre Augenbrauen heben sich. »Einen Kerl?«

»Ja, und auch keine Fragen über ihn.« Tigger ist mein Eigentum, und ich bin noch nicht bereit, ihn mit jemandem zu teilen, weder verbal noch anderweitig.

»Gut. Schick mir seinen Namen, und ich werde sehen, was ich auf dem Rückweg herausfinden kann.« Sie schiebt sich einen großen Bissen von ihrem Crêpe in den Mund, und ich folge ihrem Beispiel.

»Also«, sage ich, nachdem ich geschluckt habe. »Gibt es irgendwelche Frauen im Hot Poker Club?«

Sie zuckt mit den Schultern. »Nicht, dass ich wüsste.«

»Sind sie nicht erlaubt? Oder sind sie selten?«

Das ist ein etwas heikles Thema für mich. Magie ist ein männlich dominiertes Feld, und ich fühlte mich sowohl einsam als auch unwillkommen, bis ich meine wunderbaren Mitbewohnerinnen traf.

Blue ist entweder sehr nachdenklich oder kaut sorgfältig ihr Essen. »Ich glaube, die Jungs sind einfach mehr am Pokern interessiert.«

»Das ist scheiße. Eine Frau in diesem Dampfbad ist genau das, wofür die Wahlrechtsbewegung gekämpft hat. Zeit, die Dampfdecke zu durchbrechen.«

Sie hebt ihre Gabel wie ein Schnapsglas. »Hört, hört. Ich biete mich gerne als Tribut an.«

Es wäre üblicher, eine Jungfrau – sagen wir, mich – als Tribut zu verwenden, aber das erwähne ich nicht. Stattdessen lenke ich das Gespräch auf den Tratsch über den Rest unserer Familie.

Schließlich kommen wir zu dem Thema, dass die Octoeltern in der Stadt sind und ein Treffen einfordern.

»Ich würde an deiner Stelle einen Typen mitbringen«, sagt Blue weise. »Auch wenn er dein schwuler Freund ist. Das wird die Dinge so viel einfacher machen. Das ist es, was ich zu tun hoffe.«

Sie hat recht. Meine Zwillingsschwester hat ihren neuen Freund zu ihrem – eigentlich meinem – Mittagessen mitgenommen und behauptet, dass es ihr sehr geholfen hat, auch wenn sie am Ende *mich* unter den Bus geworfen hat.

Wen kann ich mitnehmen?

Walter?

Würden sie uns überhaupt glauben, dass wir ein Paar sind?

Ich weiß, wen ich mitbringen *möchte* … zum Treffen mit den Eltern und überall sonst, auch zum Frauenarzttermin.

Tigger.

Hmm. Ist es zu spät, um noch einen Gefallen als zusätzliche Gebühr für meine Nachhilfedienste zu verlangen?

Nein. Ihn mitzubringen ist eine schlechte Idee. Octomom ist keine junge Frau mehr, und der Kontakt mit solch unverfälschter männlicher Schärfe, könnte ihr armes Herz zum Stillstand bringen.

Blue nickt wissend. »Du denkst an den Kerl, den ich für dich suchen soll?«

»Ja.«

Sie beendet ihr Essen, wischt sich die Hände ab und holt ihren Laptop aus der Umhängetasche. »Wie ist sein Name? Ich werde sofort eine Schnellsuche für dich machen.«

»Anatolio Cezaroff«, sage ich.

Sie tippt es ein, und ihre Stirn runzelt sich.

Oh, Mist. Ich hoffe wirklich, dass sie mir nicht erzählen wird, dass sie ihn gehackt und erfahren hat, dass er eine Geschlechtskrankheit hat.

Oder noch schlimmer … eine Frau.

Kapitel Neun

Sie schaut mit großen Augen von ihrem Bildschirm auf. »Er ist ein Prinz.«

Puh. Hat sie deshalb ihre Augenbrauen zusammengezogen?

»Nun, ja.«

»Ein echter Prinz?« Sie fährt sich mit der Hand über ihren Buzzcut.

»Nein. Nicht wirklich. Er ist eigentlich eine gewaltfreie Version des Terminators, der in die Vergangenheit geschickt wurde, um Sarah Connor heimlich zerquetschte Antibabypillen ins Essen zu mischen.«

Sie schaut wieder auf ihren Bildschirm und beginnt, zu tippen. Nach ein paar Minuten schaut sie wieder auf. »Hast du ihn gegoogelt?«

»Ein wenig.«

Sie deutet auf den Bildschirm. »Ich bin mir nicht sicher, ob ich dir darüber hinaus etwas besorgen sollte, vor allem, da es so viele öffentliche Informationen gibt. Seine privateren Daten scheinen von seiner Regierung geschützt zu sein, und ich möchte keinen internationalen Zwischenfall verursachen, indem ich darin herumstochere. Wenn Ruskovia *jemals* eine terroristische Gruppe beherbergen sollte, können wir reden.«

»Sicher. Toller Plan. Hoffen wir, dass die Terroristen sein Land infiltrieren, nur damit du ihn stalken kannst.«

Sie klappt ihren Laptop zu und schiebt ihn zurück in ihre Tasche. »Du bist diejenige, die ihn stalken will.«

Ich schneide meinen Crêpe ein wenig zu kräftig durch. »Wenigstens trage ich kein Nacktfoto von ihm in meinem Handy mit mir herum.«

Sie sticht noch kräftiger in das, was von ihrem Essen übrig ist, sagt aber nichts.

»Können wir das Thema wechseln?«, frage ich.

Sie stimmt gerne zu, und wir machen weiter mit dem Tratsch über die Familie. Mit acht Schwestern haben wir das schon fast zu einer Kunstform gemacht.

Als das Mittagessen vorbei ist, nehme ich ein Taxi nach Hause und googele Tigger auf dem Rückweg.

Meistens fügen die Artikel nur die immer länger werdende Liste seiner Abenteuer hinzu, von denen ich seine Besteigung des Mount Everest am beeindruckendsten finde. Ich habe noch nie in meinem Leben einen Berg bestiegen, aber es steht auf meiner Bucket List – zusammen mit dem Besteigen von Tiggers Königlicher Härte.

Einige der Links führen zu Videos, in denen er seine Stunts macht, also schaue ich mir diese gierig an.

Interessant. Die meiste Zeit ist ein ehrfürchtiger Ausdruck auf seinem Gesicht zu sehen, derselbe, den ich während des Löffeltricks gesehen habe.

Ich lese weitere Artikel, bis ich über einen stolpere, bei dem sich mein Herz schmerzhaft in meiner Brust zusammenzieht.

Tigger hat sich vor nicht allzu langer Zeit bei einem Base Jump verletzt. Er lag sogar im Koma, und es dauerte Wochen, bis er wieder aufwachte.

Sorgen und Schuldgefühle breiten sich in meinem Bauch aus.

Der arme Mann wäre fast gestorben, und jetzt werde ich Teil eines weiteren seiner Stunts sein – mit meinem Fake-Training.

Wenn er ertrinkt, werde ich mir das nie verzeihen.

Andererseits, wer sagt, dass mein Training ein Fake sein muss? Ich könnte alles lernen, was es über das Anhalten des Atems zu wissen gibt, und Tigger so gut wie möglich trainieren. Ich könnte auch immer sagen, dass es meine professionelle Meinung ist, dass er nicht freitauchen sollte.

Ja, genau das ist es.

Die Schuldgefühle sind jetzt schwächer und leichter zu verdrängen. Generell sind Schuldgefühle ein häufiges Phänomen für mich, zumindest eine bestimmte Art, die wir in meiner Branche *Magierschuld* nennen. Das ist es, was wir fühlen, wenn wir Dinge sagen wie »Ich lasse dich eine Karte aus diesem völlig *normalen* Kartenspiel ziehen«, aber das fragliche Kartenspiel besteht insgeheim nur aus Assen.

Sobald ich meine Schuldgefühle beseitigt habe, setze ich meine Suche fort und stoße auf einige unwillkommene Bilder, darunter ein Bild, auf dem Tigger mit einem Model auf einem roten Teppich steht, und eines, auf dem er die Hand einer berühmten Sportlerin küsst.

Andererseits, was habe ich erwartet?

Er ist schließlich eine männliche Hure.

Masochistisch veranlagt, suche ich nach weiteren Bildern dieser Art, bis mir etwas Interessantes auffällt.

Walters Magazin hat viele Geschichten über die ruskovische Königsfamilie veröffentlicht.

Bevor ich die Chance habe, Walter anzurufen und nachzufragen, hält das Taxi an. Ich bezahle, eile in die Wohnung und warne Clarice, dass sie von meiner Schwester hören könnte.

»Danke, dass du an mich gedacht hast«, sagt sie. »Ich würde mich über einen Job freuen.«

Ich zwinkere ihr zu. »Ich hoffe, du bist immer noch dankbar, nachdem du mit Blue fertig bist. Sie kann ganz schön anstrengend sein.«

Clarice zieht ihren Piratenhut. »Wie du?«

Ich würdige das nicht mit einer Antwort, sondern mache mich auf den Weg in mein Zimmer, enthaupte Manny und stecke ihm mein Handy in den Nacken.

Zeit für einen Videocall mit Walter.

Während das Telefon klingelt, bereite ich mich darauf vor, eine Videonachricht zu hinterlassen, die in etwa so lautet: »Hmm. Wo ist Walter?«, aber ich komme nicht dazu, weil er antwortet.

»Hey, was ist los?«

»Hey.« Ich blinzele, während ich versuche, seinen wechselnden Hintergrund zu deuten. »Wo ist Walter heute?«

Er rollt mit den Augen. »Ha, ha. Das ist der Central Park hinter mir.« Er dreht das Telefon so, dass ich seine Aussage überprüfen kann. »Ich habe gerade mit einem Arbeitskollegen zu Mittag gegessen und bin nun auf dem Weg zu einem Interview mit einem berühmten Hotelbesitzer.«

»Verstanden. Ich habe eine arbeitsbezogene Frage an dich, wenn du kurz Zeit hast?«

»Ich habe ein paar Minuten. Schieß los.«

»Wie viel weißt du über die ruskovische Königsfamilie?«

»Ah«, sagt er. »Klingt, als hättest du auch herausgefunden, wer das unhöfliche Arschloch von neulich war.«

»Anatolio Cezaroff.«

»Das ist richtig«, sagt er. »Ich habe einige meiner Kollegen im Magazin nach ihm gefragt. Ein wirklich unangenehmer Kerl.«

Ich runzele die Stirn. »Unangenehm?«

Er nickt. »Ein totaler Playboy. Sie sagen, dass er jede Nacht eine andere hat – und sie danach nie anruft. Außerdem macht er diese verrückten Stunts, und es ist ihm egal, ob er dabei sich selbst oder andere verletzt.« Er schaut zielgerichtet in die Kamera seines Handys.

»Wenn *ich* eine Frau wäre, würde ich mich von ihm fernhalten.«

Scheiße. Ich will nicht, dass er sieht, welche Wirkung seine Worte haben, also füge ich meiner Stimme Leichtigkeit hinzu. »Wenn du eine Frau wärst, würde dein Name Wenda lauten. Oder Wilma.«

Walter bläht sich auf und wechselt in seinen Mansplain-Modus. »Wenda und Wilma sind die Zwillingsfreundinnen der fiktiven Figur, um die es geht.«

»Was du nicht sagst.« Ich beschließe, so zu tun, als hätte er diese Tirade nicht schon oft gehalten.

»Sein richtiger Name ist Wally«, fährt er mit einer ordentlichen Portion Bitterkeit in seiner Stimme fort. »Aus irgendeinem unerfindlichen Grund nennt er sich in Deutschland Walter. Nicht Charlie wie in Frankreich oder Willy wie in Norwegen oder Waldo wie in Nordamerika …«

»Oder Wang wie in China«, sage ich in seinem Tonfall. »Oder Weiner, wie in Israel. Oder Wacko, wie in …«

»Weißt du was, ich habe ziemlich viel zu tun, also werde ich das Gespräch beenden.«

Damit legt er auf, und ich fühle mich auf einmal wie eine beschissene Freundin.

Es ist möglich, dass ich ihn wegen der schlechten Nachrichten mehr als normal geärgert habe, wie um den Boten zu erschießen. Es hat mir nicht gefallen, ihn diese Dinge über Tigger sagen zu hören, auch wenn seine Worte meinen eigenen Verdacht bestätigen.

Mein Telefon klingelt mit einer SMS.

Wenn man vom Teufel spricht. Es ist Tigger.

Hast du noch mehr Training, das keinen Pool erfordert?, fragt er. *Mein Bruder sagt, er kann mir ein Zimmer mit Pool zur Verfügung stellen, aber es wird zwei Tage dauern, um den Pool zu reinigen und mit neuem Wasser zu füllen.*

Ja, antworte ich.

Die Wahrheit ist, dass ich *hoffe*, dass ich das werde, nachdem ich etwas recherchiert habe.

Großartig, sagt er. *Wie wäre es morgen?*

Morgen? Das gibt mir nicht viel Zeit für die Vorbereitung. Außerdem kommen meine Schuldgefühle wieder hoch.

Dann habe ich eine Idee, die mir mehr Zeit verschaffen und die Schuldgefühle lindern sollte.

Ein Arzt muss dich zum Freitauchen freigeben.

So. Wenn ein Mediziner ihm sagt, dass er sicher für längere Zeit die Luft anhalten kann, dann riskiere ich wenigstens nicht, dass er während unseres Trainings ertrinkt.

Apropos, das ist eine lustige Idee: Ich könnte ihn waterboarden. Auf diese Weise bekommt er in den vollen Genuss des Ertrinkens, aber mit ziemlich minimalem Risiko.

Aber nein. Es ist möglich, dass ich angesichts des Gesprächs mit Walter einfach Lust habe, ihm das anzutun.

Natürlich, antwortet er. *Ich sollte das bis 15.00 Uhr fertig haben. Würde dir das passen?*

So viel zur Extrazeit.

Ja, antworte ich. An die Miete denkend, füge ich hinzu: *Kann ich einen Teil der Zahlung im Voraus bekommen? Ich muss ein paar Ausgaben decken.*

Kein Problem, antwortet er, und wir besprechen, wie er mir das Geld zukommen lassen wird.

Ich warte ein paar Minuten, bevor ich mein Konto checke.

Ja.

Die Miete für diesen Monat ist kein Thema mehr.

Ich schicke das Geld an Clarice und denke über ein Problem nach, das die Miete in den Schatten stellt: Angesichts all dessen, was ich jetzt über meinen Klienten weiß, werde ich besonders wachsam sein müssen, um mir keine Gefühle für ihn einzufangen.

Bekomme ich das hin?

Das sollte ich besser. Das Geld, das ich verdienen werde, wird mich meinem größten Wunsch näher bringen: meiner eigenen Zaubershow.

Damit bin ich richtig motiviert und stürze mich in die Recherche zum Freitauchen.

Ich beginne mit David Blaines TED-Talk über das Anhalten des Atems im Fernsehen, angeblich wirklich.

Es ist interessant. Er sagt, dass er darüber nachgedacht hat, ein Atemgerät in seinem Körper zu verstecken, ein Modus Operandi, den ich ansprechend finde. Es ist ein seltener Fall, in dem ich als Frau tatsächlich einen Vorteil habe – einen zusätzlichen Platz, um Sachen zu verstecken.

Ich grinse, als ich mir vorstelle, wie ich einen spezialisierten Zauberdildo bei der neuen Freundin meines Zwillings bestelle. Unserem kurzen Treffen nach zu urteilen, würde sie ein solches Projekt lieben.

Blaine erwähnt auch Perflubron, eine Flüssigkeit, die man tatsächlich atmen kann.

Nein. Nicht nützlich zum Freitauchen, es sei denn, man kann das Wasser, in dem man tauchen will, ablassen und mit dieser kühlen Substanz auffüllen. Selbst ein Prinz ist nicht *so* reich.

Schließlich kommt Blaine zum Freitauchen und erklärt, dass Bewegung den Sauerstoff verbraucht. Aber das größte Problem beim Luftanhalten ist die CO_2-Anreicherung im Blut.

Ich notiere mir, dass ich mehr recherchieren muss.

Er erwähnt auch eine wichtige Fähigkeit, eine Art der Atmung, die Purging genannt wird – was nicht so eklig ist, wie es sich anhört, und sich als nützlich erweisen könnte, falls ich jemals mutig genug sein sollte, einen echten Unterwasser-Stunt oder einen Blowjob zu machen.

Als Nächstes sagt er, dass eine Gewichtsabnahme dabei helfen kann, den Atem anzuhalten.

Hurra. Ich habe eine Ausrede, um Tiggers Körper zu untersuchen. Ein Teil von mir war ein wenig enttäuscht, dass der Pool – und damit der poolbedingte Mangel an Kleidung – morgen nicht auf der Tagesordnung stehen wird.

Moment, was denke ich da eigentlich? Ich versuche, keine Gefühle zu bekommen.

Ich schaue mir den Rest des TED-Talks an. Dann schreibe ich Tigger eine SMS, um ihn zu fragen, ob er zufällig etwas besitzt, was Blaine erwähnt hat – ein hypoxisches Zelt.

Nein, aber ich habe eins benutzt, als ich mich auf den Everest vorbereitet habe, antwortet er.

Gut, schreibe ich zurück. *Sobald du bereit bist, lasse ich dich vielleicht darin schlafen, um deine roten Blutkörperchen aufzubauen.*

Bumm. Ich höre mich an, als wüsste ich, wovon ich spreche.

Wird gemacht, sagt er. *Kann es kaum erwarten, dich zu sehen.*

Ich antworte nicht.

Er ist nicht erpicht darauf, mich zu sehen. Er ist begierig darauf, sein Training zu beginnen. Das ist ein Unterschied – aber der sollte mir in jedem Fall egal sein.

Ich setze meine Forschung für den Rest des Tages und den nächsten Morgen fort.

Als es Zeit zum Mittagessen ist, habe ich einen Unterrichtsplan fertig. Ich werde Tigger beibringen, wie er seine Herzfrequenz verlangsamen kann, während er den Atem anhält, und dann etwas, was *lung packing* genannt wird – eine Möglichkeit, das maximal mögliche Volumen an Luft in die Lunge zu bekommen.

In der Stunde, bevor ich gehen muss, schminke ich mich, wobei ich die Smokey Eyes stärker als sonst auftrage, und glätte meine Haare, bis sie mir wie schwarze Seide den Rücken hinunterfallen. Dann schlüpfe ich in ein enges, schwarzes Kleid, stecke meine Füße in meine liebsten Killer-Heels und ziehe meine schicksten schwarzen Handschuhe an, bevor ich mich im Spiegel betrachte.

Nicht schlecht. Mein Zwilling würde wahrscheinlich immer noch sagen, dass ich wie ein Vampir aussehe, aber niemand kann bestreiten, dass aufgebrezelte Vampire sexy sind.

Nicht, dass ich versuche, sexy zu sein. Zumindest nicht mit dem Ziel, ihn zu verführen. Es ist nur so, dass ich in ein nobles Hotel gehe und nicht wie ein Plebs aussehen möchte.

Das ist meine Geschichte, und ich bleibe dabei.

Mein Telefon benachrichtigt mich, dass mein Taxi unten wartet. Ich betrachte mich zum letzten Mal vor der Abreise im Spiegel.

Denk dran, Gia:

Keine.

Gefühle.

Für.

Ihn.

Einfangen.

Kapitel Zehn

*A*ls mich das Taxi absetzt, starre ich ungläubig auf mein Ziel.

Das Palace Hotel sieht genauso aus, wie man es erwartet – wie ein Palast. Eine Mischung verschiedener europäischer Architekturstile hat das Design deutlich beeinflusst, denn es gibt von jedem etwas, vom Kreml bis zum Buckingham Palace. Im Inneren ist die riesige Lobby ganz im Motto *Hybrid aller Paläste* eingerichtet: russische Ikonen teilen sich den Platz mit italienischen Fresken, und die Leute – wahrscheinlich Pagen – sind mit Umhängen, Zweispitzen und grellen Hosen bekleidet.

Clarice würde das lieben, besonders all die bunten Papageien, die in dekorativen Käfigen herumhängen. Wenn es Hannibal, ihren Kater, nicht gäbe, würde Clarice wahrscheinlich einen Papagei besitzen und ihn darauf trainieren, auf ihrer Schulter zu sitzen.

Meine Schwester Blue hingegen würde eine

Panikattacke bekommen, wenn sie hier landen würde. Papageien sind für sie das, was Stephen Kings Clowns für den Rest von uns sind. Oh, und wenn Blue es irgendwie überleben könnte, die Papageien zu sehen, würden die Pfauen, die in der Lobby umherstreifen, ihr den Rest geben.

Sind Pfaue nicht ein Klischee für reiche Leute?

Als ich jünger war, dachte ich fälschlicherweise, dass sie auf Englisch *pee-cocks*, also Pipi-Schwänze, anstatt *peacocks*, Erbsen-Schwänze – was auch nicht besser ist –, genannt werden. Wenn man darüber nachdenkt, ist das auch gar nicht so dumm: Pipi kommt aus Schwänzen, während Erbsen und Schwänze nichts gemeinsam haben. Ich fand es auch ironisch, dass diese Vögel –wie alle Vögel – nicht pinkeln. Stattdessen scheiden sie eine Mischung aus Urin und Kot aus einem Organ namens Kloake aus. Sie haben auch keine Schwänze, sondern nur die bereits erwähnte Kloake.

Meine etymologischen bis ornithologischen Grübeleien werden von Tigger unterbrochen, der aus dem Aufzug tritt und in meine Richtung kommt.

Hm.

Er macht es tatsächlich.

Er trägt ein Shirt, auf dem stolz steht *Ich will eine Meerjungfrau sein*, und seine Jeans sind mit Bildern von Ariel bestickt, bevor ihr Beine wuchsen. Wie hat er das so schnell hinbekommen? Ich kann mir nicht vorstellen, dass solche Jeans für erwachsene Männer verkauft werden. Aber vielleicht werden sie das, und ich bin nur uninformiert?

Trägt er auch Meerjungfrauen-Unterwäsche?

Nee, das bezweifele ich. Denn woher sollte ich es wissen, wenn er es täte? Außerdem trug er beim letzten Mal gar keine Unterwäsche.

Das Unglaubliche ist, dass er trotz dieses Outfits sündhaft sexy aussieht. Das erinnert mich an eine andere Werbung: *»Wenn er die Handtasche einer Dame hält, sieht er männlich aus.«*

Es hilft, dass das Shirt eng anliegt und die Hose seine muskulösen Beine zur Geltung bringt.

»Hi«, sagt er und lässt einen erhitzten Blick über mich gleiten.

Ich denke, ihm gefällt der aufgebrezelte Vampirlook. Wie jedem anderen auch.

Ich mache einen Knicks. »Eure Königliche Hoheit. Ich sonne mich in Eurem majestätischen Licht.«

Er antwortet mit einer höflichen Verbeugung, die in einer der Lieblings-Masterpiece-Theater-Serien meines Zwillings nicht fehl am Platz wäre. »Ihr ehrt mich, Eure Honigheit.«

»Nein, die Ehre gebührt mir … Eure Hochheit.« Ich grinse. »Schöne Meerjungfrauen, übrigens.«

Er grinst. »Ich löse meine Wetteinsätze immer ein – oder I never welsh on a bet, wie es so schön auf Englisch heißt.«

Ich umklammere meine nicht vorhandenen Perlen. »Welsh on a bet? Ist dieser Ausdruck nicht beleidigend für die Waliser?«

»Jetzt klingst du wie meine Eltern.« Er zeigt in Richtung Aufzug. »Mein Penthouse ist nur eine Fahrt entfernt.«

Er geht voran und erlaubt mir, seinen mit Jeans bekleideten Hintern zu genießen.

Als wir in den Aufzug steigen, habe ich das Gefühl, dass er den ganzen Platz für sich beansprucht, obwohl der Lift sehr geräumig ist.

Es hilft nicht, dass er so lecker riecht wie beim letzten Mal: Noten von Meeresbrandung, gemischt mit etwas sehr Leckbarem.

Hör auf, Gia. Auf diese Weise fängt man sich Gefühle ein ... und Syphilis.

Zum Glück ist die Fahrt nach oben sehr kurz.

Wir treten hinaus in einen geräumigen Flur und biegen scharf rechts ab.

Ein hechelnder Page kommt auf uns zu und hält die Leinen zweier bekannter Hunde in der Hand: Codenamen Panda und Koala.

Als sie uns sehen, werden die Tiere aufgeregt.

Ich trete einen Schritt zurück. »Bitte lass sie nicht über mein Gesicht sabbern.«

Der Page zieht an den Leinen, und die Hunde wedeln einfach weiter begeistert mit den Schwänzen.

»Hast du Angst vor Hunden?«, fragt Tigger.

»Ich lasse mir von niemandem das Gesicht lecken, aber vor allem nicht von Kreaturen, die gerne Kacke fressen.«

Tiggers Augen streifen mit großem Interesse über

mein Gesicht. Ist er traurig, dass das Lecken nun vom Tisch ist?

Die Hunde ziehen aufgeregt an uns vorbei, und sobald sie weg sind, schiebt Tigger eine Karte durch das Lesegerät einer nahen Tür. »Hier hinein.«

Ich trete in seine nicht ganz so bescheidene Behausung und tue mein Bestes, nicht zu gaffen.

Es ist eine ganze Suite, komplett mit einer eigenen, vollwertigen Küche. Der Blick auf den Central Park aus dem raumhohen Fenster in der Nähe ist spektakulär, und die Einrichtung ist überraschend modern, wenn man das Motto des Hotels bedenkt. Das Seltsamste ist jedoch das Sortiment an Blumenarrangements, die überall im Wohnzimmer verstreut sind.

Haben ein Dutzend seiner weiblichen Eroberungen ihre Valentinssträuße zurückgelassen?

»Magst du sie?«, fragt Tigger und folgt meinem Blick.

»Sie sind wunderschön.« Ich gehe auf das nächste Arrangement zu und rieche an einem der Gänseblümchen. »Dekoriert dein Bruder jedes Zimmer so?«

»Natürlich nicht.« Er richtet gekonnt den Strauß, an dem ich gerade geschnuppert habe, wobei seine Hände sich in einem geübten Muster bewegen, das mich an einen Tanz erinnert. »Die mache ich.«

Ich schaue mir das neu gestaltete Arrangement an. Es sieht noch hübscher aus als vorher, und da war es bereits auf professionellem Niveau.

Ich sehe mir noch einmal alle Sträuße an. »Du hast diese Blumenarrangements gemacht?«

Er nickt. »Ich praktiziere eine ruskovische Kunstform, die *kandelabr* genannt wird. Sie wurde von *Ikebana* inspiriert.«

Ich hasse sein verdammtes Pokerface. Ich habe keine Ahnung, ob er mich verarschen will oder es ernst meint. Ikebana ist eine japanische Kunst des Blumenarrangierens – etwas, was ich mir gut bei einer Geisha vorstellen kann, aber nicht bei diesem männlichen, tollkühnen Prinzen.

Warum eigentlich nicht? Wie unterscheidet sich das von etwas wie Gartenarbeit? Und die ist unisex.

»Das muss beruhigend sein«, sage ich und betrachte die symmetrischen Muster und Farbmischungen mit neuem Interesse.

Er grinst. »Das ist es. Mein Kindermädchen hat es mir beigebracht. Das Sprichwort ›Müßiggang ist aller Laster Anfang‹ traf in meinem Fall besonders zu, daher war *kandelabr* ein Geschenk des Himmels für alle um mich herum.«

Ich stelle mir das bezaubernde Bild des kleinen Tigger vor, der Blumen arrangiert, und ein albernes Grinsen umspielt meine Lippen.

Er räuspert sich. »Also … welche Lektionen hast du heute für mich?«

Richtig. Das ist kein Anstandsbesuch.

Ich erkläre ihm die Atemtechniken, an denen er arbeiten soll, und er scheint nicht im Geringsten überrascht von ihnen zu sein. Im Allgemeinen nimmt er die Sache sehr ernst, so sehr, dass er einige medizinische Geräte vorbereitet hat, um die Reaktionen seines Körpers auf das Training zu messen. Ich erkenne nur zwei davon – einen Sauerstoffmonitor, der an seinem Finger befestigt wird, und ein Armband, um seinen Herzschlag zu messen.

Auf meinen Vorschlag hin legt er sich auf eine in Reichweite stehende Couch und übt jede Technik, während ich sie erkläre.

Ich bin kein Experte, aber ich denke, er ist ein toller Schüler. Ich muss nichts mehr als einmal erklären, und er beherrscht jede Technik auf Anhieb.

Schade, dass mich das alles so anmacht. Als er durch die zusammengepressten Lippen ausatmet, stelle ich mir vor, wie sie sich auf meinem Kitzler anfühlen würden. Als er seinen Finger in den Sauerstoffmonitor schiebt, wünsche ich mir, dass er ihn in mich schiebt, und so weiter für den Rest der Übungen.

»Tolle Arbeit«, sage ich, wenn mir das Unterrichtsmaterial ausgeht und ich das Gefühl habe, dass ich kurz vor einer Libido-Explosion stehe. »Jetzt gibt es nur noch eine Sache. Bitte steh auf.«

Er springt auf seine Füße und streckt sich, wie eine Katze. Oder ein Tiger.

Als ich mich ihm nähere, weiten sich seine Augen, aber er sagt oder tut nichts, sondern beobachtet mich nur … wahrscheinlich, um eine Chance zu bekommen, zuzuschlagen.

Ich bin so arrogant, wie ich kann, und knöpfe sein Hemd auf.

Zum ersten Mal heute fängt sein Herzfrequenzmonitor an zu piepen.

Während ich am nächsten Knopf arbeite, kann mein innerer Magier nicht anders. Verstohlen greife ich mit der anderen Hand nach seiner Gürtelschnalle mit dem Familienwappen.

Seine Augen werden schlitzförmig und deutlich katzenhaft.

Ich knöpfe den letzten Hemdknopf auf. »Zieh es aus.«

Als er das Hemd auszieht, entscheide ich, dass er abgelenkt genug ist, um zu verpassen, dass ich den Gürtel stehle, also tue ich es, während ich versuche, nicht auf das glatte, hart bemuskelte männliche Fleisch zu schauen, das sich meinem Blick offenbart.

Als der Gürtel hinter meinem Rücken versteckt ist, fällt sein Hemd auf den Boden.

Ich schlucke heftig und trete zurück.

Wenn ich einen Pulsmesser bei mir hätte, würde er einen Kurzschluss bekommen.

Ich kann nicht länger nicht hinsehen, und was ich sehe, lässt die Hitze direkt zu meinem Kitzler strömen.

Tigger hat die schlanken, kraftvollen, scharf definierten Muskeln eines griechischen Gottes. Ich wette, er kann beim Bankdrücken mich anstatt Gewichte verwenden – und wenn er es könnte, würde ich es nicht gegen ihn verwenden ... obwohl ich an andere Dinge denken kann, wie Körperteile, die ich durchaus gegen ihn verwenden würde ... zum Beispiel, um sie gegen ihn zu drücken.

Ist es überhaupt gesund, so wenig Körperfett zu haben? Zumindest für Frauen sind weniger als zehn Prozent gefährlich, und er liegt wahrscheinlich im niedrigen einstelligen Bereich.

Nun, gut für seine Gesundheit oder nicht, er sieht umwerfend aus, so sehr, dass meine Eierstöcke in den Overdrive gehen. Oder besser gesagt: Ovarydrive.

Ein eingebildetes Grinsen hebt die Winkel seiner Lippen an. »Gefällt dir, was du siehst?«

Meine Wangen brennen, als ich an das andere Mal zurückdenke, als er genau diesen Satz sagte: am ersten Tag, an dem wir uns trafen, an dem Seine Königliche Härte ihren Auftritt hatte.

Bevor ich meinen Mund bewegen kann, stürzt sich Tigger auf mich.

Er tritt näher und senkt den Kopf.

Geschockt taumele ich zurück. »Was ... was machst du da?«

Das überhebliche Lächeln verschwindet und wird durch Verwirrung ersetzt. »Es tut mir leid. Ich dachte, ich hätte einen Vibe gespürt.«

»Du wolltest mich küssen?« Die Frage kommt als ein Quieken aus meinem Mund.

»Sorry.« Er schnappt sich sein Hemd und zieht es sich an. »Ich hätte fragen sollen, bevor ich es tue. Es schien nur – egal. Mein Fehler.«

Er wollte mich küssen?

Mich küssen.

Er.

Ich schüttele meinen Kopf, um den Nebel in meinem Gehirn zu beseitigen. »Nein, es tut mir leid. Ich wollte dir keine gemischten Signale senden.«

Er knöpft sein Hemd zu und schickt meine Eierstöcke in Trauer. »Ich übernehme die volle Verantwortung.«

»Nein, es ist meine Schuld.« Ich beiße mir auf die Lippe. »Ich hätte dich vorwarnen sollen, warum ich dich gebeten habe, dein Shirt auszuziehen.«

Er hebt eine Augenbraue. »Und warum?«

Ich schlucke den Sabber herunter, der übrig geblieben ist. »Meinen Forschungen zufolge könnte eine Gewichtsabnahme dazu beitragen, dass du deinen Atem länger anhalten kannst. Mein größeres Lungenvolumen bekommst.«

»Und?« Das Grinsen ist zurück.

»Du hast nicht viel zu verlieren. Hier.« Ich ziehe seinen Gürtel ohne Schnörkel hinter meinem Rücken hervor. Ich wünschte, ich hätte ihn gar nicht erst gestohlen. »Weißt du noch, wie du diesen Trick noch einmal sehen wolltest? Hier ist er.«

Er sieht beeindruckt aus, als er den Gürtel entgegennimmt. Dann bekommt sein Gesicht einen verschlagenen Ausdruck. »Da der Gürtel schon draußen ist, willst du sehen, ob meine Beine etwas Fett haben, das ich entbehren könnte? Ich bin mir sicher, dass du den Gürtel überhaupt erst deshalb gestohlen hast – und nicht, weil du gehofft hast, dass es so läuft wie beim letzten Mal.«

Meine Wangen erhitzen sich. »Bist du schon wieder unten ohne?«

Sein Grinsen wird breiter. »Ich bezahle meine Wettschulden. Ich schulde dir Meerjungfrauen-Unterwäsche, erinnerst du dich?«

Oh ja. Dank der Hormonüberlastung hätte ich die fast vergessen.

»Ich schätze, ich muss jetzt nachsehen.« Ich wünschte, ich würde mich so zuversichtlich fühlen, wie ich klinge. »Aber nicht küssen.«

Er sieht amüsiert aus, während er seine Hose fallen lässt.

Houdinis Schwanz!

Ein entfernter Teil von mir erkennt an, dass sein Slip tatsächlich mit Meerjungfrauen verziert ist, aber der Rest von mir konzentriert sich darauf, wie sehr Seine Königliche Härte den Slip ausdehnt. Eine der Meerjungfrauen sieht aus, als würde sie sich auf einer Kampfkanone räkeln.

Ich wende meinen Blick ab und betrachte seine Beine.

Schlechte Idee – vorausgesetzt, das Ziel war es, meine Geilheit zu dämpfen.

Seine Beine sind genauso sexy und muskulös wie sein Oberkörper und bringen mich fast dazu, dass ich das Küssen wieder auf den Tisch legen möchte.

»Einen Penny für deine Gedanken?«, fragt er.

»Schöne Meerjungfrauen«, schaffe ich zu sagen, während ich meinen Blick wieder auf sein Gesicht richte. »Aber kein Fett. Es scheint, als würde das

Abnehmen nicht Teil deines Lehrplans sein. Bitte zieh die Hose wieder an.«

Während er sich anzieht, ist sein Gesichtsausdruck dunkel und amüsiert.

»Also«, sage ich und tue mein Bestes, um jegliche Enttäuschung aus meiner Stimme zu verbannen, »bis zum nächsten Mal?«

»Nein«, sagt er mit der Bestimmtheit, die seinem Rang entspricht. »Du musst dich von mir zum Abendessen einladen lassen.«

Kapitel Elf

*J*ch blinzele ihn an. »Abendessen? Wie bei einem Date?«

Seine Augen leuchten auf. »Nur ein kleines Zeichen meiner Wertschätzung für einen gut gemachten Job.«

Ich trete einen Schritt zurück. »Ich bin mir nicht sicher …«

Er neigt seinen Kopf. »Ich dachte, du glaubst, dass ein Mann und eine Frau nur Freunde sein können. Oder hat Walter diese Blase schon für dich platzen lassen?«

Ich lege meine Hände auf meine Hüften. »Wir *können* Freunde sein.«

»Dann sollte es kein Problem sein, wenn wir zu Abend essen«, sagt er sanft. »Nun, möchtest du, dass ich das Meerjungfrauen-Kostüm im Restaurant trage?«

Ich denke darüber nach. »Nicht, wenn ich mit dir gesehen werde.«

Er nickt und geht in einen angrenzenden Raum, wahrscheinlich das Schlafzimmer.

Die Versuchung, ihm hinterherzuschleichen und ihm beim Umziehen zuzusehen, ist groß, aber das wäre geradezu gruselig.

Grrr. Warum habe ich ihn nicht einfach weiter die Kleidung tragen lassen, die er anhatte? Wenn er ganz adrett gekleidet ist, wird es eher wie ein Date aussehen.

Außerdem, warum bin ich so erleichtert, dass ich so gut angezogen bin?

Bevor ich diese Logik weiter vertiefen kann, kommt er in einem maßgeschneiderten Anzug zurück.

Ich seufze innerlich. Wenn ich meine Lust besänftigen wollte, war es definitiv eine Fehlkalkulation, ihn zu bitten, seine Kleidung zu wechseln. »Wie hast du dich so schnell umgezogen?«

Er zuckt mit den Schultern. »Ich war ein paar Jahre auf der Militärschule in Ruskovia. Damals hätte ich mich in der Zeit, die ich gerade gebraucht habe, um diesen Anzug anzuziehen, umziehen und mein Bett machen können.«

»Eine Militärschule?«

Er nickt knapp. »Meine Eltern haben mich dazu verdonnert. Das heutige Äquivalent wäre wahrscheinlich, mich auf Ritalin zu setzen.«

Ich verlagere mein Gewicht von einem Fuß auf den anderen. Ihn verärgert zu sehen ist seltsam unangenehm. »Ich wünschte, ich könnte mich so schnell umziehen«, sage ich, um ihn abzulenken. »Eine der Bühnenillusionen, die ich für meine zukünftige

Show machen möchte, wird ein Kleid beinhalten, das den Stil und die Farbe in einem Augenzwinkern ändert.«

Sein Stirnrunzeln glättet sich. Ein Punkt für meine weibliche List. »Deine Show? Erzähl mir davon.«

»Da gibt es nicht viel zu erzählen.« Ich lächele reumütig. »Es ist einfach etwas, was ich gerne eines Tages machen würde.«

»Das würde ich gerne sehen.«

Ich wünschte, ich könnte ihn für diese Worte küssen, aber ich begnüge mich damit, mit den Wimpern zu klimpern. »Wenn mein Traum jemals Wirklichkeit wird, werde ich dich einladen.«

Er sieht nachdenklich aus. »Du solltest meinen Bruder kennenlernen.«

Ich ziehe eine Augenbraue in die Höhe. »Der große und mächtige Zerstörer des Friedens?«

Er schnauft. »Ja. Es ist das Hotel Seiner Majestät, also wäre es nur höflich.«

Als er sein Telefon entsperrt, überprüfe ich, ob ich mir seine PIN richtig gemerkt habe. Ja. Er schickt eine SMS, geht dann zu einer Minibar und kramt darin herum.

»Was ist das?« Ich zeige auf die durchsichtige Plastikbox in seiner Hand.

Er kommt herüber und zeigt sie mir.

»Was ist das?« Ich betrachte das seltsame weiße Ding in der Schachtel mit Widerwillen.

»Käse.« Tigger hält die Box näher an mein Gesicht, und ich weiche zurück.

Er zieht die Box weg. »Mein Bruder ist ein Käsefanatiker.«

»Ah«, sage ich unverbindlich.

Manche Menschen mögen Natursekt, und manche essen Käse. Wer bin ich, sie zu verurteilen?

»Mein Bruder war sehr entgegenkommend, als es um das Zimmer mit Pool ging«, sagt er. »Ich dachte, ich mache ihm ein kleines Geschenk.«

Ich kann mir nicht helfen. »Hoffen wir, dass der Käse pasteurisiert ist, um Salmonellen abzutöten, sonst könnte dieses Geschenk zu einem Ausflug ins Krankenhaus werden.«

Er zuckt mit den Schultern. »Wenn man bedenkt, wie viel er gekostet hat, sollte er eigentlich sicher sein.«

»Hoffen wir auch, dass der Käse keine Schimmelpilze mit Mykotoxinen entwickelt hat. Die können tödlich sein.«

Sein Handy vibriert mit einer SMS, und er blickt darauf. »Wenn jemand weiß, wie man Käse sicher konsumiert, dann ist es Kaz.«

Da ich an die laxen Ansichten der Menschen in Bezug auf die Lebensmittelsicherheit gewöhnt bin, denke ich mir nur, dass wir uns in diesem Punkt nicht einig sind.

Er geht hinüber zur Tür und hält sie für mich auf. »Er ist in der Suite, in die ich umziehen werde.«

Wir überqueren den Flur und betreten die betreffende Suite.

Wow.

Dieses Penthouse ist noch schicker als das, das wir

verlassen haben, aber das ist nicht das, was ich am interessantesten finde.

Darin wartet ein Mann auf uns, der mit seinem grüblerischen Gesichtsausdruck vielleicht noch mehr wie das Produkt einer *Brokeback-Mountain*-Romanze aussieht als Tigger.

Ich frage mich, ob das daran liegt, dass es schon viel zu lange her ist, dass er seine letzte Dosis Käse hatte. Käse enthält Casomorphine, morphinähnliche Verbindungen, die an den Opiatrezeptoren des Gehirns ansetzen. Nachdem ich den Zeitungsartikel gelesen hatte, der mich dazu brachte, einen kalten Entzug von dem Zeug zu machen, hatte ich ein Jahr lang Heißhunger. Apropos kalter Entzug, der auf Englisch *cold turkey*, also kalte Pute genannt wird: als ich aufgehört habe, Pute zu essen – egal ob kalt oder nicht –, hatte ich nur an einem Tag in jenem Jahr Heißhunger darauf, an Thanksgiving.

Oh, und habe ich schon erwähnt, dass es einen Grizzlybären neben Mr. Dunkel und grüblerisch gibt?

Ja. Ein überraschend gut erzogener Bär, der auch ein Hund sein könnte.

Jetzt habe ich also einen Panda-Hund, einen Koala-Hund und einen Vielleicht-Grizzly-Hund gesehen. Wo ist der Eisbärenhund, um das Set zu vervollständigen?

»Bruder«, sagt Kaz mit emotionsloser Stimme.

»Bruder«, antwortet Tigger im gleichen Ton. »Ist das Zimmer sauber und ordentlich genug für dich?«

Der Ausdruck auf Kaz' Gesicht scheint zu sagen: *Wir sind nicht amüsiert*, mit einem königlichen *Wir*.

»Nein«, sagt er laut. »Aber vielleicht ist es morgen so weit.«

Ich schaue mich um. Sogar mein Zwilling, der es mit Marie Kondo aufnehmen könnte, würde *dieses* Zimmer für aufgeräumt halten.

»Das ist für dich.« Tigger reicht seinem Bruder die Schachtel.

Kaz öffnet die Box, und ein seltsam vertrauter – und ziemlich unangenehmer – Geruch durchdringt den Raum.

Als Kaz die Luft schnuppert, huscht eine warme Emotion über sein wortkarges Gesicht, aber vielleicht bilde ich mir das auch nur ein.

»Pule?«, fragt er und schließt die Schachtel.

Spielen wir *das Wort des Tages*? Ich denke, so habe ich überhaupt erst gelernt, dass das englische Wort *pule* querulatorisch oder schwach weinen bedeutet.

»In der Tat«, sagt Tigger stolz. »Ich habe ihn für dich aus Serbien einfliegen lassen.«

»Vielen Dank«, sagt Kaz.

Ich räuspere mich. »Ein Käse aus Serbien?«

»Wo sind meine Manieren?«, sagt Tigger. »Kasimir, das ist Gia. Gia, das ist mein Bruder Kaz.«

»Ein Vergnügen«, sagt Kaz mit so viel Hochmut, dass ich versucht bin, sarkastisch zu knicksen. »Du hast noch nie von Pule-Käse gehört?«

Großartig. Ein Käse, der dich querulatorisch oder schwach weinen lässt.

Was kommt als Nächstes – Hysteriker-Käse?

»Er besteht zu sechzig Prozent aus Balkan-

Eselsmilch und zu vierzig Prozent aus Ziegenmilch«, fährt Kaz fort.

Okay, das erklärt den Geruch. Meine Eltern haben Esel und Ziegen auf ihrem Bauernhof, und jetzt, wo ich den Zusammenhang kenne, riecht der Käse tatsächlich nach dem, was er ist.

Yummie. Ich bin dabei. Vielleicht auch etwas Stinktiermilch dazugeben? Und ein paar Mistkäfer?

Wessen Idee war es, einen Esel zu melken? Oder eine Ziege? Und, wo wir gerade dabei sind, eine Kuh, ein Rind mit Hörnern, zu melken? Was denken die Kühe, wenn das passiert? Zweifellos das Gleiche, was ich denken würde, wenn ich Milch hätte und ein Elefant auf mich zukommt und seinen Rüssel benutzt, um *mich* zu melken. Hat die Person, die die Idee mit dem Melken hatte, auch gedacht: »Juhu, jetzt, wo ich mit diesem komischen Akt fertig bin, wie wäre es, wenn ich diese weiße Körperflüssigkeit trinke?« Was war da die Inspiration? Bukkake? Apropos, gibt es Kulturen, die das Sperma eines Stieres oder eines anderen Tieres konsumieren? Ich weiß, dass einige die Hoden essen – was in die gleiche Richtung geht.

Notiz an mich selbst: Führe einige anthropologische Untersuchungen durch.

»Gia ist nicht nur eine Atemtrainerin«, sagt Tigger. »Sie ist eine Illusionistin.«

»Oh?« Kaz schaut mich mit neu erwachtem Interesse an. »Wo trittst du auf?«

»Sie sucht nach einem Veranstaltungsort«, sagt

Tigger. »Sie ist unglaublich. Du solltest sehen, was sie mit einem Löffel macht.«

Kaz zieht eine Augenbraue hoch. »Es gibt Besteck in der Küche.«

»Hol einen«, sagt Tigger zu ihm. »Du wirst es nicht bereuen.«

Kaz geht in die Küche der Suite, und sein Hund bleibt wie eine Statue an Ort und Stelle sitzen.

Ich schaue Tigger mit zusammengekniffenen Augen an. »Denkst du, ich merke nicht, was du da machst? Ich weiß, dass du nur sehen willst, wie ich einen Trick wiederhole.«

Er zwinkert. »Wirst du widerstehen können, einen neuen Zuschauer zu beeindrucken?«

Verdammt. Woher kennt er mich schon so gut?

Kaz kommt mit einer Gabel in der Hand zurück und sieht noch grüblerischer aus als zuvor. »Sie haben keine Löffel in der Küche vorbereitet.« Dies sagt er in dem gleichen Tonfall, den ich von jemandem erwarten würde, der etwas sagt wie: *Der Chirurg hat sein Skalpell in dir gelassen, bevor er dich zugenäht hat.*

»Eine Gabel wird noch besser funktionieren«, sage ich.

Mit einem zweifelnden Blick reicht mir Kaz die Gabel, und ich halte sie theatralisch, bevor ich beginne. Dann beobachte ich den Gesichtsausdruck meiner Zuschauer, als sie sehen, wie sich der mittlere Zinken vor ihren Augen biegt.

Wie zuvor liegt ein ehrfürchtiger Ausdruck auf

Tiggers Gesicht. Im Gegensatz dazu ist Kaz' Gesichtsausdruck völlig unleserlich.

»Wow«, murmelt Tigger, als sich der nächste Zinken biegt.

Kaz bewahrt immer noch ein Pokerface.

Als sich der Gabelschaft jedoch in der Mitte biegt, weiten sich Kaz' Augen, und Tigger keucht.

Ich reiche ihnen die verbogene Gabel. »Sie haben CGI-Effekte benutzt, um so etwas in *Matrix zu* machen.«

Tigger untersucht sie sorgfältig, und dann tut Kaz dasselbe.

»Danke«, sagte Kaz und steckte die Gabel ein. »Mit dem Käse und der Unterhaltung kann ich meinem Bruder fast verzeihen, dass er schon wieder das Zimmer gewechselt hat.«

»Das ist erst mein drittes Mal«, sagt Tigger.

»Genau«, erwidert Kaz.

»Kann ich den Pool sehen?«, frage ich, um mögliche Anspannungen zu zerstreuen. Wenn die beiden so sind wie meine Schwestern, kann sich das ganz schnell zu einer Schlägerei ausweiten.

»Hier entlang«, sagt Kaz und führt uns zu einem Balkon mit einer weiteren atemberaubenden Aussicht. Der Pool ist da, und das Wasser fließt langsam hinein.

»Ich lasse es per Umkehrosmose filtern«, erklärt mir Kaz, als er meinen fragenden Blick sieht. »Tigger sagte, es muss sauber genug sein, um es trinken zu können.«

Ich schaue neidisch auf das Wasser. Ich bin zu feige,

um in die meisten Pools zu gehen, aber das ist ein seltener Fall, in dem ich schwimmen würde – und das habe ich seit meiner Kindheit nicht mehr getan.

»Möchtest du vor meinem morgigen Training noch baden gehen?«, fragt Tigger.

Sind die Mitglieder der ruskovischen Königsfamilie telepathisch? Ich möchte verzweifelt Ja sagen, aber ich kann nicht. Nach meinem Schwimmen wird das Wasser für ihn kontaminiert sein.

»Ich bestehe sogar darauf, dass du das tust«, sagt er. »Egal welche Techniken ich lernen soll, ich möchte sie zuerst von dir sehen.«

Ich beiße mir auf die Lippe. »Nun, wenn du darauf bestehst …«

»Das tue ich.« Tigger verschränkt die Arme vor der Brust, und sein strenger Blick lässt ihn wie Kaz' Zwilling aussehen.

Ich atme tief ein. »Ich werde morgen extrem gründlich duschen. Und ich habe einen sauberen Gesundheitspass.«

Kaz wirft seinem Bruder einen fragenden Blick zu, und Tigger macht eine *Frag-nicht*-Geste.

Ich denke, er hat schon eine Menge über meine Einstellung zu Keimen verstanden.

Tiggers Handy vibriert erneut, und er blickt darauf hinunter. »Ah. Unsere Reservierung für das Abendessen. Wir sollten uns auf den Weg machen.«

Mein Magen knurrt verräterisch.

Ich nehme an, ich könnte etwas zu essen vertragen.

»Es war schön, dich kennenzulernen, Kasimir.« Ich winke ihm zu. »Dein Hotel ist makellos.«

Berührt da der Hauch eines Lächelns Kaz' Augen?

»Es war mir auch ein Vergnügen, dich kennenzulernen. Du hast echtes Talent.« Er tätschelt die Tasche mit der Gabel.

Ich strahle von dem Lob, während ich mich von Tigger hinausführen lasse.

Der Bär sitzt immer noch da, wo Kaz ihn zurückgelassen hat. Er muss einen Ehrendoktor von Harvard in *Wer ist ein guter Hund?* haben.

Doch als wir in den Aufzug steigen, verblasst mein Glühen, und Sorge macht sich breit. Trotz dem, was Tigger über das Essen in Freundschaft gesagt hat, wird sich dieser Ausflug wie ein Date anfühlen. Jede Mahlzeit mit einem so prächtigen Prinzen wie diesem würde dazu führen, sogar ein Fast-Food-Drive-In.

Bin ich stark genug, um mir heute Nacht keine Gefühlsinfektion einzufangen?

Vielleicht.

Hoffentlich.

Wenn es um Tigger geht, ist mein Fleisch nicht der einzige Teil von mir, der verräterisch schwach ist.

Kapitel Zwölf

*E*in schwarzer Lamborghini wartet vor dem Hoteleingang auf uns.

Hm. Ich frage mich, ob es wie in der Werbung ist: »*Wenn er ein Auto vom Parkplatz fährt, steigt dessen Wert.*«

Tigger ist schneller als der Angestellte des Hotels und öffnet meine Tür.

Mist. Ist er auch ein Gentleman? Meine armen Eierstöcke.

Als ich mich anschnalle, spüre ich den Hauch einer anderen Art von Besorgnis. Der Sicherheitsgurt ist im Stil eines Rennwagens und erinnert mich daran, dass Tigger dafür bekannt ist, Geschwindigkeitsrekorde zu brechen.

Er setzt sich hinter das Lenkrad und schnallt sich ebenfalls an.

»Du wirst aber nicht schnell fahren, oder?«, frage ich misstrauisch.

Er blinzelt mich grinsend an. »Das ist Manhattan. Es gibt Geschwindigkeitsbegrenzungen.«

Ich stoße einen Seufzer der Erleichterung aus, aber die Luft bleibt in meiner Luftröhre stecken, als Tigger das Gaspedal durchtritt.

Die Reifen quietschen, und der Geruch von Gummi steigt mir in die Nase, als der Lamborghini mit dem Zehnfachen der erlaubten Geschwindigkeit auf die Straße braust.

Denkt er, dass diese Bierwerbung stimmt?

»Autos schauen in beiden Richtungen nach ihm, bevor sie eine Straße entlangfahren.«

»Er wurde einmal wegen zu schnellem Fahren angehalten, und der Polizist bekam den Strafzettel.«

»Ist das okay – oder soll ich langsamer werden?«, fragt Tigger. In der Zeit, die das Geräusch braucht, um mein Trommelfell zu erreichen, rasen wir an mindestens fünf Blöcken vorbei.

Scheiße. Was stimmt nicht mit ihm? Ich habe einmal über die Urbach-Wiethe-Krankheit gelesen, eine ungewöhnliche genetische Störung, die dazu führt, dass eine Person jeden Sinn für Angst verliert. Könnte Tigger sie haben? Vielleicht ist sie in der ruskovischen Königsfamilie verbreitet, so wie Hämophilie bei den Nachkommen von Königin Viktoria?

»Gia?«, sagt er. »Geht es dir gut?«

Ich stöhne etwas Verneinendes.

Er wirft mir einen besorgten Blick zu – und wenn ich schon dachte, dass sein Fahrstil beängstigend ist, wenn er auf die Straße schaut, dann erreichen wir jetzt ein Angstniveau, das dem Besuch einer öffentlichen Toilette entspricht. In Staten Island. In dieser Mülldeponie, die zum Park wurde.

Mein Gesicht muss blasser sein als sonst, denn Tigger schaut wieder auf die Straße und verlangsamt das Auto auf etwa das Doppelte der zulässigen Geschwindigkeit. »Entschuldigung. Wie ist das?«

Die Worte kommen mit einem Keuchen aus meinem Mund. »Immer noch zu schnell.«

Er verlangsamt das Auto, bis wir die anderen Fahrzeuge nicht mehr in einer Staubwolke zurücklassen.

Endlich komme ich zu Atem. »Vielen Dank. Ist es noch weit?«

»Wir sind schon da.« Er hält geschmeidig neben einem Schaufenster an, auf dem etwas in kyrillischer Schrift steht.

Puh. Habe es heil zum Ziel geschafft. Außerdem ist zu meiner Erleichterung die Einstufung der Gesundheitskontrolle neben dem Fenster ein stolzes A. Sonst hätten wir ein unangenehmes Gespräch führen müssen.

»Ist das Russisch?«, frage ich und nicke dem Schild zu.

»Nein. Ruskovisch. Aber der Name würde dasselbe bedeuten, wenn man ihn auf Russisch lesen würde.«

»Die beiden Sprachen ähneln sich, stimmt's?«, frage ich, nachdem er die Tür für mich geöffnet hat.

Er reibt sich das Kinn. »Ich würde sagen, ungefähr so sehr wie Französisch und Spanisch.«

»Ich habe keine Ahnung, wie ähnlich die sich sind.« Ich schaue wieder auf das Schild, als ob es mir helfen könnte.

»Du sprichst kein Spanisch? Ich dachte, die meisten Amerikaner würden es ein wenig sprechen.«

Ich schüttele den Kopf. »Ich habe es in der Schule gehabt, aber ich erinnere mich an sehr wenig. Und Französisch habe ich nie gehabt. Was ist mit dir? Welche Sprachen sprichst du?«

»Russisch, Französisch und Spanisch natürlich«, sagt er und fährt dann damit fort, die Hälfte der in Europa gesprochenen Sprachen aufzuzählen. »Einige beherrsche ich weniger gut als andere. Das hängt davon ab, wie viel Zeit ich im jeweiligen Land verbracht habe.«

Wieder einmal erinnert er mich an diesen Typen aus der Dos-Equis-Werbung, der »Russisch sprechen kann ... auf Französisch.« Vielleicht auch: »Er wird in Ländern, die er nie besucht hat, als Nationalheiligtum angesehen.«

Zwei stämmige Kerle stehen vor dem Restaurant und halten uns die Türen auf. Sie tragen die grellen Hosen-Outfits der Pagen in Kaz' Hotel.

Das muss so eine ruskovische Sache sein.

Als wir auf halbem Weg zum Eingang sind, blendet mich ein fremder Mann in einer Tweedjacke mit dem Blitz seiner professionell aussehenden Kamera.

Was zum Teufel ...?

Mit einem wütenden Gesichtsausdruck ruft Tigger den Türstehern etwas zu.

Sie stürzen sich auf den fotografierenden Fremden wie ein paar Linebacker.

»Hey«, schreit der Mann, als der größere der beiden Kerle nach seiner Kamera greift. »Die können Sie mir nicht wegnehmen.«

Der hemdsärmelige Schläger antwortet nicht einmal. Er betritt einfach mit der Kamera in der Hand das Restaurant. Der andere kehrt zu seinem Posten an der Tür zurück, als ob nichts passiert wäre.

»Was war das?«, frage ich Tigger, als wir eintreten.

»Paparazzi.« Tigger sagt das Wort mit so viel Abneigung, wie ich *E coli.* sagen würde.

»Ah.« Ich schaue zurück. »Das macht Sinn. Für eine Sekunde hatte ich vergessen, wie wichtig Eure Königliche Hoheit ist.«

Er führt mich zu einem gemütlichen, mit Kerzen beleuchteten Tisch und zieht einen Stuhl für mich heraus. »Tut mir leid. Normalerweise bin ich gut darin, diesen Geiern auszuweichen, aber dieser war schlau genug, dieses Restaurant im Auge zu behalten. Er dachte sich wohl, dass es nur eine Frage der Zeit sein würde, bis ich oder einer meiner Brüder Lust auf ruskovische Küche bekommen würden.«

»Nichts, was dir leidtun müsste.« Zum ersten Mal sehe ich mich in dem Restaurant um. Überall gibt es Bilder von Pilzen. Das Motto hier hat wohl etwas mit *Alice im Wunderland* oder, damit verbunden, mit Psychedelika zu tun.

Tigger runzelt die Stirn. »Nein. Es tut mir wirklich leid. Jeder, der mit mir gesehen wird, findet am nächsten Tag unweigerlich sein Bild in der Boulevardpresse, meist in einem Artikel, der mit Lügen gefüllt ist.«

»Wie die Frauen, mit denen du befreundet warst?« ist das, wozu ich nicht die Eier – oder Eierstöcke – habe, es ihn zu fragen. Stattdessen sage ich: »Das macht mir überhaupt nichts aus.«

»Nein?« Er beißt sich auf die Innenseite seiner Lippe, was mich ablenkt.

Ich tue mein Bestes, um mich zu konzentrieren. »Jede Publicity wäre toll für meine Karriere als Illusionistin – egal wie skandalös.«

Er schenkt mir ein freundliches Lächeln und nimmt die Speisekarte in die Hand. »Das ist eine Erleichterung.«

Ich greife ebenfalls zur Speisekarte, aber sie ist auf Ruskovisch.

»Was ist das für ein Restaurant?«, frage ich.

»Es heißt Crispy Mushroom und ist spezialisiert auf alle Arten von Pilzgerichten, die in Ruskovia sehr beliebt sind. Magst du Pilze?«

Ich zucke mit den Schultern. »Sie stehen auf meiner Liste der sicheren Lebensmittel, aber ich habe sie immer als Beilage betrachtet.«

»Da kannst du dich auf was gefasst machen«, sagt er und winkt einen hemdsärmeligen Kellner heran.

Während sie anfangen, sich auf Ruskovisch zu unterhalten, hole ich mein Handy heraus und überprüfe die genaue Anzahl der sanitären Verstöße für diesen Ort.

Sie haben null, was fantastisch ist.

Der Kellner hört auf zu sprechen, und Tigger dreht sich in meine Richtung. »Von den beiden Spezialitäten des Hauses könnte das Löwenmähnensteak etwas für dich sein.«

»Löwe, nicht Tiger?«, frage ich mit einem Grinsen.

Er grinst zurück. »Löwenmähnenpilze sind berühmt für ihre gesunden Inhaltsstoffe. Sie helfen dem Gedächtnis und der Wahrnehmung und werden von buddhistischen Mönchen seit Tausenden von Jahren verwendet, um ihnen zu helfen, sich während der Meditation zu konzentrieren.«

Ich schaue den Kellner an. »Arbeitet dieser Mann auf Provisionsbasis mit Ihnen zusammen?«

Der Kellner tritt einen Schritt zurück. »Dieses Restaurant gehört seiner Königlichen Hoheit, Andrej Cezaroff.«

Ich rutsche an den Rand meines Sitzes und richte meine Aufmerksamkeit wieder auf Tigger. »Dein Vater?«

Er schüttelt den Kopf. »Bruder.«

Ich betrachte ihn neugierig. »Wie groß ist deine Familie?«

»Ich habe neun Brüder«, sagt Tigger, ohne mit der Wimper zu zucken. »Also, was sagst du zu dem Löwenmähnensteak?«

Neun? Klingt, als wären sich unsere Familien ziemlich ähnlich – obwohl ich wette, dass es etwas ganz anderes ist, mit lauter männlichen Geschwistern aufzuwachsen statt mit einem Haufen Mädchen, ganz zu schweigen davon, dass man eher in einem Schloss als auf einer verrückten Tierfarm lebt.

Ich wende mich an den Kellner. »Ist der Pilz gut gegart?«

»Ja, Mistress«, sagt er.

Mistress? Und ich habe heute nicht einmal meine Lederhose an. »Okay. Ich werde ihn probieren.«

Der Kellner verbeugt sich und eilt davon.

»Was nimmst du?«, frage ich Tigger.

Er sagt ein Wort, das sich wie Paganini anhört, aber ich bin mir sicher, dass er keinen berühmten toten Geiger isst – obwohl man das bei Königen nie weiß. Sie hätten immer welche einlegen können.

»Großartig. Jetzt bin ich im Bilde«, sage ich.

Er lacht. »Es ist ein Pilz. Ich glaube, er heißt Fliegenpilz.«

Ich runzele die Stirn. »Rote Mütze, weiße Flecken?«

Er nickt.

»Der, auf der die Raupe in *Alice im Wunderland* saß?«

Er legt eine Serviette auf seinen Schoß. »Nicht genau der, aber ja.«

»Sind die nicht giftig?«

»Nicht, wenn du sie zweimal kochst und jedes Mal das Wasser wechselst.«

Ich starre ihn an. »Das klingt gefährlich.«

Er breitet seine Hände aus. »Ich habe schon

Schlimmeres gegessen. Fugu, Ackee-Frucht, Sannakji, Hákarl – ich habe schon so einiges probiert.«

Ich nehme demonstrativ mein Handy in die Hand und schaue die eben erwähnten Lebensmittel nach.

Ja. Wie ich dachte, muss er die Urbach-Wiethe-Krankheit haben.

Fugu ist doppelt verrückt: Es ist Sashimi, also rohes Fleisch, vom tödlich giftigen Kugelfisch. Ackee, die Frucht, ist nicht so tödlich, kann aber trotzdem zu Koma und Tod führen, wenn man sie zu unreif isst. Sannakji sind lebende Oktopus-Tentakel, die eine Erstickungsgefahr darstellen, und Hákarl ist gepökelter Grönlandhai, ein Fisch, der eine giftige Verbindung in seinem Körper als natürliches Frostschutzmittel verwendet und, wenn er nicht gepökelt wird, zu allerlei tödlichem Spaß führen kann.

Beunruhigt schaue ich nach dem Löwenmähnenpilz.

Nein. Nicht giftig, und die Vorteile für das Gehirn scheinen zu stimmen.

Ich lege das Handy weg und werfe Tigger einen missbilligenden Blick zu.

»Keine Sorge, gekochter Fliegenpilz ist sehr sicher«, sagt er, da er meine Gedanken zu lesen scheint.

»Was ist, wenn der Chefkoch einen Fehler macht?«

Er winkt ab. »Ich habe Fliegenpilz auch schon einmal roh gegessen – unter der Aufsicht eines Schamanen. Du musst dich nur zur richtigen Zeit übergeben, und dann gehst du auf einen schönen halluzinogenen Trip.«

Ich verenge die Augen. »Wenn du sagst ›zum richtigen Zeitpunkt‹, dann meinst du doch ›bevor er dich umbringt‹, oder?«

Er grinst. »Wenn du so besorgt bist, werde ich ihn nie wieder roh essen. Pilze, die Psilocybin enthalten, sind viel besser.«

Bevor ich antworten kann, kommt das Essen.

Seines hat nicht die erkennbaren roten Kappen, und meines sieht aus wie eine Art Fleisch von einem kleinen Tier. Wie hoch sind die Chancen, dass das Löwenmähnensteak wirklich aus Kätzchen oder Löwenjungen hergestellt wird?

Ich schneide ein kleines Stück ab und stecke es mir in den Mund.

Bei Houdinis Geschmacksnerven, das ist das Leckerste, was ich je gegessen habe. Es ist süß, reichhaltig, erdig und fleischig, mit einer Textur ähnlich der eines Hummerschwanzes.

Tigger schaut mich hungrig an. Ich muss vor lauter kulinarischem Genuss gestöhnt haben.

Ich tue mein Bestes, um beim nächsten Bissen diskreter zu sein, während auch er sein Essen in sich hineinschaufelt.

»Also«, sage ich und versuche, ihn nicht dabei zu beobachten, wie er seine giftige Wahl isst. »Was machen so viele Angehörige der ruskovischen Königsfamilie in New York City?«

Er schluckt den Bissen herunter, den er gekaut hat. »Die Antwort liegt in deiner Frage. Es gibt so viele von uns, dass wir nicht alle die königlichen

Verantwortungen haben, an die du denkst. Ich für meinen Teil bin für die Physiotherapie hier.«

Mein nächstes Stück Pilz ist geschmacklos. »Ich habe von deinem Koma gelesen. Irgendetwas über einen Unfall beim Base-Jumping?«

Er nickt. »Es war der höchste Wolkenkratzer in Moskau. Zuerst war alles wunderbar, aber dann ... bin ich in einem Krankenhaus in Ruskovia aufgewacht.«

Der dunkle Ausdruck in seinem Gesicht zerrt an etwas in meiner Brust. Ich bin kein Umarmer, aber ich möchte ihn unbedingt festhalten, bis diese für ihn untypische Düsternis verschwunden ist.

»Deine Familie muss am Boden zerstört gewesen sein«, sage ich leise.

Er nimmt seine Gabel in die Hand. »Meine Brüder haben mich sehr unterstützt. Meine Eltern hatten eher eine ›Ich hab's dir ja gesagt‹-Einstellung.«

Ich runzele die Stirn. »Ernsthaft?«

Er lacht, aber es gibt definitiv einen unschönen Unterton. »Meine Eltern haben mich lange vor diesem Ereignis enterbt. ›Unangemessenes Verhalten‹ ist das, was sie von dem halten, was ich aus meinem Leben gemacht habe.«

Ich lege meine behandschuhte Hand über seine. »Ich weiß, es ist nicht dasselbe, aber nur wenige in meiner Familie nehmen meine magische Karriere ernst. Sie denken, wenn du keinen College-Abschluss hast, wirst du nie Geld verdienen.«

Sein Blick ist auf mich gerichtet, und die Intensität in seinen haselnussbraunen Augen lässt mich wie ein

Reh im Visier eines Tigers fühlen. »Du bist eine talentiertere Magierin als alle anderen, die in unserem Schloss aufgetreten sind. Ich bin zuversichtlich, dass du eine tolle Karriere vor dir hast.«

Ich grinse wie ein Trottel. Wenn sein böser Plan ist, Schmeicheleien zu benutzen, um an mich heranzukommen, dann funktioniert er.

Hallo? Keine Gefühle einfangen, erinnerst du dich?

Meine Euphorie verblasst, und ich ziehe meine Hand zurück. Um es weniger unangenehm zu machen, schnappe ich mir den Salzstreuer und streue etwas auf meinen Teller. »Apropos Karriere, bekommst du etwas Geld für deine Abenteuer – oder verdienst du deinen Lebensunterhalt mit etwas anderem?«

Mist. Warum habe ich ihn gerade daran erinnert, dass er vom Wohlstand seiner Familie abgeschnitten ist?

»Beides«, sagt er, und zu meiner Erleichterung scheint er nicht verärgert zu sein. »Ich habe Sponsorengelder von unzähligen Marken, aber mein größtes Einkommen kommt von meinem Freizeitpark.«

Meine Augenbrauen schießen in die Höhe. »Ein Freizeitpark?«

Seine Augen leuchten, als er nickt. »Bevor meine Eltern mir den Geldhahn zudrehten, nutzte ich die Verbindungen meiner Familie, um eine Koalition von Investoren zusammenzustellen, die einen Abenteuerpark mit dem Thema Ruskovia in meiner Heimat bauen wollten. Es gibt alles von Achterbahnen und 3D-Fahrten bis hin zu ›Sei ein König für einen Tag‹.«

»Oh, wow. Was hat dich dazu bewogen, das zu tun?«

»Ich wollte, dass die Öffentlichkeit den Adrenalinkick und das Gefühl der Ehrfurcht erlebt, das ich bei meinen verschiedenen Unternehmungen verspürt habe.« Er lächelt. »Ich wäre zufrieden gewesen, wenn ich die Gewinnschwelle erreicht hätte, aber das Unternehmen hat alle Erwartungen übertroffen. Die Leute kommen nach Ruskovia, um den Park zu besuchen, ein wenig wie Touristen, die für Disney World nach Orlando reisen.«

Hm. Er ist also ein erfolgreicher Unternehmer, nicht nur ein abenteuerlustiger Playboy. Ich denke, das ergibt Sinn. Wie sollte er mich sonst so gut bezahlen können, wenn er enterbt wurde?

Außerdem hatte ich recht, als ich glaubte, während seiner Stunts Ehrfurcht in seinem Gesicht zu erkennen.

Das Interessante daran ist, dass ich den gleichen Ausdruck bemerkte, als er meine Magie beobachtete. Er hat nicht nur Puderzucker in meinen Arsch geblasen, als er meine Täuschungsfähigkeiten gelobt hat.

Ich kann einfach nicht anders, als nach einem weiteren Kompliment zu haschen. »Ich versuche auch, den Leuten mit meiner Magie ein Gefühl der Ehrfurcht zu geben. Weniger einen Adrenalinkick.«

»Und das tust du«, sagt er ernsthaft. »Ich glaube,

deine Magie wird der Welt viel Gutes tun. Die Menschen neigen dazu, den Sinn für Ehrfurcht zu verlieren, wenn sie erwachsen werden, und das ist eine Schande.«

Wow. Ich hätte nie gedacht, dass magische Künste mehr tun, als für Unterhaltung zu sorgen. Aber er hat recht. Wenn sie richtig gemacht wird, *kann* die Magie einem Erwachsenen die Verwunderung eines Kindes schenken, wenn auch nur für einen Moment.

Er spießt ein Stück *Ich-will-nicht-daran-denken-was* mit seiner Gabel auf. »Hast du dich deshalb entschieden, Magierin zu werden?«

Ich schneide ein weiteres Stück von meinem Pilzsteak ab, während ich darüber nachdenke. »Ich habe mich dafür interessiert, seit ich eine Zaubervorstellung gesehen habe. Als ich versuchte, selbst einen Trick vorzuführen, und feststellte, dass ich die Aufmerksamkeit genoss. Später ging es darum, dass die Menschen Ehrfurcht, Staunen, Überraschung und Verwunderung empfinden. Es ist auch wichtig für mich, eine berühmte *weibliche* Magierin zu werden.«

Er zieht eine Augenbraue in die Höhe. »Warum?«

»Um es am besten zu verstehen, bitte ich die Leute normalerweise darum, ein kleines Gedankenexperiment zu machen. Willst du es probieren?«

Er nickt.

»Schritt eins, stell dir vor, du wärst ein kleines Mädchen«, sage ich grinsend.

Er schließt die Augen und ein Ausdruck tiefer

Konzentration legt sich auf sein Gesicht. Mit hoher Stimme sagt er: »Erledigt.«

Ich unterdrücke ein Lachen. Stellt er sich vor, Zöpfe zu haben? Seilhüpfen? Den Tyrannen von nebenan auszurauben?

»Jetzt beantworte meine Fragen schnell und ohne zu viel nachzudenken«, sage ich. »Nenn mir einen männlichen Wissenschaftler.«

»Einstein«, sagt er, immer noch mit dieser Kleinmädchenstimme.

»Jetzt nenn mir eine Wissenschaftlerin.«

»Marie Curie«, antwortet er in derselben Tonlage.

»Einen männlichen Magier.«

»David Blaine«, antwortet er, ohne zu zögern.

»Eine weibliche Magierin.«

Er öffnet den Mund und schließt ihn dann wieder. Seine Augenbrauen ziehen sich zusammen. Schließlich öffnet er die Augen und sieht mich frustriert an.

»Rasputina«, sage ich und denke mir, dass er sie kennt, weil sie in seinem Heimatland wohnt.

Er schlägt sich auf die Stirn. »Du hast recht«, sagt er mit seiner normalen Stimme.

»Die Schwierigkeit, die du hattest, ist mein Punkt«, sage ich. »Es sind noch keine bekannten Namen dabei.«

»Ich verstehe. Und du willst dieser bekannte Name sein, um Mädchen zu inspirieren, Magierinnen zu werden?«

»Genau. Genau wie Rasputina und die anderen

Wegbereiterinnen, die *mich* inspiriert haben. Es ist an der Zeit, den Kaninchenhut zu durchbrechen.«

Er nickt zustimmend. »Ich wette, dass du dein edles Ziel erreichen wirst.«

»Das hoffe ich sehr.« Ein Schwarm Schmetterlinge wuselt in meinem Bauch herum, obwohl ich wohl eher *ein Taubenschwarm*, sagen sollte, da Magier dafür bekannt sind, Tauben aus dem Nichts erscheinen zu lassen.

Ich persönlich würde aus hygienischen Gründen keine Tauben- oder Kaninchentricks machen. Wenn Löffel kacken könnten, würde ich sie auch nicht verbiegen. Andererseits, selbst wenn jemand kackfreie Tauben gentechnisch herstellen würde, könnte ich sie nicht verwenden. Blue würde mich niemals besuchen, außerdem wäre es nur eine Frage der Zeit, bis Clarices Katze Hannibal meine armen Helfer zum Abendessen fressen würde … mit einem schönen Chianti.

Tiggers Gesichtsausdruck wird verschlagen. »Wo wir gerade von deinen Fähigkeiten sprechen … kannst du heute Abend einen weiteren Trick vorführen?« Er beäugt eine Gabel in der Nähe.

»Keine Wiederholungen und keine Requisiten während einer Mahlzeit«, sage ich.

Er sieht aus wie ein Kind, dem der Nachtisch verweigert wurde.

»Ich *kann* etwas Mentalismus für dich machen. Das ist eine Art von Magie, die mit dem Kopf zu tun hat.«

Seine Augen glänzen vor Aufregung. »Bitte.«

»Okay. Stell dir zwei einfache Formen vor – eine in

der anderen, wie ein Herz in einem Quadrat.« Ich zeichne das Beispiel in die Luft.

»Erledigt«, sagt er.

»Nun stelle dir eine beliebige Spielkarte innerhalb der inneren Form vor.«

»Ich hab's«, sagt er und sieht aufgeregt aus – an diesem Punkt eine übliche Reaktion für einen Zuschauer.

Ich strecke eine Hand theatralisch nach vorne und lege die andere an meine Schläfe, um Professor X abzurufen. Eine Magierin – oder Mentalistin – zu sein ist ähnlich wie ein Schauspieler, der in die Rolle eines Magiers oder Mentalisten geschlüpft ist, sagte der berühmte Robert-Houdin.

Ich tue so, als hätte ich Tiggers Gedanken aufgeschnappt, und verkünde feierlich: »Du denkst an die Herzkönigin innerhalb eines Dreiecks innerhalb eines Kreises.«

Tigger lässt seine Gabel fallen.

Mein Grinsen ist böse.

»Wie …?«, flüstert er.

»Ziemlich gut«, sage ich.

Er nimmt seine Gabel wieder in die Hand. »Du bist eine gefährliche Frau.«

»Vergiss das nie.«

Bevor er mich anflehen kann, ihm meine Geheimnisse zu verraten, wechsele ich das Thema und frage nach seinen Brüdern.

Er erzählt eifrig Anekdoten aus seiner Vergangenheit, wie zum Beispiel von der Zeit, als seine

Brüder und ein Cousin zusammen eine Fußballmannschaft gründeten.

»Was ist mit dir?«, fragt er. »Hast du außer Holly noch andere Geschwister?«

Ich erzähle ihm von den Sechslingen und wie verrückt es manchmal mit acht Mädchen auf einem Bauernhof voller exotischer geretteter Tiere zugehen kann.

Wir reden weiter und tauschen Geschichten aus – die sich erstaunlich ähnlich sind, obwohl wir in verschiedenen Ländern und mit unterschiedlichen sozioökonomischen Hintergründen aufgewachsen sind.

»Ich schätze, eine Horde von Geschwistern kann für die gleiche Art von Chaos sorgen, egal welches Geschlecht«, sagt er.

»Ist eine Horde in diesem Fall das richtige Wort?«, frage ich ihn, während ich den letzten Bissen von meinem Teller esse.

»Vielleicht ist es eine Sippe?« Er winkt dem Kellner zu.

»Das sind Ratten und Brüder.« Ich grinse. »Mit Schwestern ist es ein Schwarm, wie mit Krähen, wobei die englische Bezeichnung passender ist – *murder*.«

Der Kellner eilt herbei und unterhält sich mit Tigger auf Ruskovisch.

»Nachtisch?«, fragt mich Tigger.

Ich nicke, vor allem, weil ich neugierig bin, ob Pilze darin sein werden. Die einzige komischere Zutat wäre Knoblauch.

Ja. Das Dessert ist eine Karamell-Steinpilz-Brûlée mit Grüntee-Eis. Zu meiner Überraschung ist es cremig, hat ein Röstaroma und gibt mir ein Gefühl von Wärme und Gemütlichkeit.

Es könnte schlimmer sein. Mein anglophiler Zwilling hat mir einmal einen Pudding namens Spotted Dick – gefleckter Penis – serviert, und der war nicht einmal wie ein Dildo geformt.

Das kaffeeähnliche Getränk, das hier serviert wird, ist, nicht überraschend, auch auf Pilzbasis – und ich mag es. Wenn ich Ruskovisch sprechen würde, würde ich vielleicht sogar hierher zurückkehren, vorausgesetzt, ich könnte es mir leisten.

Während wir den Nachtisch und das Pilzgebräu genießen, erzählt mir Tigger von den ruskovischen Traditionen. Es stellt sich heraus, dass sie einen Feiertag haben, der an La Tomatina in Spanien erinnert, aber statt mit Tomaten bewerfen sie sich mit reifen Trauben.

»Warum?«, frage ich.

Er zuckt mit den Schultern. »Warum haben wir ein Bärenfest?«

»Lass mich raten. Menschen verkleiden sich als Bären?«

Er grinst. »Und essen Bärenfutter, wie *myodik*.«

Bei dem hungrigen Blick, den er mir zuwirft, ersticke ich fast an einem Stück Steinpilz – obwohl er eher katzenartig als bärenhaft ist, als ich mir vorstelle, wie er an meinem Honigtopf leckt.

Ich räuspere mich. »Sehen eure Hunde deshalb wie Bären aus?«

Er isst den letzten Bissen seines Nachtischs. »Ich habe nie darüber nachgedacht, aber vielleicht. Kaz' Hund hat das typische Aussehen einer Ruskower Rasse namens *Misha*, die ursprünglich für die königliche Familie gezüchtet wurde.«

»Wie bist du dann zu einem Panda und einem Koala gekommen?«, frage ich.

Er grinst. »Caradog heißt der, der eine Korrekturbrille tragen muss, und er ist ein echter Misha. Er hat einfach eine ungewöhnliche Färbung. Mephistopheles hingegen sieht so aus, wie er aussieht, weil er nicht reinrassig ist.«

»Du hast einen Hund Mephistopheles genannt? Ist das nicht nur eine Aufforderung an ihn, ein Unruhestifter zu sein?«

Er lacht. »Dazu muss er nicht aufgefordert werden. Da er mein Fellbaby ist, war er dazu bestimmt, Ärger zu machen.«

Hatte ich gerade einen Eisprung? Das müssen die unwillkommenen Bilder eines Halb-Gia-halb-Tigger-Unruhestifters sein, der herumläuft und allen möglichen Unfug anstellt.

Das ist lächerlich. Es sollte eine Art Impfstoff gegen Gefühle geben.

Entschlossen, mich zusammenzureißen, schiebe ich meinen leeren Teller beiseite und schlürfe zielstrebig den letzten Rest meines Pilz-*Kaffees*.

»Bist du bereit für den Heimweg?«, fragt er und

deutet meine Absicht richtig.

Ich täusche ein Gähnen vor. »Ja. Ich bin ziemlich müde.«

Ich bin es leid, für ihn zu schwärmen.

Ich gebe ihm gerade meine Adresse, als wir die Rechnung bekommen. Er lehnt mein Angebot ab, sie zu teilen, und hat mich im Handumdrehen wieder in seinem Selbstmordauto.

Zu meinem Schock hält er sich von Anfang an an das Tempolimit. Trotzdem ist meine Herzfrequenz so hoch wie vorhin, als Tigger wie ein Statist in *The Fast and the Furious* fuhr.

Was geht hier vor sich? Wurde ich durch diese eine Fahrt darauf konditioniert, sein Auto zu fürchten?

Es dauert nicht lange, bis ich verstehe, was wirklich los ist.

Obwohl mein Verstand fest an dem Mantra *Unser Abendessen war kein Date* festhält, hat mein Herz – genauso wie andere lebenswichtige und nicht so lebenswichtige Organe – das Memo eindeutig nicht erhalten. Zu meiner Verteidigung muss ich sagen, dass das Abendessen ziemlich wie ein Date war. Mehr wie ein Date als die meisten echten, auf denen ich gewesen bin. Der Grund meiner Adrenalinausschüttung ist jetzt einfach zu enträtseln.

Wir nähern uns dem Teil eines Dates, bei dem die Dinge für mich in der Vergangenheit immer furchtbar schiefgelaufen sind.

Der Abschiedskuss. Oder das Fehlen eines solchen.

Das ist der Punkt, an dem alle meine Dates gemerkt

haben, dass ich den Aufwand nicht wert bin und mich abserviert respektive sich in Luft aufgelöst haben.

Ich schlucke und konzentriere mich auf eine Atemtechnik, die ich kürzlich meinem ach so heißen Schüler beigebracht habe.

Nein. Funktioniert nicht. Auch nicht, um mein Herz – und andere Organe – daran zu erinnern, dass dies kein Date war.

»Geht es dir gut?«, fragt Tigger.

Scheiße. Wir fahren nicht mehr.

Ich schaue zum Fenster.

Ja. Home sweet home. Haben wir uns hierherteleportiert?

»Prima«, sage ich verspätet.

Ich schnalle den High-End-Gurt ab, sehe seinen katzenhaften Blick, und der Taubenschwarm organisiert eine Meuterei in meinem Bauch.

Er schnallt seinen Gurt ab, ohne wegzuschauen. »Ich hatte einen tollen Abend.«

Verflucht sei er. Das ist der typische Satz nach dem Date und vor dem Kuss.

»Ich auch«, sage ich – die Untertreibung meines Lebens.

Er drückt einen Knopf, und die Türschlösser springen auf.

Keiner von uns bewegt sich.

Los.

Öffne die Tür.

Hör auf, herumzustarren.

Ich bleibe an meinen Sitz geschweißt, als wäre ich

hypnotisiert – und ich weiß, wie sich das anfühlt, denn einer meiner Mitbewohner ist Hypnotiseur.

Langsam, ganz langsam, zieht mich eine schwerkraftähnliche Kraft zu ihm hin.

Was soll der Scheiß?

Er lehnt sich auch in meine Richtung. Er ist nicht immun gegen die Physik, Chemie oder den Massenwahnsinn, der hier im Spiel ist.

Wird es endlich passieren? Für eine Sekunde erlaubte ich mir, Hoffnung zu haben.

Wenn es jemals einen Moment gab, in der die Lust meine Ängste besiegen konnte, dann jetzt. Seitdem ich ihn nackt gesehen habe, bin ich eine wandelnde, sprechende, hormonproduzierende Maschine, die bei jeder Provokation bereit ist, zu explodieren – und das auf mehr als nur eine Art.

Unsere Lippen sind jetzt einen Zentimeter voneinander entfernt.

Bei Houdinis Eiern … werden wir uns tatsächlich küssen?

Kapitel Dreizehn

*Z*wei Dinge passieren gleichzeitig.

Er beginnt, etwas zu murmeln, aber ich höre nicht, was, denn mein Keimvermeidungsinstinkt setzt ein, und ich ziehe mich ruckartig zurück – und schlage mit dem Kopf gegen die Seitenscheibe.

So einen wie seinen Gesichtsausdruck habe ich in dieser Situation noch nie gesehen.

Es ist keine Verärgerung, kein Verrat und keine Zurückweisung.

Es ist die Sorge. Vielleicht auch Mitleid – und das hasse ich.

»Meinem Kopf geht es gut.« Trotz meiner Worte reibe ich mir die Rückseite meines pochenden Schädels.

»Ich schwöre, ich wollte dich gerade fragen, ob du mich küssen willst«, sagt er ernsthaft. »Diesmal wollte ich es nicht einfach so machen. Es tut mir leid, wenn …«

»Ich wollte es gerade machen«, sage ich verbittert.

Er neigt seinen Kopf. »Warum ...«

»Es besteht die Gefahr von Herpes, Hepatitis B, Syphilis und HPV«, platzt es aus mir heraus. »Im Allgemeinen kann ein einziger Kuss achtzig Millionen Bakterien von einer Zunge auf die andere übertragen, und nach einem Kuss sind unsere Mikrobiome ...«

»Ich habe es verstanden«, sagt er sanft.

Ich blinzele überrascht. »Hast du das?«

Er zuckt mit den Schultern. »Das steht nicht im Widerspruch zu den Handschuhen und den Bedenken bezüglich des Poolwassers.«

Richtig.

Wie konnte ich das vergessen?

Ich kaue auf meiner Lippe. »Du musst denken, dass ich verrückt bin.«

»Auf keinen Fall.« Seine Augen bohren sich in meine. »Ob du es glaubst oder nicht, ich mache immer eine Risikoanalyse, bevor ich meine Stunts mache. Manchmal gehe ich das Risiko nicht ein, weil es sich zu groß anfühlt, aber normalerweise gehe ich es ein. Die meisten Leute denken, ich sei verrückt, weil meine Risikotoleranz höher ist als ihre. Es wäre heuchlerisch von mir, *dich* verrückt zu nennen, weil deine Risikotoleranz in die andere Richtung tendiert.«

Ich seufze. »Warum kannst du nicht einfach ein Arschloch sein? Du bringst mich dazu, dich noch mehr küssen zu wollen.«

Sein Blick verfinstert sich. »Also willst du das? Geht es nur um gesundheitliche Bedenken?«

Ich schaue zu Boden. »Ich denke schon. Vielleicht. Ich hatte ein traumatisches Ereignis in meiner Kindheit, das diese ganze Sache ins Rollen brachte.«

»Was ist passiert?« Der Ausdruck in seinem Gesicht, als ich aufschaue, jagt mir Angst ein. »Hat dir jemand etwas angetan?«

Die Frage ist so bedrohlich, dass mir das Blut in den Adern gefriert – und das, obwohl die rationale Seite von mir weiß, dass er wütend auf den hypothetischen Schuldigen ist.

»Niemand hat mich verletzt«, sage ich schnell. »Es war etwas anderes, etwas irgendwie Dummes.«

Ich erzähle ihm von dem Zombiemeisenmassaker, und während ich das tue, verwandelt sich der erschreckte Ausdruck in einen mitfühlenden.

»Warst du bei einem Therapeuten?«, fragt er.

Ich schüttele den Kopf. »Ich habe auf eigene Faust recherchiert. Ich möchte keine medikamentöse Lösung – das wäre so etwas wie Zoloft –, und die Therapie wäre eine kognitive Verhaltenstherapie, die ich auch schon selbst gemacht habe.«

»Ach?«

Er sieht beeindruckt aus, also erzähle ich ihm von den Pornos als Expositionstherapie, und während ich fortfahre, legt sich ein nachdenklicher und eher machiavellistischer Ausdruck auf sein Gesicht.

Ich verenge die Augen. »Was?«

»Ich dachte nur an die vielen Dinge, die wir ohne Flüssigkeitsaustausch tun können.«

Mein Atem stockt. »Wie meinst du das?«

Ein sexy Grinsen umspielt seine Lippen. »Du kannst mich für eine reale Expositionstherapie benutzen.«

Mein Eierstock schaltet auf Hochtouren. »Dich benutzen?«

»Wenn du nicht magst, wie sich das anhört, kannst du es auch als Training sehen. Du hast das für mich getan, und ich würde mich gerne revanchieren.«

Ich weiß nicht, was heißer ist – der Gedanke, ihn sexuell zu benutzen, oder die Vorstellung von ungezogenem Training.

»Wann?«, keuche ich.

Seine Nasenlöcher weiten sich. »Jetzt?«

Ich befeuchte meine plötzlich trockenen Lippen. »Wie?«

»Ganz wie du willst«, murmelt er. »Ich gehöre heute Abend dir.«

Ich bin sprachlos. Ein Kaleidoskop von schmutzigen Bildern fließt durch meinen Kopf, und es ist ein Wunder, dass ich nicht hier und jetzt einen Orgasmus bekomme.

»Lass mich mein Zimmer vorbereiten«, sage ich leise.

Er nickt. »Ich warte auf deine Anweisungen.«

Benebelt klettere ich aus dem Auto und eile in meine Wohnung.

Ich treffe auch keine Mitbewohner. Gut. Ich hoffe, es bleibt so, wenn ich Tigger hierherbringe. Ich möchte keine Zeit mit Vorstellungen verschwenden.

Ich weiß noch nicht einmal, was ich mit ihm

vorhabe, aber was auch immer es ist, die Sicherheit muss an erster Stelle stehen. Ich krame also im Flurschrank und finde einige Gegenstände, die wir benutzt haben, als wir die Wände im Wohnzimmer neu gestrichen haben.

Vor Aufregung stolpere ich fast über die Möbel, als ich in mein Zimmer renne, um alles vorzubereiten.

Wird das wirklich passieren?

Besorgt, dass Tigger seine Meinung geändert haben könnte, laufe ich zurück und sehe, dass er an der Eingangstür wartet. Er muss mir gefolgt sein.

Ich schlucke trocken und krümme meinen Finger verführerisch. »Komm rein.«

Er tritt mit katzenhafter Anmut ein.

Als wir den Korridor entlanggehen, bemerke ich, dass er stehen geblieben ist.

Oh nein. Bekommt er kalte Füße?

Ich drehe mich um und sehe, wie er unruhig auf etwas neben der Tür zu Clarices Zimmer starrt.

Ich folge seinem Blick und erwarte, eine riesige Spinne zu sehen.

Ein flaches, pelziges Gesicht schaut zu mir auf.

Das ist Hannibal, der Kater – ein flauschiger weißer Perser mit blauen Augen und daher kein Wesen, das man so anschauen würde, wie Tigger es tut.

»Was ist los?«, forme ich mit meinem Mund in Tiggers Richtung.

»Nichts«, sagt er, blickt aber weiterhin auf den Fellball, der in seinem Weg steht.

»Hast du eine Katzenallergie?«, frage ich.

Er schüttelt den Kopf.

»Was dann?«

Er krempelt seinen Ärmel hoch und zeigt mir eine verblasste Narbe auf seinem Unterarm. »Die Großmutter meiner Cousine, die Herzoginwitwe war das, was man eine Katzenlady nennen würde. Das habe ich von einem ihrer Schützlinge. Seitdem bin ich eher ein Hundemensch.«

Ich schaue von Tigger zu Hannibal und wieder zurück. »Du hast Angst vor Katzen?«

Könnte dieser Muskelberg tatsächlich ein Knäuel aus weißem Fell fürchten?

Was würde er tun, wenn er den unheimlich klingenden Namen der Katze kennen würde? Oder wenn er Machete von meiner Schwester Blue treffen würde – eine wirklich furchteinflößende Katze, von der sich sogar normale Menschen fernhalten sollten?

Ein Hauch von Farbe befleckt seine hohen Wangenknochen. »Keine Angst. Dies ist eine reine Risikoeinschätzung. Als ich das letzte Mal in die Nähe von so einem kam, lag ich eine Woche lang mit einer Infektion im Krankenhaus.« Er wirft Hannibal einen bösen Blick zu, und der Kater schaut zurück, wobei sein Schwanz warnend zuckt.

Ich könnte schwören, dass Tigger leicht erblasst, bevor er den Wettstreit der Blicke unterbricht.

Normalerweise ist es die Prinzessin, die vor einem Monster gerettet werden muss. Heute ist es der Prinz.

Ich gehe hinüber zu Clarices Tür und öffne sie ganz leise. »Husch.«

Hannibal tut so, als ob er das die ganze Zeit gewollt hätte und rauscht mit erhobenem Schwanz durch den Türspalt.

Ich schließe die Tür ebenso leise und schaue Tigger an. »Bereit?«

»Ich habe *keine* Angst vor Katzen«, murmelt er und folgt mir.

Ich klopfe ihm wohlwollend auf den Arm. »Eine Sache, die du vielleicht ausprobieren möchtest, ist der Umgang mit Katzenkacke.«

»Warum?« Als er seine Augen auf mich verengt, erinnert er mich an einen wunderschönen Kater – oh, diese Ironie. Apropos Ironie, war der Spitzname Tigger Teil einer ironischen Stichelei seiner Geschwister?

»Katzen tragen einen Parasiten in sich, der angeblich dafür sorgt, dass Menschen Katzen mehr mögen. In deinem Fall könntest du dich ihnen gegenüber also einfach neutral fühlen.«

»Nein, danke«, sagt er.

»Ja, vielleicht ist das auch besser so. Ein Katzenparasit soll auch zu riskantem Verhalten führen, und davon hast du genug.«

Er seufzt. »Können wir bitte das Katzenthema fallenlassen?«

Ich fühle mich wie ein Arschloch. »Ich werde es nie wieder erwähnen«, sage ich feierlich, und meine es auch so. Wenn man bedenkt, wie viel Verständnis er für meine Probleme hat, ist das das Mindeste, was ich tun kann.

Außerdem bin ich eigentlich erleichtert, dass es etwas gibt, wovor er sich fürchtet. Das heißt, er hat kein Urbach-Wiethe und kann es somit nicht an unsere hypothetischen Kinder weitergeben.

Moment, Kinder? Vielleicht sollte ich ihn erst einmal küssen?

Ich öffne die Tür zu meinem Schlafzimmer und winke ihm, hereinzukommen. Er betritt den Raum, und seine Augen weiten sich.

»Setz dich hierhin.« Ich zeige auf den Stuhl, den ich vorbereitet habe.

Als er sich hinsetzt, gibt die dicke Plastikplane auf dem Stuhl ein knisterndes Geräusch ab.

»Gib mir eine Sekunde.« Ich ziehe den Anzug an, den ich vor einer Weile gekauft habe, für den Fall, dass ich jemals ein Krankenhaus besuchen muss – was zum Glück noch nicht passiert ist.

Es handelt sich um einen Ganzkörper-Schutzanzug mit einer strapazierfähigen Gesichtsmaske, der sich während des Malprojekts als sehr nützlich erwies. Dank der Maske war ich im Gegensatz zu meinen Mitbewohnerinnen als einzige nicht von den Dämpfen berauscht.

Tigger mustert mich von Kopf bis Fuß, und seine Augen glänzen amüsiert. »Werde ich gleich ermordet?«

Wovon redet er?

Ich betrachte mich im Spiegel, dann betrachte ich den mit schweren Plastikplanen bedeckten Raum, das

Klebeband, mit dem ich alles befestigt habe, und schließlich die Schaufensterpuppe in der Ecke.

Oh, Mist.

Er hat recht.

Mein Zimmer sieht aus wie das Versteck eines Serienmörders.

Kapitel Vierzehn

Ich zucke zusammen. »Es tut mir leid. Es ist wahrscheinlich nicht die sexyeste Einrichtung. Ich möchte nur auf Nummer sicher gehen.«

»Und deshalb wirst du für mich zu *Dexter*?«

Mein Gesicht brennt unter der Maske. »Ich dachte mir, egal, was wir machen, du wirst kommen …«

Die Belustigung in seinen Augen vertieft sich. »Mein Sperma sollte nicht radioaktiv sein.«

Kommt auf die persönliche Definition an. »Ich habe genug Pornos gesehen«, sage ich abwehrend. »Das Zeug kann überall hinschießen.«

Er grinst. »Denkst du, ich gehe ab wie ein Feuerwehrschlauch? Ich schätze, ich bin geschmeichelt – aber würde ein Kondom nicht ausreichen?«

Ein Kondom. Tolle Idee. Ich gehe hinüber zu

meinem Nachttisch und werfe ihm das kleine silberne Päckchen zu.

Er runzelt die Stirn. »Warum hast du das überhaupt? Ich dachte, du hättest keinen Sex.«

»Stimmt, aber ich bin keine Nonne.« Errötend öffne ich meine Nachttischschublade und nehme meine beiden Dildos heraus – Prinzregent und den kleinen.

Glaubst du, er merkt, dass ich sein Stellvertreter bin? Prinzregent wirkt groß und stolz, als ich ihn durch die Luft schwenke.

Mein alter Dildo hingegen sieht aus, als wäre er verschrumpelt. *Ich bin einfach »der Kleine?« Warum schmilzt du mich nicht einfach ein und machst eine Vagina aus mir?*

Tiggers Kiefer spannt sich an, und ich frage mich, ob er sich vorstellt, wie ich mit dem Spielzeug spiele.

Meine Röte breitet sich bis zu meiner Brust aus. »Glaubst du, dass wir die brauchen werden? Einer kann über eine App gesteuert werden, so dass …«

»Nein, *myodik.*« Seine Stimme ist heiserer als sonst. »Für den Moment möchte ich nur, dass du dich für mich berührst.«

Und einfach so wird mein Atem rasend, und meine Nippel versteifen sich zu Kugeln. Schluckend ziehe ich meinen Arm aus dem Ärmel des Anzugs und lasse ihn an meinem Körper heruntergleiten, bis ich mein Geschlecht erreiche.

»Etwa so?« Ich bewege meine Hand in einer

übertriebenen Bewegung, damit er versteht, was passiert.

Er nickt, und seine Augen brennen. »Genau so.«

Warte. Moment einmal. Das soll *meine* Pornotherapie sein.

»Zieh dich aus«, sage ich.

Ein dunkles Lächeln umspielt seine Lippen, und er beginnt, sich auszuziehen.

Bei Houdinis Sixpack ... Er hat bisher nur das Shirt entfernt, aber der Anblick dieser harten Brust- und Bauchmuskeln verdoppelt meinen ohnehin schon rasenden Herzschlag.

Als seine Hose fällt, hyperventiliere ich schon.

»Ist deine Muschi feucht?«, murmelt er.

»Klitschnass«, platze ich heraus.

»Berühre dich weiter.« Er zieht seine Unterwäsche aus und entfesselt Seine Königliche Härte.

Scheiße. Scheiße.

Wie ist er so hart geworden, während ich wie ein Statist in *Contagion aussehe?* Und wieso ist Seine Königliche Härte noch größer als in meiner Erinnerung? Er stellt Prinzregent mühelos in den Schatten.

Hey. Das fühlt sich jetzt nicht sehr gut an. Prinzregent scheint zu schrumpfen, wie sein kleiner Bruder.

Nicht mein Bruder – und es geschieht ihm recht, weil ich mich seinetwegen wie ein Kitzler fühle.

Apropos Kitzler, meiner ist geschwollen und pulsiert, mit einer sich aufbauenden Spannung dahinter, aber da ist auch eine Leere, die nur Seine Königliche Härte ausfüllen kann.

»Streichle ihn«, schaffe ich herauszupressen.

Mit einem zustimmenden Grunzen reißt Tigger die Kondompackung mit seinen Zähnen auf und zieht sich den Gummi über.

Scheiße, ist das heiß.

Vielleicht war das Kondom aber auch übertrieben? Ich bevorzuge einen ungehinderten Blick. Wäre es außerdem unangenehm, an dieser Stelle Musik anzumachen? Normalerweise mache ich so etwas bei *The Final Countdown*.

»Schieb einen Finger hinein«, befiehlt er und beginnt, seine Faust auf und ab zu bewegen.

Ich tue, was er sagt, und meine inneren Muskeln quetschen den Finger gierig. Das Gefühl ist unbefriedigend. Ein Finger ist eine schlechte Annäherung an das, was ich anschaue.

Er beschleunigt die Bewegung seiner Faust. »Drück deine Brustwarze zusammen.«

Ich ziehe meine andere Hand in den Anzug, schiebe sie unter den BH und setzte seine Worte in die Tat um.

Fuck, das fühlt sich gut an. Ein Lustblitz schießt durch meinen Körper und verwandelt meinen Kitzler in ein Leuchtfeuer der Glückseligkeit.

»Schneller«, stöhnt er und bewegt seinen Schwanz fast bösartig.

Ein Stöhnen entweicht meinen Lippen, als ich in seinem Rhythmus weitermache.

Seine Muskeln spannen sich an.

Meine Zehen beginnen sich zu krümmen.

Ein entferntes Geräusch droht den Nebel der Freude zu durchdringen, aber ich blende es aus.

»Gia«, stöhnt er.

Das reicht. Mit einem Schrei, der von der Maske gedämpft wird, komme ich.

Er stöhnt vor Vergnügen und schießt seine Ladung in das Kondom.

Wow.

Das sieht nach sehr viel Flüssigkeit aus.

Der zusätzliche Schutz war vielleicht nicht übertrieben.

»Uff.« Ich schiebe meine Arme zurück in die Ärmel meines Anzugs.

Er grinst mich an. »Das war unglaublich.« Vorsichtig zieht er das Kondom von seinem massiven Schwanz ab.

Das Geräusch von vorhin wiederholt sich, und mein Gehirn erkennt es als ein Klopfen an der Tür.

Mist.

Ich will gerade *Wer ist es?* fragen, als die Tür auffliegt.

Kapitel Fünfzehn

*I*ch höre Clarices Stimme, bevor ich sie sehe.

»Hey. Hast du Hannibal in mein Zimmer …«

Sie hält abrupt inne, und ihre Augen werden groß.

Ich folge ihrem Blick, und eine neue Hitzewelle überrollt mein Gesicht.

Seine Königliche Härte ist immer noch auf Vollmast. Ich schätze, es dauert ein paar Sekunden, bis er wieder herunterkommt.

Ich bin mir auch bewusst, dass ich einen Schutzanzug trage und der Raum mit Plastikfolie bedeckt ist.

Ich kann mir gar nicht vorstellen, was Clarice denkt, in welche Art von Fetisch sie gerade hineingeraten ist. Gibt es so etwas wie ein Serienkiller-Rollenspiel? Oder vielleicht denkt sie, wir spielen Doktor … während des Ausbruchs von *Andromeda*?

»Es tut mir so leid«, murmelt sie und weicht

zurück. »Ich dachte, ich hätte deinen Porno gehört, nicht ...«

Den Rest höre ich nicht, denn in diesem Moment stürmt Hannibal in den Raum.

Als er seine Nemesis sieht, lässt Tigger das Kondom fallen, das er in der Hand hält, und greift instinktiv nach seiner Hose.

Ich erwarte beinahe, dass Hannibal Angst vor Seiner Königlichen Härte hat, oder Prinzregent, was das betrifft. Als einer meiner Mitbewohner einmal eine Gurke hinter ihn gelegt hat, ist er komplett ausgeflippt.

Aber nein, er steuert direkt auf Tigger zu. Ich denke, das phallische Objekt muss grün sein, um ein Problem darzustellen.

»Stopp«, schreie ich den Kater an.

»Hannibal!«, sagt Clarice streng.

Der Kater wird aber nur schneller. In einem Wimpernschlag ist er bei Tiggers Füßen.

Oh nein. Seine Königliche Härte ist immer noch hart und stolz. Ist es das, worauf der Kater abfährt? Denkt er daran, endlich seinem Namen gerecht zu werden und ...

Nein.

Der Kater hat es nicht auf den Geschmack von Menschenfleisch abgesehen. Sein eigentliches Ziel ist – um seinen Namensvetter aus dem Film zu zitieren – *tausendmal wilder und furchterregender.*

Ich starre entsetzt, als Hannibal das Kondom mit seinen Zähnen schnappt und auf mich zustürzt.

Meine Maske dämpft meinen Schrei, als sich vor

meinen Augen ein schreckliches Szenario abspielt: der Kater macht mit seinen Krallen Löcher in meinen Anzug und drückt dann die Männersäfte hinein ... irgendwie.

Der Schrei muss Hannibal aus der Fassung bringen. Er kommt von seinem Kurs ab – indem er die mit Plastik überzogene Wand hochläuft, als ob er von einer radioaktiven Spinne gebissen worden wäre.

Das Klebeband, das ich benutzt habe, um die Plastikfolie an Ort und Stelle zu halten, mag das nicht und gibt nach, aber Hannibal springt auf das nächste Stück, bevor es auf ihn fallen kann, landet dann auf dem Boden hinter mir und Clarice und flüchtet aus meinem Zimmer.

»Hannibal!«, schreit Clarice und nimmt die Verfolgung auf.

Ich renne ihnen hinterher, nur um zu bemerken, dass mein Outfit nicht zum Laufen gedacht ist.

Keuchend watschele ich und beobachte, wie Clarice in der Küche verschwindet.

Ich folge ihr, und als ich dort ankomme, steht sie verwirrt da.

»Wo ist er?«, frage ich atemlos.

Sie schüttelt den Kopf. »Ich dachte, ich hätte ihn hier hineinlaufen sehen.«

Eine Bewegung hinter mir lässt mich aufschrecken, aber es ist nur Harry.

»Is dlaub, das war 'ne Miezetatze«, sagt sie in ihrer besten Tweety-Imitation. Mit normaler Stimme fügt sie hinzu: »Er hatte ein Kondom dabei. Was hat es damit auf sich?«

»Wo ist er?«, rufen Clarice und ich unisono.

Harry schaut mich von oben bis unten an. »Was zum Teufel hast du da an?«

»Wo ist der Kater?«, knurre ich.

Harry macht einen Schritt zurück. »Bleib locker. Er ist in meinem Zimmer. Ich habe ihn dort eingesperrt, bevor ich rüberkam.«

Mit einem Seufzer der Erleichterung geht Clarice zu einer Schublade hinüber, nimmt eine Zange heraus und drückt sie mir in die Hand.

Ich verenge meine Augen bei dem Ding. »Wofür ist das?«

»Um das Kondom zu holen«, sagt Clarice mit einem Augenrollen.

»Warum ich?«

Sie schaut mich von oben bis unten an. »Du trägst einen Schutzanzug, außerdem ist es das Kondom deines Freundes.«

Harry sieht fasziniert aus. »Ein Freund?«

»Er ist nicht mein ...«

Bevor ich den Satz beenden kann, kommt mein Nicht-Freund herein.

Harry sieht beeindruckt aus, genauso wie Clarice – obwohl sie ihn gerade ohne Hose gesehen hat.

»Lass mich«, sagt er und greift nach der Zange. Es scheint ihm nicht im Geringsten peinlich zu sein.

»Nein.« Ich greife beherzt nach der Zange. »Ich mach das schon.« Das Letzte, was ich will, ist, dass

Tigger eines dieser schönen Augen an den Kater verliert.

Wir schleichen hinüber zu Harrys Zimmer, und sie öffnet die Tür.

Hannibal liegt da, mitten auf dem Boden, zusammengerollt zu einem zufriedenen Ball und ignoriert uns, wie es nur eine Katze kann.

Das Kondom liegt neben ihm.

Igitt.

Ich stähle mich.

Du trägst einen Anzug. Du kannst das tun.

Beherzt watschele ich hinüber, hebe die Biogefahr mit der Zange auf … und betrachte sie, drehe sie hin und her.

»Was ist denn los?«, fragt Clarice.

»Es ist leer.« Ich untersuche das Latex weiter, als ob ich das Sperma zurückzaubern könnte – hey, das könnte ein toller Zaubertrick sein.

»Leer?«, fragt Tigger ungläubig.

»Was war da drin?«, fragt Harry und fängt sich einen komischen Blick von Clarice ein.

Gemeinsam blicken wir auf Hannibal hinunter, der offensichtlich nur auf diesen Moment gewartet hat, um sich die Koteletts zu lecken.

Es könnte sogar ein schlürfendes Geräusch zu hören sein.

»Igitt!«, schreit Harry. »Er hat es gefressen?«

Kapitel Sechzehn

*T*igger wirft Harry einen beleidigten Blick zu. Clarice sieht verkniffen aus. »Ich glaube, ›geschluckt‹ ist die korrekte Bezeichnung«, sagt sie mit erstickter Stimme.

Ich weiß nicht, ob ich eifersüchtig auf Hannibal sein sollte, angewidert oder besorgt über halb Tiger-, halb Perserkätzchen.

Das schafft einen unguten Präzedenzfall. Als Nächstes sehnt sich den Kater nach Menschenmilch. Oder Blut. Außerdem könnten Körperflüssigkeiten der perfekte Einstieg für Menschenfleischkonsum sein, besonders für eine Kreatur, die 95,6 Prozent ihrer DNA mit Löwen und Tigern teilt. Clarice scherzt bereits, dass sie Hannibal gut füttern muss, damit er sich nicht auf unsere Augäpfel stürzt.

Tiggers Wirbelsäule richtet sich auf, als würde er gleich Truppen in einer Parade anführen. »Erlaube mir ...« Er greift nach der Zange.

Ich übergebe sie vorsichtig, um das Kondom nicht fallen zu lassen.

»Ich werde es entsorgen«, sagt er und schaut dann zu meinen Mitbewohnerinnen. In einem königlichen Tonfall fügt er hinzu: »Ich bin Tigger. Und ihr seid …?«

Sie sehen aus, als müssten sie sich das Lachen verkneifen, während sie sich vorstellen.

»Es war schön, euch kennenzulernen, Harry und Clarice«, sagt Tigger mit einer höflichen Verbeugung, die Zange fest um das Kondom geklemmt.

»Gleichfalls«, sagt Harry verschämt.

»Komm wieder«, sagt Clarice mit einem Kichern.

Ich vergewissere mich, dass Clarice mein Augenrollen sehen kann, bevor ich mich zu Tigger umdrehe und sage: »Lass mich dich zur Tür begleiten.«

Meine Freundinnen bleiben zurück, obwohl ich weiß, dass sie auf jedes Wort lauschen.

Als wir zur Tür kommen, schließe ich sie für ihn auf.

Tigger schüttelt die Zange und lässt das leere Kondom wie eine Fahne im Wind flattern. »Das war unvergesslich.«

Ich versuche, ihn nicht anzusehen, während sich die Hitze von meinem Gesicht hinunter zu den kürzlich stimulierten Regionen ausbreitet. Stattdessen greife ich zu dem neutralsten Thema, das mir einfällt. »Bist du bereit für dein Training morgen?«

Ein Grinsen tanzt auf seinen Lippen. »Hast du Lust auf deines?«

Die Röte, die mich bedeckt, breitet sich bis zu

meinen Zehen aus. »Klar«, sage ich mit angespannter Stimme.

»Gut.« Er öffnet die Tür. »Ich schreibe dir eine SMS.«

Er steuert auf seinen Lamborghini zu, und seine Haltung ist trotz der Last, die er trägt, würdevoll. Ich beobachte ihn, bis er mit Schallgeschwindigkeit davonrast.

»Schönes Auto«, sagt Harry von hinten.

»Schönes alles.« Clarice macht einen Schmollmund. »Du hast uns etwas vorenthalten.«

»Oh ja.« Harry stemmt die Hände in die Hüften. »Spuck es aus.«

Ich seufze. »Wartet im Wohnzimmer. Ich muss mich erst umziehen.«

Als ich ohne Schutzanzug ankomme, warten alle meine Mitbewohner im Wohnzimmer, nicht nur Clarice und Harry.

Mit einem weiteren Seufzer beginne ich mit der Geschichte, was dadurch erleichtert wird, dass meine Schwestern in der Magie, im Gegensatz zu meinen Blutsschwestern, alles über meine Probleme mit Intimität wissen.

Als ich fertig bin, fangen alle gleichzeitig an zu reden, und alles, was ich verstehen kann, ist: »Kannst du ihn nicht durch eine Frischhaltefolie küssen?« Und; »Kannst du es nicht mit einem Kondom machen?«

»Danke, aber ich werde schon herausfinden, was ich tun soll«, sage ich streng.

Clarice bringt alle zum Schweigen und schenkt mir

ein mitleidiges Lächeln. »Du armes Ding. Du musst dich wie ein Diabetiker in Charlies Schokoladenfabrik fühlen.«

»Ihr habt keine Ahnung«, sage ich, wünsche allen eine gute Nacht und gehe in mein Zimmer.

———

Während ich mein Zimmer wieder in Ordnung bringe und meine nächtlichen Gewohnheiten abarbeite, schwirren mir ein Dutzend Fragen wie ein Taubenschwarm bei der Fütterung durch den Kopf.

Warum hat er mir angeboten, mich zu trainieren? Was hat es für ihn bedeutet? Kann ich ihm morgen gegenübertreten? Ihn trainieren? Ihn mich trainieren lassen? Ich zittere fieberhaft bei dem Gedanken.

Apropos sein Training … Hat es funktioniert? Bin ich näher dran, mit einem Kerl intim sein zu können?

Es ist schwer, zu sagen, aber die Vorstellung, mit einem hypothetischen Typen intim zu sein, reizt mich nicht mehr. Ich habe jemand Bestimmtes im Sinn, jemanden, der mich an Bierwerbungen wie »Er brachte einmal ein Messer zu einer Schießerei mit … nur um die Chancen auszugleichen« oder »Wenn er Rom ist, tun sie, was ER tut« – »andere Länder, seine Sitten« – erinnert.

Nein. Das ist verrückt. Er ist ein Kunde. Und ein Playboy-Prinz.

Das bringt mich zurück zu der Frage, warum er überhaupt seine Dienste angeboten hat. Was ist sein Ziel?

Es ist klar, dass das Endspiel des Trainings darin besteht, dass wir zusammen schlafen – es sei denn, das ist Wunschdenken meinerseits. Aber warum sollte sich ein Typ, der jede Frau haben kann, mit mir abgeben? Weckt die Schwierigkeit sein Interesse ... für den Moment? Bin ich ein sexueller Everest, den er bezwingen will? Will er dorthin gehen, wo noch kein Mann zuvor gewesen ist, und die Unfickbare ficken?

Unfähig, zu befriedigenden Antworten zu gelangen, gehe ich ins Bett und wälze mich stundenlang hin und her, bevor ich in einen unruhigen Schlaf falle.

———

Ich wache sehr spät auf und checke mein Telefon.

Nichts von Tigger.

Ich hoffe, er hat seine Meinung über das weitere Training nicht geändert.

Ich hole meinen Laptop heraus und recherchiere, was ich Tigger beibringen kann, wenn er auftaucht. Als ich Hunger bekomme, nehme ich mir einen Kokosnussjoghurt zum Frühstück – eine weitere kleine Art der Expositionstherapie gewissermaßen. Joghurt wimmelt nur so von Bakterien, aber da es sich um die nützliche Art handelt, lasse ich sie in meinen Körper ... mit nur ein wenig Widerwillen. Es hilft wirklich, dass diese Joghurtmarke seit ihrer Gründung in den Achtzigerjahren noch nie die Ursache für eine lebensmittelbedingte Krankheit war.

Ich wünschte nur, ich hätte nicht bei jedem Löffel

ein seltsames, pelziges Gefühl auf der Zunge, das sich unheimlich anfühlt, als würden die winzigen Schwänze von Millionen von Laktobazillen zittern, während sie zu *The Final Countdown* tanzen.

Gerade als ich fertig bin, höre ich endlich von Tigger:

Ich gehe heute Morgen zu einem Arzt. Können wir uns später treffen? Vielleicht um 16.00 Uhr?

Ah, also *sucht* er einen Arzt auf, um sicherzugehen, dass er freitauchen darf. Das freut mich. Auf diese Weise mache ich mir weniger Sorgen, dass er ertrinkt.

Wir sehen uns im Hotel, antworte ich, und die dummen Tauben flattern voller Vorfreude in meinem Bauch.

Ich kehre zu meiner Freitauch-Recherche zurück, aber eine SMS lenkt mich schon nach wenigen Minuten ab.

Sie ist von Blue.

Deine Kartenexperten-Freundin ist nicht bei unserer Verabredung zum Brunch aufgetaucht. Ich habe sie angerufen und ihr eine SMS geschrieben, aber habe keine Antwort bekommen. Ist alles in Ordnung?

Hmm. Es sieht Clarice gar nicht ähnlich, eine Jobgelegenheit auszuschlagen.

Ich gehe hinüber zu ihrem Zimmer und klopfe.

Keine Antwort.

Als ich die Tür öffne, sehe ich nur Hannibal mit geschlossenen Augen – zweifellos schläft er von der schweren Mahlzeit der letzten Nacht.

Ich schließe die Tür vorsichtig, um ihn nicht zu

wecken. Ich habe eine unausgesprochene Vereinbarung mit dem Kater. Ich störe ihn nicht, und er erstickt mich nicht im Schlaf, leckt über mein Gesicht oder reibt sich an mir.

Wo ist Clarice?

Ich rufe sie an und schreibe ihr eine SMS.

Sie antwortet nicht.

Ich fange an, an die Türen meiner anderen Mitbewohner zu klopfen, aber sie sind alle weg.

Gerade als ich mich darauf vorbereite, jeden wahllos anzurufen, bekomme ich eine Gruppennachricht von Harry.

Clarice ist im Krankenhaus.

Kapitel Siebzehn

Ich lese den Rest von Harrys Nachricht in panischer Benommenheit.

Sie sagt, dass sie einen unverständlichen Anruf von Clarice bekommen hat, der nur ein paar Sekunden gedauert hat, und dass sie keine Ahnung hat, was mit unserer Freundin los ist, nur den Namen des Krankenhauses kennt.

Mit klopfendem Herzen rufe ich ein Taxi und eile in mein Zimmer, um mich vorzubereiten.

Um einen Krankenhausaufenthalt zu vermeiden, würde ich in Erwägung ziehen, an einem U-Bahn-Geländer zu lecken, eine öffentliche Toilette zu benutzen und vielleicht sogar in einem Restaurant mit einer C-Bewertung zu essen.

Aber Clarice ist meine Freundin, und ich muss sie besuchen gehen.

Irgendwie.

Mit zusammengezogenem Magen suche ich den

Schutzanzug von letzter Nacht. Ins Krankenhaus zu gehen ist der Grund, warum ich ihn überhaupt gekauft habe – nicht, um einen Prinzen zu erregen. Ich ziehe ihn an, setze aber die Maske noch nicht auf, da der Taxifahrer bei dem Anblick einfach fliehen könnte.

Ich schnappe mir auch ein wunderschönes Kartenspiel, das ich für Clarices Geburtstag gekauft habe. Nichts heitert sie mehr auf als Karten.

Ich watschele nach draußen und suche das Taxi.

Die Entscheidung gegen eine Maske war eine gute Entscheidung. Die Fahrerin wirft meinem Outfit schon jetzt einen besorgten Blick zu.

»Ich muss ins Krankenhaus«, sage ich.

Die Dame verhält sich wie alle New Yorker, die mit jemandem konfrontiert werden, der eindeutig in eine geschlossene Einrichtung gehört – kein Augenkontakt und kein anderer Hinweis, dass sie mich gehört hat.

Ich schreibe Blue eine SMS und informiere sie über die Situation.

Welches Krankenhaus?, fragt sie.

Ich sage es ihr und denke wieder darüber nach, was passiert sein könnte.

Alle möglichen Szenarien spielen sich in meiner masochistischen Fantasie ab. Hatte Clarice einen Autounfall? Wurde sie überfallen? Ist sie an einer lebensmittelbedingten Krankheit erkrankt?

Sie ist zu jung für einen Herzinfarkt oder Schlaganfall, aber man weiß ja nie.

Das Auto hält an.

Ich steige aus, so schnell es der Anzug zulässt, setze

meine Maske auf und wackele zum Krankenhauseingang.

Die automatischen Türen gleiten für mich auf, aber meine Füße bewegen sich nicht.

Scheiße.

Clarice ist dort drin. Sie könnte um ihr Leben kämpfen. Das Mindeste, was ich tun kann, ist, dort hineinzugehen und bei ihr zu sein.

Meine Füße bewegen sich immer noch nicht.

Selbst mit dem Anzug habe ich zu viel Angst, hineinzugehen.

Scheiße.

Ich bin die schlechteste Freundin der Welt.

Ich mache einen kleinen Schritt auf die Tür zu.

Nein. Meine Füße tragen mich direkt zurück.

Das Klingeln einer eingehenden SMS von meinem Telefon schreckt mich aus meiner Benommenheit auf.

Es ist Blue.

Ich habe gerade mit dem Krankenhaus gesprochen. Clarice hatte eine allergische Reaktion.

Oh nein. Ich fühle mich am ganzen Körper kalt. Allergien sind extrem gefährlich. Wogegen ist sie allergisch? Sie hat nie etwas gesagt.

Ich nehme all meine Willenskraft zusammen, um durch die Türen vor mir zu treten, aber bevor ich den Mut aufbringen kann, kommt eine weitere SMS von Blue.

Es geht ihr gut. Sie hat gerade ausgecheckt.

Eine Welle der Erleichterung spült meine Angst

fort, und mir fällt ein, dass die Informationen, die Blue bekommen hat, ziemlich privat klingen.

Würden die Leute im Krankenhaus ihr das alles am Telefon sagen?

Hoffentlich hat sie sich nicht in die Datenbank des Krankenhauses gehackt – oder, falls doch, wird nicht erwischt.

»Gia?«, sagt eine vertraute Stimme hinter mir.

Es ist Harry. Ihre Augen sind aufgebracht, und ihr kurzes blondes Haar ist noch zerzauster als sonst. »Hast du sie gesehen?«

Kopfschüttelnd erzähle ich ihr, was ich gerade von Blue erfahren habe.

»Gehen wir sie abholen«, sagt Harry.

Ich will gerade mein Problem erklären, das ich damit habe, aber die Türen öffnen sich, und Clarice tritt mit nur leicht geschwollenem Gesicht heraus.

Als ich meine Maske abnehme, ist die Erleichterung, die ich spüre, von Schuldgefühlen durchdrungen. So glücklich ich auch bin, meine Freundin lebendig und gesund zu sehen, ein Teil von mir ist fast genauso erleichtert darüber, das Krankenhaus nicht betreten zu müssen.

»Geht es dir gut?«, fragen Harry und ich gleichzeitig.

»Ich besorge uns ein Taxi, um dich nach Hause zu bringen«, sage ich und hole mein Handy heraus.

Clarice nickt. »Verdammte Ameisen.«

Ich tausche einen besorgten Blick mit Harry aus, als ich das Taxi bestellt habe.

»Du hast dir einen Hubwagen ausgeliehen?«, fragt Harry vorsichtig.

»Ich bin mir ziemlich sicher, dass sie von den Insekten spricht«, sage ich. »Nicht, dass das irgendetwas erklären würde.«

Moment einmal. Ich glaube, ich habe es jetzt verstanden. Die …

»Der Wichser ist in meinen Schuh gekrochen«, sagt Clarice entrüstet. »Und als ich ihn rauslassen wollte, hat er mich gebissen.«

»Sie sind alle weiblich«, sagt Harry.

Ich werfe Harry einen missbilligenden Blick zu.

»Gut.« Clarice rückt ihren Piratenhut zurecht. »*Sie* hat mich gebissen. Diese Schlampe.«

»Und du bist allergisch gegen Ameisen?«, frage ich.

»Wie es sich herausstellt«, sagt Clarice. »Ich schwoll sofort an.« Sie nickt dem Krankenhaus zu. »Sie sagten mir, wenn ich nicht sofort den Notruf gewählt hätte, wäre ich jetzt tot.«

»Verdammte Ameisen«, sage ich entsetzt. Sollte ich Ameisen zu meiner Liste der zu meidenden Winzlinge hinzufügen?

»Wir sollten uns eine Schwarze Witwe für das Haus besorgen«, sagt Harry.

Diesmal sind es Clarice und ich, die sie anstarren, als hätte sie den Verstand verloren.

»Schwarze Witwen fressen Ameisen«, sagt Harry, als ob das allgemein bekannt wäre.

»Sie sind auch giftig«, sage ich. »Und, obwohl es für uns nicht relevant ist, fressen sie ihre Partner.«

Clarice erschaudert. »Ich werde das Risiko mit einem EpiPen eingehen.«

»Hannibal sollte sowieso nützlicher sein als eine Spinne«, sage ich. »Katzen fressen eigentlich gerne Ameisen.«

Unser Auto kommt an, und wir steigen ein. Ich informiere unsere anderen Mitbewohner und Blue, dass Clarice okay ist und mit uns nach Hause kommt. Dann fische ich das Kartenspiel heraus, das ich mitgebracht habe, und reiche es Clarice.

Wie ich gehofft habe, hebt sich ihre Laune beträchtlich, während sie das schicke Spiel begutachtet. Während der gesamten Fahrt nach Hause zeigt sie mir und Harry Kartentricks und macht damit weiter, als wir alle zusammen bei uns zu Hause zu Mittag essen. Da nichts einen Magier schneller aufmuntert als ein Auftritt, ohe und ahe ich noch lange, nachdem ich der Kartenmagie überdrüssig geworden bin, und ich vermute, dass dies auch bei Harry der Fall ist.

»Mist«, sage ich, als wir nach dem Mittagessen aufräumen. »Das hätte ich fast vergessen, dass ich noch ein Meeting mit Tigger habe.«

Clarice grinst. »Vergiss nicht, ein Kondom zu dem ›Meeting‹ mitzunehmen.«

»Und deinen Schutzanzug«, fügt Harry hinzu.

Ich schnaube, als ich in mein Zimmer gehe. »Ich werde nichts dergleichen tun.«

In Wirklichkeit bin ich froh, dass sie den Anzug erwähnt hat. Das hat mich daran erinnert, dass ich meine Badesachen mitnehmen muss.

Es dauert eine Weile, bis ich den Bikini finde, den ich mir vor langer Zeit gekauft habe, in jenen glücklichen Tagen, bevor ich gelernt habe, dass das Meerwasser fleischfressende Bakterien haben kann und dass es in Seen von hirnfressenden Amöben wimmelt.

Hmm. Der Bikini ist eng. Ich hoffe, meine Mädels fallen nicht heraus.

Ich packe den Bikini und ein zusätzliches Paar Unterhosen ein, ziehe ein Kleid an, das umwerfend sexy ist, und wähle einen Zaubertrick aus, den ich vorführen werde, falls Tigger nach einem fragt – eine Abwandlung eines Klassikers.

Meine Mitbewohner pfeifen, als ich losfahre, und der männliche Fahrer scheint von meinem Dekolleté beeindruckt zu sein, also hoffe ich, dass Tigger es auch sein wird.

Als ich auf dem Weg bin, bekomme ich einen Anruf von Blue, und ich bringe sie auf den neuesten Stand über Clarice.

»Wo hat sie in diesem Betondschungel eine Ameise gefunden?«, fragt Blue.

Ich schnaube. »Kommt das von jemandem, der sich immer über die Vermehrung der Vögel in besagtem Betondschungel beschwert?«

»Touché. Wie läuft es eigentlich mit dem ruskovischen Prinzen?«

Ich beobachte den Fahrer misstrauisch und wechsele zu einer Form von Schweinelatein, die Blue selbst entwickelt hat, als wir Kinder waren. Die Idee war damals, geheime Gespräche vor unseren Eltern und Schulkameraden zu führen, aber es sollte auch den Taxifahrer im Dunkeln lassen. »Wir haben Sachen gemacht«, sage ich, »aber ich bin mir nicht sicher, auf welcher Base sie in der Baseball-Sex-Metapher sein würden.«

»Was genau habt ihr getan?«, fragt sie und spricht dabei unnötigerweise auch in Schweinelatein.

Ich erröte. »Voreinander masturbiert.«

»Wow. Warum?«

Sollte ich ihr von meinen Intimitätsproblemen erzählen? Im Gegensatz zu meinem Zwilling *kann* Blue ein Geheimnis bewahren. Staatsgeheimnisse sogar.

Aber nein. Ich will nicht bemitleidet werden.

»Ich gehe die Dinge langsam an«, sage ich, und das ist nicht unwahr. »Ich mache mir Sorgen, dass ich sein sexueller Everest bin.«

Sie bittet mich zu Recht, den letzten Teil zu erklären, also sage ich ihr, dass ich denke, dass er mich als Herausforderung sieht.

»Wenn er dich nach dem Sex verlässt, sagst du mir Bescheid«, sagt Blue bedrohlich. »Ich könnte einen internationalen Zwischenfall riskieren.«

Ja, okay. Notiz an mich selbst: Blue nichts dergleichen erzählen. Das Letzte, was ich will, ist, dass sie aus der No Such Agency rausgeschmissen wird, oder, noch schlimmer, in einem ruskovischen Äquivalent von Guantánamo Bay landet.

»Ich bin mir nicht einmal sicher, was zwischen uns passieren *könnte*«, sage ich, als ich laut nachdenke.

»Dating«, sagt Blue. »Du weißt schon, das, was die Leute machen, wenn sie in netten Restaurants zusammen essen.«

Ich rolle mit den Augen. »Ich bin mir nicht sicher, ob es mir überhaupt erlaubt ist, einen Royal zu daten. Vielleicht muss ich zur Knigge-Schule gehen. Mit einem Buch auf dem Kopf laufen lernen. Mir Korsetts von Clarice leihen. Gabeln mit meiner linken Hand halten. Die Temperatur meiner Vagina auf damenhafte 37,5 Grad regulieren.«

Ich kann ihr böses Lächeln hören, als sie sagt: »Ich würde damit anfangen, ihn zu deinem Treffen mit unseren Eltern mitzunehmen.«

»Tolle Idee. Auf diese Weise wird er ohne sich umzuschauen direkt nach Ruskovia zurücklaufen.«

Bevor sie antworten kann, blinkt ein weiterer Anruf auf meinem Bildschirm auf, also entschuldige ich mich und nehme ihn an. Es ist meine Zwillingsschwester – und das Tigger-Gespräch wiederholt sich mit ihr, bis hin zu »du solltest ihn zu deinem Treffen mit unseren Eltern mitnehmen.«

Bevor ich ihr sagen kann, was ich von dieser Idee halte, hält das Taxi, und ich eile ins Hotel.

Tigger wartet bereits in der Lobby auf mich – und wenn man seinem hungrigen Blick Glauben schenken darf, weiß er mein Dekolleté zu schätzen.

Gut.

Mal sehen, was er denkt, wenn ich in meinem Bikini bin.

Ich erröte, als ich die andere Seite der Medaille erkenne.

Er wird als Teil seines Trainings auch schwimmen. Das bedeutet, dass ich seinen Körper wieder sehen werde. Feucht vom Wasser. Mit angespannten Rückenmuskeln, während er durch das Wasser schießt ...

Houdini hab Erbarmen mit meinen Eierstöcken. Ich bin froh, dass ich ein Ersatzhöschen habe.

Kapitel Achtzehn

Als wir uns einen Weg durch die Lobby bahnen – ich ein Hormonbündel, er mit graziösem Schritt – kommt ein Kerl im Hosenanzug mit einer Glasflasche, gefüllt mit einer weißen Flüssigkeit, auf uns zu. Ehrfürchtig reicht er sie Tigger und sagt etwas auf Ruskovisch.

Mit einem knappen Nicken entlässt Tigger ihn, dann entkorkt er die Flasche und nimmt einen Schluck von dem, was auch immer es ist. Ein glückseliger Ausdruck erscheint auf seinem Gesicht und er streckt mir die Flasche entgegen.

»Willst du etwas?«

Ich verstecke die Hände hinter meinem Rücken. »Was ist das?«

»Matildas Milch.« Er sieht völlig nonchalant aus, als er den Aufzug herbeiruft, als ob seine Aussage keiner Erklärung bedürfte.

»Wer ist Matilda?« Hört sich meine Stimme ein

bisschen eifersüchtig an? »Bitte sag nicht, dass sie deine pflichtbewusste Freundin ist, die deinen Stillfetisch befriedigt.«

Er lacht. »Ich habe keine Freundin. Was ist mit dir?«

Der Aufzug öffnet sich, und ich trete ein. »Ich habe auch keine Freundin, aber wenn ich eine hätte, würde sie nicht Matilda heißen. Das klingt minderjährig.«

Er drückt den Knopf für die oberste Etage. »Matilda ist eine Kuh.«

Meine Augen weiten sich, und ich weiche so weit zurück, wie es die Aufzugskabine zulässt – und das nicht, weil er sich mit einer Kuh anfreundet.

Er runzelt die Stirn. »Sie ist eine der wenigen ihrer Art hier in den USA, eine Rasse, die ursprünglich für die Tafel des ruskovischen Königshauses entwickelt wurde.«

Mein Gesicht muss meine Verzweiflung zeigen, denn er klingt abwehrend, als er hinzufügt: »Sie hat ein gutes Leben. Sie streift frei auf einer Farm im Norden des Landes umher. Bekommt Massagen, auf die selbst Kobe-Kühe neidisch wären.« Er nimmt einen weiteren Schluck aus der Flasche. »Diese Milch ist wie ein Geschmack von zu Hause.«

Meine Augen wölben sich. »Ist sie frisch?«

Er runzelt die Stirn. »Ja.«

»Also nicht pasteurisiert?« Die Fahrstuhltüren öffnen sich, und ich entkomme schnell der Nähe zu dieser Flasche. Denn was, wenn er stolpert, die Flasche in meinen Mund fliegt und ich versehentlich schlucke?

Während er mir folgt, scheint ihm eine Erkenntnis zu dämmern. »Du hast Angst, dass ich von der Milch krank werde?«

Ich nicke heftig mit dem Kopf. »Unpasteurisierte Milch zu trinken ist gefährlicher als alles, was du je getan hast. Fallschirmspringen, Klippenspringen, Freitauchen – alle anderen Tauchgänge zusammen. Sie sollte Krankenhaushopping genannt werden. Oder ruskovisches Roulette.«

Er verschließt die Flasche. »Sie würde nicht genauso schmecken, wenn man sie kochen würde.«

»Aber du würdest weiterhin andere Dinge probieren können … wie giftige Pilze.«

Mit einem Schulterzucken lässt er die Flasche neben der Tür zu seinem neuen Penthouse stehen, und ich seufze erleichtert auf.

Hoffentlich hat derjenige, der Matilda gemolken hat, es so gemacht, wie meine Eltern es auf ihrem Hof machen: die Euter und Zitzen gewaschen und dann in eine Jodlösung getaucht.

Ist es komisch, dass ich immer noch ein bisschen eifersüchtig auf Matilda bin? Er konsumiert ihre Körperflüssigkeiten, aber nicht meine. Das bedeutet, dass sie in Baseball-Metaphern weiter bei ihm ist – vielleicht auf halbem Weg zur ersten Base?

Zum Glück weiß Tigger nichts von meinen Grübeleien, als er seine Karte durchzieht, um mich hereinzulassen.

Wow. Die Suite sieht nun bewohnt aus, und die Blumenarrangements wirken brandneu.

Eins sticht mir besonders ins Auge. Es gibt eine Menge Lupinen und Pfingstrosen darin, eine hübsche Kombination, die mich an Werwolfsschwänze denken lässt. Das Arrangement hat auch gebogene Löffel und seinen darin integrierten Gürtel.

»Das ist für dich«, sagt er, als er meinem Blick folgt.

Er hat mir Blumen besorgt? Und nicht nur Blumen, sondern ein verrücktes Arrangement?

Ich unterdrücke das ohnmächtige Gefühl, das in meiner Brust anwächst. Dies ist unsere Trainingszeit, also muss ich die Dinge professionell halten. »Danke«, schaffe ich in einem lässigen Tonfall zu sagen.

»Der Pool ist bereit für dich«, sagt er mit leicht heiserer Stimme. »Du kannst dich da drin umziehen.« Er zeigt auf eine nahe Tür.

Ich schlucke angesichts der Hitze in seinen Augen. So viel dazu, die Dinge professionell anzugehen. Ich bin nass vor Verlangen, und wir tragen immer noch unsere Kleidung.

Ich trete durch die Tür ins Bad und ziehe mich schnell aus, bevor ich innehalte.

Das letzte Mal, als ich außerhalb meines Zimmers nackt war, war beim Einkaufen von Unterwäsche. Ich fühle mich jetzt noch nackter als damals. Wahrscheinlich, weil ich dieses Mal meine Handschuhe ausgezogen habe.

Außerdem bin ich im Gegensatz zu damals angetörnt, und die Versuchung, nackt herumzulaufen, ist groß. Genauso wie der Drang, zu masturbieren.

Selbst mit einer Mauer zwischen uns ist Tiggers Nähe wie Lady Viagra.

Aber nein. Ich bin eine Magierin, keine Nymphomanin.

Ich ziehe meinen Bikini an, schnappe mir mein Kleid und meine Handtasche und gehe zurück ins Wohnzimmer.

Tigger ist verschwunden.

Ich lege meine Sachen auf die Couch, und bevor ich seinen Namen rufen kann, kommt Tigger in nur einer engen blauen Badehose zurück.

Bei Houdinis Beule. Warum habe ich nicht masturbiert, als ich die Gelegenheit dazu hatte?

Meine Nippel begrüßen den Anblick, und ich muss mich anstrengen, den Sabber in meinem Mund zu halten.

Als Tigger mein Outfit sieht, verzehnfacht sich die Beule in seiner Speedo.

Etwas von meinem Sabber entweicht.

Seine Königliche Härte dehnt diese Polyester-und-Elasthan-Mischung aus und lässt die Wände meiner Vagina vor Neid schwitzen.

»Ich bin bereit für das Schwimmen«, würge ich hervor.

Wenn das Wasser kalt ist, sorgt es vielleicht für den kalten Duscheffekt, den ich so dringend brauche.

Er knurrt etwas Unverständliches und zeigt in Richtung des Pools. Ich kämpfe gegen den Drang an, meine Hüften zu schwingen, und stolpere dorthin.

Ja. Das Ding ist voll.

»Mein Bruder hat mir gesagt, dass er sterilisiert wurde, bevor das Wasser nachgefüllt wurde«, sagt Tigger von hinten. Seine Stimme ist immer noch rau. »Du wirst die Erste sein, die eintaucht.«

Ich bin so geil, dass mich sogar die Heiserkeit in seiner Stimme in den Wahnsinn treibt.

Ich atme tief ein, wie ich es ihm später beibringen werde, und tauche ein.

Wusch.

Das Wasser ist nicht kalt. Es ist perfekt.

Das Gefühl der Schwerelosigkeit erinnert mich an meine Kindheit.

Ich halte die Luft an und schwimme, bis meine Lungen zu schreien beginnen, und dann schwimme ich noch ein wenig weiter.

»Du warst eine Weile unter Wasser«, sagt Tigger, als ich wieder auftauche.

Ich winke ab, als sich mein innerer Magier aktiviert. »Ich kann das Zehnfache machen, das weißt du.«

Das ist gelogen, aber ich muss die Lüge aufrechterhalten, wenn ich den Job behalten will.

Ich beschließe, nicht mehr zu tauchen, aus Angst, meine Unfähigkeit zu offenbaren, den Atem so lange anzuhalten, wie ich behaupte, und so drehe ich einfach Runden im Pool – und es ist wunderschön. Wenn ich einmal eine berühmte Magierin bin und es mir leisten kann, werde ich meinen eigenen persönlichen Pool haben, der regelmäßig mit sauberem Wasser wie diesem gefüllt wird.

Irgendwann werde ich müde und fröstele, also schwimme ich hinüber zu den Stufen und klettere hinaus. Ich fühle mich verletzlich, weil ich so nackt und nass bin – zumindest bis Tigger mit einem riesigen Handtuch in der Hand zu mir kommt.

Als er mich in das Handtuch einhüllt, habe ich das Gefühl, zum ersten Mal seit Jahrzehnten umarmt zu werden, und mir wird fast sofort warm.

Das erste Mal seit einer Ewigkeit schwimmen, die erste Umarmung, die erste sexuelle Erfahrung – Tigger ist eine Quelle für viele erste Male. Wäre es so schlimm, wenn ich diesen Trend weiterführen würde und ihn als Ersten in mir hätte?

Er tritt zurück und lässt mich in das Handtuch gewickelt zurück. Eine Mischung aus Erleichterung und Enttäuschung durchflutet mich, aber die Enttäuschung verflüchtigt sich, als ich es genieße, ihm zuzusehen, wie er zur Sprungplattform des Pools geht.

»Welche Übung mache ich denn?«, fragt er.

»Man nennt sie Blindschwimmen«, sage ich. »Du schließt deine Augen und schwimmst unter Wasser, wobei du dich nur durch Berührung steuerst.«

Er nickt zustimmend, dann dreht er sich um und taucht unter.

Ich beobachte, wie er die Übung mit seiner charakteristischen Furchtlosigkeit angeht. Die Idee hinter dem Blindschwimmen ist, dass er lernt, mit dem Stress des Unbekannten umzugehen, aber ich glaube, ich habe mehr Angst um ihn als er selbst.

Als er wieder auftaucht, sage ich ihm, dass er ein

paar Runden drehen soll, vor allem, weil ich die Aussicht genießen möchte.

Oh, und was für eine Aussicht das ist. Die Jungs von *Magic Mike* sind nichts gegen das hier. Ihm zuzusehen macht mich so an, dass ich mich hinsetzen und die Übungen wechseln muss.

So geht es noch eine Weile weiter, und die ganze Zeit bin ich mir einer einfachen Tatsache bewusst: Wenn sein Training vorbei ist, wird er mir vielleicht wieder anbieten, mich zu trainieren.

Wie wird das sein? Wie viele Orgasmen wird das nach sich ziehen?

Allein der Gedanke daran lässt mein Herz höher schlagen. Um dieser Möglichkeit zuvorzukommen, zwinge ich Tigger, zu trainieren, bis meine Badehose trocken ist, und dann noch eine Stunde – bis ich sehe, dass seine Lippen blau werden.

»Du kannst rauskommen«, sage ich. »Ich will nicht, dass du dich unterkühlst.«

»Kannst du mir ein Handtuch holen?« Er zeigt auf einen Tisch mit einem Stapel davon.

Ich tue, was er verlangt, während er herauskommt und mir den Blick aus meinen feuchten Träumen schenkt.

Da ich nicht in der Lage bin, ihn in ein Handtuch zu hüllen, so wie er es für mich getan hat, reiche ich es einfach weiter – und sabbere, während ich ihm dabei zusehe, wie er sich abtrocknet.

Bei Houdinis Klitoris, ich bin so erregt, dass ich

wahrscheinlich bei der Berührung einer Feder kommen würde.

»Ich habe eine Überraschung für dich«, sagt er. »Lass uns reingehen.«

Ich folge ihm auf wackeligen Beinen.

Er wirft das Handtuch auf die Couch, setzt sich hin und greift nach einem dicken Stapel Papiere.

»Kannst du dich hier hinsetzen?« Er tätschelt eine Stelle in Kussdistanz von ihm.

Kann ich das? Sicher. Sollte ich? Wahrscheinlich nicht.

Ich mache es trotzdem.

»Das ist für dich.« Er reicht mir den Stapel.

Ich betrachte die Seiten mit offenem Mund.

Es sind seine medizinischen Ergebnisse, und die haben nichts mit dem Freitauchen zu tun.

Ich schaue von den Papieren auf. »Sind das …?«

»Testergebnisse«, sagt er. »Ich bin zum Arzt gegangen und habe mich auf alle übertragbaren Krankheiten untersuchen lassen, die die medizinische Wissenschaft kennt.«

Ich schaue schnell wieder auf die Seiten.

Er lügt nicht. Es ist ein Test nach dem anderen – und einige der Krankheiten klingen erfunden, während andere übertrieben wirken, wie zum Beispiel Malaria, die durch den Stich einer Mücke übertragen wird.

Ich denke, wenn wir jemals in einem Raum mit einer Mücke eingesperrt werden, fühle ich mich jetzt sicherer. Obwohl, wenn er wie der Dos-Equis-Mann ist, »*weigern sich die Moskitos aus Respekt, ihn zu stechen.*«

Eine weitere Sache, die ich als reicher Magier tun werde, ist, Tiggers Arzt aufzusuchen und ihn dazu zu bringen, diese Testreihe auch an mir durchzuführen.

Alle Ergebnisse, die ich mir anschaue, sind negativ.

Als ich zu der Seite mit der Aufschrift *Geschlechtskrankheiten* komme, sehe ich genauer hin.

Gonorrhoe – negativ. Chlamydien – negativ. HIV – negativ. Die Liste geht weiter und weiter.

»Um es zusammenzufassen, ich bin sauber«, sagt Tigger, als ich wieder aufschaue. »Ich habe mir gedacht, dass dir das vielleicht erspart, den Anzug in meiner Nähe tragen zu müssen.«

Wieder kommt mir die Werbung in den Sinn.

»*Er hat einmal versucht, eine Erkältung zu bekommen, nur um zu sehen, wie es sich anfühlt, aber es hat nicht geklappt.*«

»*Sein Schweiß ist das Heilmittel gegen Erkältung.*«

»Manche Geschlechtskrankheiten haben eine lange Inkubationszeit«, platzt es aus mir heraus.

Er grinst. »Ich war in den letzten vier Monaten mit niemandem zusammen. Hilft das?«

Ich blinzele ihn an. »Warst du nicht?«

Will er sein Männliche-Hure-Abzeichen verlieren?

Er seufzt. »Ungeachtet dessen, was die Boulevardpresse sagt, schlafe ich nicht mit allem, was nicht bei drei auf den Bäumen ist. In der Tat habe ich normalerweise nur Sex, wenn ich in einer Beziehung bin, und meine ständigen Reisen sind da nicht gerade förderlich.«

Wow. Seine Nervenkitzel-Sucht klingt so schlecht für Beziehungen, wie es meine Magie-Karriere sein wird, wenn sie erst einmal losgeht.

Noch wichtiger: Ist er wirklich keine männliche Hure?

Und er ist sauber?

Es ist schwer, das in meinen verdrehten Kopf zu bekommen.

Wenn das wahr ist, kann ich ihn küssen, ohne zu sterben. Es wäre nicht viel anders, als Joghurt zu essen … insofern, dass es in seinem Mund von Bakterien wimmelt, aber keines davon eine Bedrohung darstellt.

Ich kann ihn auch lecken.

Und ficken.

Nur klingen all diese Optionen immer noch beängstigend, trotz der Papiere.

Ich atme tief ein und langsam wieder aus. »Kannst du bitte deine Hand so halten?« Ich hebe meine Hand, als ob ich auf eine Bibel schwören würde – oder auf Houdinis Biographie.

Mit gebeugtem Bizeps tut er, was ich sage.

»Kann ich deine Handfläche berühren?«, frage ich.

Er nickt, und seine haselnussbraunen Augen sind neugierig.

Ich strecke die Hand nach ihm aus, als würde ich ihm in Zeitlupe ein High Five geben.

Als unsere Handflächen nur noch eine Haaresbreite voneinander entfernt sind, halte ich inne.

Unsere Haut ist so nah, dass ich die Hitze spüren kann, die von seiner Handfläche ausgeht.

Noch ein paar Millimeter, und ich könnte meine erste menschliche Berührung seit Langem erleben.

Aber meine Handfläche bewegt sich nicht weiter.

Ich schließe die Augen, um meine Atmung auszugleichen und mich zu beruhigen, aber als ich sie wieder öffne, rührt sich meine störrische Handfläche nicht.

Ich lasse meine Hand frustriert sinken.

Ist das ein mitleidiger Blick auf seinem Gesicht?

»Warum kann ich das nicht jetzt machen?«, frage ich mehr mich als ihn. »Keime sind nicht im Weg.«

Er senkt seine Hand. »Es ist okay, *myodik*. Ich habe diese Tests nicht gemacht, um dich zu irgendetwas zu drängen, sondern nur, um dir Sicherheit zu geben.«

»Du verstehst das nicht«, murmele ich. »Das ist genau wie das, was im Krankenhaus passiert ist.«

Er runzelt besorgt seine Stirn. »Welches Krankenhaus?«

Ich erkläre, was mit Clarice passiert ist, und schließe mit: »Und ich trug einen Anzug, also war ich sicher, aber ich konnte nicht hineingehen.«

Er streicht mit den Fingern über die verblasste Narbe, die ihm die Arschlochkatze verpasst hat. »Ich weiß, dass die Sache mit der Katze nicht das Gleiche ist, aber ich kann es nachempfinden. Wenn ich einer begegne, weiß ich rational, dass die kleine Kreatur nicht gefährlicher ist als so etwas wie Surfen, aber das hilft nicht.«

Ich glätte mein Haar mit meinen Handflächen. »Das ist es ja gerade. Ich habe mir eingeredet, dass ich einfach nur vorsichtig war. Dass ich Keimen aus dem Weg gegangen bin.« Ich lasse meine Hände sinken und sehe ihn müde an. »Du musst denken, dass ich ein hoffnungsloser Fall bin.«

»Nein«, sagt er sanft. »Ich glaube, du bist stärker, als du denkst.«

Ich stehe auf und wende mich ab. Er liegt falsch. Ich bin kurz davor, zu zerfallen.

Er begreift es nicht. Das ist ein Paradigmenwechsel für mich. Ich dachte, ich wäre einfach schlauer als alle anderen, aber es stellt sich heraus, dass ich nicht anders bin als meine Schwester Blue mit ihrer Vogelphobie. Schlimmer vielleicht.

Sie hat keine Angst vor Vögeln, die nicht da sind.

Auf einer gewissen Ebene habe ich vielleicht schon immer gewusst, dass ich ein Problem habe. Anstatt die ganze Zeit Handschuhe zu tragen, könnte ich mir einfach die Hände waschen, nachdem ich Leute angefasst habe, aber das tue ich nicht. Ich fühle mich nicht wohl dabei, jemanden zu berühren, egal, was die Wissenschaft sagt.

Ohne meine Handschuhe fühle ich mich nackt.

Moment einmal.

Ich trage gerade keine Handschuhe, aber ich fühle mich nicht so.

Das ist doch schon einmal etwas, oder nicht?

»Möchtest du, dass ich dich von dem ablenke, was auch immer in deinem Kopf vorgeht?«, murmelt Tigger, und als ich mich umdrehe, steht er neben mir.

Ich schlucke bei dem Blick in seinen katzenhaften Augen. »Wie?«

Ein Hauch von Grinsen umspielt seine sexy Lippen. »Ich denke, es ist Zeit für deine Expositionstherapie.«

Kapitel Neunzehn

$\mathcal{J}$a.

Ich bin ganz schön abgelenkt. Ich bin so hormonell überreizt, dass meine Eierstöcke sofort überreagieren.

»Was für eine Lektion hast du dir denn vorgestellt?«, flüstere ich.

Er krümmt seinen Finger. »Folge mir.«

Mit dem Herzen in meinem Hals folge ich.

Es überrascht mich nicht, dass er mich in sein Schlafzimmer führt.

»Eine Sekunde.« Er holt zwei sperrige Bündel aus seinem Schrank, legt sie auf das riesige Bett und rollt sie dann aus.

Ich runzele die Stirn über die Handschuhe und die Kopfbedeckung, die an den Overall-ähnlichen Dingern befestigt sind. »Was ist das?«

»VR-Anzüge«, sagt er. »Ich dachte, du wärst mit

ihnen vertraut. Sie sind das Ergebnis eines Projekts, an dem dein Zwilling gearbeitet hat.«

Ich blinzele überrascht. Ich weiß genau, wovon er redet. Die Anzüge wurden von Hollys neuer bester Freundin entworfen – die mit der Dildoauswahl.

Als ich davon hörte, war ich sofort begeistert von der Idee. Die Anzüge lassen einen eine realistische sexuelle Erfahrungen machen, ohne jemanden zu berühren. Es ist, als wären sie für mich erschaffen worden. Sie stehen auf meiner Wunschliste, wenn ich wieder einmal Geld übrig habe, vor allem, weil VR eine der besten Möglichkeiten ist, eine Expositionstherapie zu machen.

Nur, woher hat er sie?

»Die sind noch nicht für die Allgemeinheit erhältlich«, sage ich. »Ich habe meine Schwester gebeten, mir Bescheid zu sagen, sobald sie in den Verkauf gehen.«

Tigger nickt. »Das sind Prototypen. Die Venture-Capital-Firma meines Bruders hat das Projekt finanziert, also konnte er ein paar Fäden ziehen und diese für mich besorgen. Ich dachte, es wäre eine gute Absicherung, falls mein Gesundheitszustand nicht hundertprozentig ist ... oder falls ich sauber bin, du dich aber nicht bereit fühlst, mit mir ins Bett zu springen.«

Mit ihm ins Bett springen.

Das ist die nächste Phase der Ausbildung?

Wären da nicht meine Everest-Sorgen – und meine

Unfähigkeit, ihn zu berühren – würde ich *Ja, bitte* sagen.

So wie es ist, entsiegele ich den VR-Anzug und beobachte ihn dabei.

»Er ist steril«, sagt er. »Ich habe es überprüft.«

Nun, das ist gut. Laut Anleitung trägt man das Ding nackt.

Mein Herz schlägt schneller, und eine heiße Röte breitet sich auf meinem Gesicht aus.

Wird er mich wegschauen lassen, wenn er seine Speedo auszieht?

Soll ich ihn dazu bringen, sich abzuwenden, wenn ich meinen Bikini ausziehe?

»Ich gebe dir einen Moment«, sagt er und öffnet die Schlafzimmertür.

»Du musst nicht gehen«, platze ich damit heraus. »Du hast mir deine privaten Stellen gezeigt. Es ist nur fair, dass ich dir meine zeige.«

Seine Augen nehmen einen raubtierhaften Glanz an. »Bist du sicher?«

Anstatt Zeit mit einer Antwort zu verschwenden, ziehe ich mein Bikinioberteil aus und ignoriere das Brennen in meinem Gesicht.

Seine Nasenlöcher beben, und das Elasthan der Badehose sieht aus, als würde es gleich reißen. Bevor das passieren kann, schiebt er die Speedo nach unten und befreit Seine Königliche Härte.

Mit einem hörbaren Schlucken schäle ich mich aus meiner Bikinihose.

Wir stehen ein paar Atemzüge lang da und

betrachten uns gegenseitig. Sein Körper ist voller glänzender Muskeln, glatter, gebräunter Haut, und jeder Zentimeter von ihm ist herrlich männlich.

»Wunderschön«, knurrt er, und seine Augen verschlingen mich.

Ich zwinge meine Stimmbänder, zu funktionieren. »Danke.« Ich schnappe mir den VR-Anzug und stelle die Gurte umständlich ein.

»Leg dich hin«, befiehlt er. »Es ist sicherer, ihn so anzulegen.«

Ich willige ein und schlüpfe schnell in den Anzug. Als ich das VR-Headset aufsetze, spüre ich, wie das Bett eintaucht. Er muss jetzt auf der anderen Seite liegen, nur ein kurzes Krabbeln entfernt.

Ich höre, wie der Stoff raschelt, während er über seinen Körper gleitet, und ich bin neidisch auf den Anzug.

Ich möchte diejenige sein, die seinen harten, köstlichen Körper bedeckt.

»Bereit?«, fragt er.

»Ja.«

»Mach es an.«

Das mache ich. Jetzt sind der Anzug und ich beide angetörnt.

Ein Virtual-Reality-Dashboard erscheint vor mir in der Luft. Es gibt nur eine App, die durch eine goldene Kugel dargestellt wird.

»Es sollte nur ein Icon da sein«, sagt Tigger. »Berühre es, und ich werde das Gleiche auf meiner Seite tun.«

Ich stupse die Kugel an.

Wow. Meine Schwester sagte mir, dass diese Handschuhe gut darin sind, taktile Empfindungen vorzutäuschen, aber ich hatte nicht erwartet, dass sich die Kugel so glatt und rund anfühlt. Sie ist schließlich nur ein dummes Icon.

Der Anzug erwacht zum Leben und drückt meinen Körper zusammen, so dass ein ähnliches Gefühl wie eine Umarmung entsteht. Auch die Ansicht ändert sich. Ich befinde mich in einem weißen Raum mit zwei weiteren Kugeln, über denen ein Text schwebt: *Designpartner* und *Standardeinstellungen verwenden*.

»Ist es okay, wenn ich meinen Partner so gestalte, dass er wie du aussieht?«, murmelt Tigger.

Ich nicke und merke dann, dass er mich nicht sehen kann. »Sicher. Was ist mit dir?«

»Ich würde mich geehrt fühlen, wenn du deinen virtuellen Partner wie mich aussehen lässt.« Seine Stimme ist tief und verführerisch.

Ich klicke auf *Designpartner* und wähle dann *Männlich*.

Der weiße Raum füllt sich mit körperlosen männlichen Köpfen.

Soll das so gruselig sein?

»Ich glaube, du winkst einfach mit den Händen, um die Köpfe zu bewegen«, sagt Tigger.

Ja. Die Köpfe fliegen auf mein Kommando hin und her, bis ich einen mit einem Gesicht ausfindig mache, das Tigger am ähnlichsten ist.

»Kinn wechseln?«, fragt die App.

Das tue ich, und dann verändere ich immer wieder die Gesichtszüge, bis mich eine leicht computerisierte Version von Tiggers Gesicht anstarrt.

»Die Körper sind die nächsten«, sagt Tigger. »Ich denke, es ist gut, dass wir uns gesehen haben. Da braucht man keine Fantasie zu benutzen.«

Klar, *Oberkörpertyp* ist die nächste Auswahl. Ich baue seine Statur bis ins kleinste Detail nach, und als ich fertig bin, wird der Kopf an seinem Mittelteil befestigt.

Wird der nächste Schritt das sein, was ich denke?

Ja. Jeder Zentimeter des virtuellen Raums wird mit Schwänzen gefüllt.

Großen. Kleinen. Dicken. Dünnen. Verschiedene Farben. Verschiedene Arten. Es ist wie Bellas Koffer mit den Dildos, aber auf Steroiden.

Ich entscheide mich für den größten von allen, obwohl es nur eine blasse Annäherung an Seine Königliche Härte ist – so wie dieses CGI-Gesicht eine grobe Kopie von Tiggers echtem Gesicht ist.

Oh, na gut. Als VR-Bevorzuger darf man nicht wählerisch sein.

Die nächste Wahl sind Beine, dann kommt der Hintern.

»Hey«, sage ich. »Ich habe keinen guten Blick auf deinen Po werfen können.«

»Ich habe deinen auch nicht detailliert genug gesehen«, sagt er. »Dafür müssen wir unsere Vorstellungskraft benutzen.«

»Okay.« Ich sondiere alle Auswahlmöglichkeiten. »Falls du es dich fragst, meiner hat ein Poloch.«

Aus welchem Grund auch immer fehlt einigen der gezeigten Modelle dieses anatomische Detail, andere haben es, aber mit einem mit Juwelen besetzten CGI-Buttplug – schamloses Productplacement, kein Zweifel.

»Hat dein Hintern Grübchen?«, fragt er.

»Nein. Deiner?«

»Ich denke schon.«

Lecker.

So. Endlich fertig.

Wie zur Feier des Tages führt der virtuelle Tigger einen Striptease für mich auf.

Diese Überstimulation könnte mit explodierenden Eierstöcken enden.

Tiggers Atem stockt. Die virtuelle Version von mir muss diese Art von Tanz für ihn machen.

Silikonflittchen.

Zwei neue Sphären tauchen auf: Multiplayer und *Standalone*.

»Ich nehme an, wir machen Multiplayer«, sage ich.

»Ja. Wähle das, und dann ›Mit dem lokalen Netzwerk verbinden‹.«

Nachdem ich das getan habe, wird für einen Moment alles weiß. Als meine Sicht zurückkehrt, ist der virtuelle Tigger nur ein paar Zentimeter von mir entfernt, und seine Haltung erinnert mich an die räuberische Anmut des echten Prinzen.

Was sein Aussehen angeht, so ist er immer noch die

gleiche blasse Annäherung an das Original – vom Kopf über den Schwanz bis zu den Zehen.

Tatsächlich sehen die CGI-Zehen erstaunlich echt aus.

»Streck deine Hand aus, so wie du es vorhin getan hast«, sage ich atemlos.

Sein Avatar nickt zustimmend und tut, was ich verlange.

Ich strecke die Hand aus und berühre seine virtuelle Handfläche, wie ich es vorhin nicht konnte.

Wiederum erstaunt mich die Technologie der Handschuhe. Es fühlt sich an, als würde ich das mit meinen normalen Handschuhen machen.

Wie realistisch ist dieser Anzug?

Um eine Vorstellung zu bekommen – und weil ich schon so lange davon geträumt habe – nehme ich seine Hand und lege sie auf meine virtuelle Brust.

Das Gesicht des virtuellen Tiggers ist teilnahmslos, aber ich weiß, dass ihm das gefällt, denn ich kann ihn in der realen Welt tief einatmen hören. Er umfasst meine Brust, knetet sie und drückt sanft meine Brustwarze.

Bei Houdinis binärem Code, wie haben sie es geschafft, dass sich das so verdammt real anfühlt?

Lust breitet sich in meinem Unterleib aus.

Unfähig, mich zurückzuhalten, fahre ich mit meiner Hand über seine Brustmuskeln und den Waschbrettbauch, bis ich die virtuelle Königliche Härte erreiche.

Das Schöne an der virtuellen Realität ist, dass er

nicht sehen kann, wie ich wie die Jungfrau erröte, die ich bin. Die Texturen von allem fühlen sich erstaunlich an. Ich bin jetzt mehr als angetörnt. Wenn dieser Anzug im Schrittbereich nicht wasserdicht ist, könnte er jeden Moment einen Kurzschluss bekommen.

»Kannst du das spüren?«, frage ich heiser, während ich ihn auf und ab streichele.

»Oh ja.«

Diese Antwort bricht die VR-Illusion, weil die Worte nicht aus dem Mund des Avatars kommen, aber das ist mir egal. Ich bin wieder in Charlies Schokoladenfabrik, nur mein Diabetes ist geheilt.

»Kannst du mich anfassen?«, frage ich.

»Fuck, ja.« Ohne meine Brust loszulassen, lässt er seine andere Hand über meinen Bauch gleiten.

Wow. Ich fühle sie. Vielleicht nicht so intensiv wie an meiner Brust, aber ich spüre die Bewegung definitiv.

Wie viel kostet dieser Anzug? Er ist die beste Erfindung seit dem Rad.

Seine Hand setzt ihre wunderbare Reise weiter nach unten fort, bis sie meine virtuellen Falten erreicht.

»Verdammt«, keuche ich, als die angenehmen taktilen Empfindungen meinen Kitzler erreichen. »Berührst du mich auf dem Anzug?«

»Nein.« Seine Stimme ist rau. »Diese Technologie ist genial.«

Oh, das ist sie. Seine geschickten virtuellen Finger

streicheln meinen Kitzler und üben genau den richtigen Druck aus.

Ein Orgasmus baut sich in meinem Inneren auf.

Ein Stöhnen entweicht meinen Lippen, und ich streichele Seine Königliche Härte schneller.

Tiggers Stöhnen ist meine Belohnung.

Ich bin so nah an der Entladung, dass ich sie bereits schmecken kann.

Ich bewege meine Hand schneller.

Er beschleunigt seine Bewegungen auf meiner Klitoris.

Ja. Ja!

»Bitte hör nicht auf«, keuche ich, und mein Griff um ihn wird fester.

Und in diesem Moment beginnt das verdammte Bellen.

Kapitel Zwanzig

*G*ibt es so etwas wie Halluzinationen vor dem Orgasmus? Wenn ja, warum sollte ich Hundebellen halluzinieren? Meine Fetische gehen nicht in diese Richtung.

Das Bellen wird lauter, und ich erkenne, dass es mindestens zwei Hunde sind, die das Geräusch machen.

Tigger zieht seine Hand weg. Sein Ton ist voller Frustration. »Wir sollten besser die Anzüge ausziehen.«

Scheiße. Also keine Halluzination.

Ich setze mich auf, reiße mir das Headset vom Kopf, lege ich mich dann zurück und schäle mich aus dem VR-Anzug.

Er hat bereits seine Badehose an und hält mir meinen Bikini hin. Diese Militärschulfähigkeiten sind erschreckend.

Wieder erröte ich bei seinem erhitzten Blick, ziehe mir den Bikini an und folge ihm ins Wohnzimmer.

Es überrascht nicht, dass das Bellen von zwei unangeleinten Hunden kommt: dem Panda und dem Koala, auch bekannt als ... Caradog und Mephistopheles. Sie haben jeweils ein Stück Stoff in ihren Mäulern und zerren in entgegengesetzte Richtungen an ihm.

Beeindruckend. Ich wette, dass ich nicht in der Lage wäre, mit Stoff in meinem Mund zu bellen.

Was mich überrascht, ist der auf dem Boden ausgestreckte Kerl in Unterhosen, dessen Füße in den Leinen verheddert sind.

Haben die Hunde ihn gefesselt, damit sie Tauziehen spielen können?

Moment einmal.

Ich verenge meine Augen auf den Stoff, an dem sie ziehen – gerade als er in zwei gezackte Hälften reißt. »Das ist mein Kleid!«

Tigger schreit etwas auf Ruskovisch.

Caradog setzt sich augenblicklich auf seinen Hintern, und ein zerfetztes Stück meines Kleides, das mit Sabber bedeckt ist, fällt aus seinem Maul.

Mephistopheles fährt fort, seine Hälfte des Kleides zu zerfetzen.

Tigger wiederholt den Befehl mit mehr Schärfe in seiner Stimme.

Mephistopheles schaut mit Welpenaugen auf. Sein Blick scheint zu sagen: »Ich bin unschuldig. Man hat mich reingelegt.«

Caradogs Brille zeigt direkt auf den kleineren Hund, und er produziert das furchterregende Knurren, das ich hörte, als Walter das Messer hielt.

Mit einem verlegenen Blick setzt sich Mephistopheles mit einem Wimmern hin, lässt aber das kleine Stück Kleid, das er noch im Mund hat, nicht los.

Tigger geht hinüber und schaut dem Hund in die Augen. »Wage es nicht, das zu schlucken.«

Herrchenton. Wenn ich etwas im Mund hätte und er nicht wollte, dass ich es schlucke, würde ich es sofort ausspucken. Oder schlucken, wenn es das ist, was er wollte.

Mephistopheles wimmert noch erbärmlicher und spuckt schließlich den Stoff aus.

Ich werde wieder einmal an die Bierwerbung erinnert:

»*Er hat alten Hunden eine Vielzahl von neuen Tricks beigebracht.*«

»*Er hat einmal einem Deutschen Schäferhund beigebracht, wie man auf Spanisch bellt.*«

»Guter Junge«, sagt Tigger und hilft dem keuchenden Sitter auf die Beine.

Der Typ wirft einen Blick auf mich. Als Tigger das bemerkt, sagt er etwas Schneidendes auf Ruskovisch. Es braucht nicht viel Fantasie, um die Übersetzung zu erraten: »Starre die fast nackte Magierin nicht an.«

Der Typ antwortet auf Ruskovisch.

»Sprich Englisch«, knurrt Tigger.

»Es tut mir so leid«, sagt der Typ mit einem starken

osteuropäischen Akzent, und hält dabei seinen Blick so weit wie möglich von meinem nackten Fleisch entfernt. »Der Tierarzttermin muss sie überreizt haben.«

Tierarzttermin?

»Pass auf sie auf«, sagt Tigger herrisch zu dem Kerl. Er wendet sich mir zu und spricht sanft mit mir. »Lass uns dir etwas zum Anziehen besorgen.«

Ernsthaft, warum mag ich diese herrische Seite von Tigger? Mein ganzes Leben wurde mir gesagt, dass ich Probleme mit Autorität habe.

Ich zwinkere Mephistopheles zu, um ihm zu zeigen, dass ich keinen Groll hege, dann folge ich seinem Herrn ins Schlafzimmer und beobachte, wie er ein Tanktop und ein Paar zerrissene Jeans herauszieht.

»Probier das an.« Er drückt mir die Kleidung in die Hand und geht ins Wohnzimmer.

Ich ziehe das Tanktop an. Es ist zu lang, und mein Bikinioberteil ist von der Seite zu sehen, aber nachdem ich den unteren Teil des Tanks in die Jeans gesteckt und die Beine hochgekrempelt habe, sehe ich halbwegs präsentabel aus. Boyfriend-Jeans sind total angesagt – wenn man sie auch so nennen kann, wenn der Typ nicht der eigene Freund ist. Alles, was ich jetzt brauche, ist …

Tigger kommt mit einem Gürtel wieder herein. »Ich musste das aus deinem Blumenarrangement herausnehmen.«

Ich fädele den Gürtel durch die Schlaufen meiner Jeans. »Nun, das war verrückt.«

Er zieht eine Grimasse. »Ich übernehme die volle Verantwortung. Es sind meine Hunde.«

Ich wackele mit den Augenbrauen. »Hört sich an, als ob du mir was schuldest.«

Er nickt ernsthaft. »Alles, was du willst, lass es mich einfach wissen – abgesehen von einem neuen Kleid natürlich. Das ist eine Selbstverständlichkeit.«

Ich weiß nicht, was mich dazu treibt, die nächsten Worte zu sagen. Wenn ich es nicht besser wüsste, würde ich meine Schwestern beschuldigen, mich hypnotisiert zu haben, als wir uns vorhin unterhalten haben. »Ich möchte, dass du mit mir und meinen Eltern zu Abend isst.«

Nein. Idiotin. Schlaf zuerst mit ihm. Sobald er die Octo-Elterneinheiten trifft, ist das Spiel vorbei.

Er neigt seinen Kopf. »Bei dir klingt es wie ein großer Gefallen. Ich würde gerne deine Eltern kennenlernen.«

Warum sabotiere ich diese Nicht-Beziehung?

»Wenn du meine Eltern kennenlernst, wirst du sehen, was für ein großer Gefallen das ist.«

Er sieht nicht eingeschüchtert aus. »Wann?«

Ich ziehe mein Handy heraus. Ich habe zehn ungelesene SMS von Octomom, die vorschlägt, dass wir uns *morgen* treffen.

Ich habe jetzt mindestens fünf *morgen* ignoriert.

Schuldgefühle beißen sich in mir fest. Ich bin eine so schlechte Tochter. Ich hätte schon früher antworten sollen, aber ich konnte mich nicht dazu durchringen, es zu tun.

Meine Zwillingsschwester weiß das nicht, aber es gab einen triftigen Grund, warum ich sie gebeten habe, so zu tun, als wäre sie ich, damit ich dieses verfluchte Mittagessen auslassen kann. Und dieser Grund war nicht der, den ich ihr genannt habe: dass ich nicht wollte, dass unsere Eltern mich wegen meines Liebeslebens nerven. Nun, zum Teil auch. Vor allem aber habe ich die Lüge satt, die ich vor meiner Familie gelebt habe, die Lüge, eine Tochter und Schwester *ohne* Intimitätsprobleme zu sein.

Die Lüge, die jedes Mal größer wird, wenn ich mit meinen Eltern spreche, dank ihrer Besessenheit von allem, was mit Sex zu tun hat.

»Hättest du morgen Zeit?«, frage ich vorsichtig.

»Klar«, antwortet Tigger.

Ich schreibe Octomom zurück und frage, ob ein Abendessen morgen gehen würde.

Die Antwort kommt sofort:

Endlich. Wie wäre es mit 19.00 Uhr? Wo?

Nach einer kurzen Absprache mit Tigger nenne ich ihr den Ort – das sauberste Restaurant, in dem ich je war: Magia Pan Tumaca.

Als wir ins Wohnzimmer zurückkehren, fressen die Hunde gerade Futter aus ihren Näpfen, und die Fetzen meines Kleides sind weggeräumt.

Ich eile zur Couch, um mich zu vergewissern, dass meine Handtasche und meine Handschuhe überlebt haben.

Puh.

Ich ziehe die Handschuhe an und hänge mir die Handtasche über die Schulter. »Ich sollte gehen.«

»Eine Sekunde bitte.« Tigger geht hinüber zu seinem Hundesitter und nimmt einen Stapel Papiere, den der Mann vorbereitet hat. Dann prüft er sie zufrieden, bevor er sie mir aushändigt.

Ich betrachte sie.

Sie sehen aus wie Testergebnisse.

Hat er vergessen, dass ich bereits seinen Persilschein gesehen habe?

Moment. Die Namen auf den Papieren lauten Caradog und Mephistopheles Cezaroff – nicht Anatolio.

Das sind die Gesundheitsergebnisse der Hunde.

Ich blättere die Seiten durch. Verdammt. Sogar seine Hunde sind frei von Geschlechtskrankheiten. Warum hat er sie daraufhin testen lassen?

Soll ich ihm sagen, dass meine sexuellen Vorlieben nicht in diese Richtung gehen?

»Ich habe sie vom Tierarzt auf alles testen lassen, was der Wissenschaft bekannt ist«, sagt er, als hätte er meine Gedanken gelesen. »Ich möchte nicht, dass du dir Sorgen um meine Pelzbabys machst, wenn du mich besuchst.«

»Wow. Danke.« Überwältigt gebe ich die Papiere zurück.

Er lässt die Dokumente auf seine eigenen fallen. »Ich kann sie auch darauf trainieren, dich nicht zu lecken oder sich an dir zu reiben, was immer du brauchst.«

Die Hunde müssen wissen, dass er über sie redet, denn sie schauen erst ihn an und dann mich.

»Sie können sich an mir reiben, wenn ich angezogen bin«, sage ich. »Darf ich sie eigentlich streicheln?«

Tigger nickt und wiederholt den Befehl von vorhin.

Caradog ist wieder der Erste, der sich setzt, aber schließlich tut es auch Mephistopheles.

Ich überprüfe, ob meine Handschuhe gut sitzen, gehe zu dem größeren Hund hinüber und streichele sanft sein Fell.

Caradogs Schwanz beginnt zu wedeln, und die Augen hinter der Brille schließen sich vor Vergnügen.

Selbst durch die Handschuhe fühlt sich sein Fell rauer an, als ich es erwartet hätte. Es erinnert mich eher an einen Esel als an einen Panda. Nicht, dass ich jemals einen Panda gestreichelt hätte.

Ein albernes Grinsen breitet sich auf meinem Gesicht aus. Das ist das zweite Mal heute, dass ich mir meine Kindheit vergegenwärtigt habe. Auf dem Bauernhof meiner Eltern hatten wir einen ganzen Streichelzoo mit exotischen und alltäglichen Tieren, mit denen wir spielen konnten. Heutzutage habe ich nur noch Zugang zu einem Kater – Hannibal –, aber er lässt sich nur von Clarice streicheln, und auch nur dann, wenn *er* Lust dazu hat.

Mephistopheles wimmert.

»Du bist eifersüchtig, hm?«, sage ich besänftigend und gehe hinüber, um den kleinen Racker zu streicheln.

Das Fell dieses Tieres entspricht meinen Erwartungen, denn so habe ich mir einen Koala immer vorgestellt.

Ich schaue auf und sehe, dass Tigger mich mit einem seltsamen Gesichtsausdruck anschaut.

Ich räuspere mich. »Hast du zufällig auch runde Leckerlis?«

Tigger schaut den Hundesitter auffordernd an.

Es stellt sich heraus, dass der Kerl Taschen in seiner Hose hat, und er wühlt darin herum, so dass man ihn verdächtigen könnte, mit sich selbst zu spielen. Schließlich holt er zwei keksähnliche Objekte heraus.

Ich nehme den ersten Keks und knie mich vor Caradog.

Der Panda sieht begeistert von der Aussicht auf das Leckerli aus, aber Füttern ist nicht das, was ich im Sinn habe.

Ich habe vor kurzem gehört, dass man Hunde mit Taschenspielertricks täuschen kann, aber ich hatte noch keine Gelegenheit, es auszuprobieren.

Ich nehme den Keks zwischen zwei Finger, damit das Hündchen sicher sein kann, dass ich ihn habe, und dann führe ich einen Anfängertrick aus, der in jedem Buch über Münzzauberei zu finden ist – ich lasse ihn direkt vor der großen, feuchten Nase meines Zuschauers verschwinden.

Als ich meine leeren Hände zeige, weiten sich Caradogs Augen hinter seiner Brille komisch.

Ich glaube, wenn er ein Mensch wäre, würde er sich die Augen mit seinen pelzigen Pfoten reiben.

Er schnuppert an der Luft, und seine Verwirrung vertieft sich. Kein Zweifel, er kann den Keks immer noch in der Nähe riechen.

Zu meiner Freude sehen Tigger und der Sitter auch erstaunt aus. Ich bin wohl doch nicht so schlecht in Münzmagie, wie ich dachte.

»Jetzt pass auf«, sage ich zu dem pandaähnlichen Hund und führe den klassischsten Zaubertrick der Geschichte aus: eine Münze – oder in diesem Fall einen Keks – aus dem Ohr eines Kindes erscheinen zu lassen … oder in diesem Fall eines Hundes.

Tigger und sein Lakai klatschen. Caradog selbst verschwendet keine Zeit. Er schnappt sich vorsichtig das Leckerli aus den Händen, bevor es wieder verschwinden kann.

Mephistopheles jault wieder.

»Ich habe dich nicht vergessen.« Ich nehme den zweiten Keks und wiederhole die Show.

Mephistopheles schaut nicht so überrascht wie Caradog, als der Keks verschwindet, aber er ist besonders ekstatisch, als er aus seinem Ohr auftaucht.

»Das ist nicht fair«, sagt Tigger, als ich wieder aufstehe. »Ich will auch einen Trick.«

Darauf bin ich vorbereitet.

Ich öffne meine Handtasche und nehme die Requisiten heraus, die ich nur für diesen Fall mitgebracht habe – drei Metallringe.

»Schaut euch die mal an.« Ich reiche Tigger zwei Ringe und dem Hundesitter einen.

Tigger untersucht die Ringe sorgfältig, zweifellos auf der Suche nach geheimen Löchern.

Ist es falsch, dass ich möchte, dass er *meine* Löcher checkt, versteckte und andere?

Als die Ringe wieder in meinem Besitz sind, führe ich einen weiteren klassischen Schritt durch: Erst werden die beiden Ringe *magisch* miteinander verbunden, dann alle drei.

Dieses Mal sind es nur meine menschlichen Zuschauer, die staunen. Die Hunde tun so, als ob es möglich wäre, dass Metall Metall durchdringt, und vielleicht ist es in der hündischen Version der Gesetze der Physik so.

Ich glaube, sie hoffen auf eine Partie Frisbee mit den Ringen.

Tigger tauscht einen verwirrten Blick mit dem Hundesitter aus. »Das ist einfach unmöglich.«

»Überprüfe sie noch einmal.« Ich reiche Tigger die Drei-Ring-Anordnung, damit er sicher sein kann, dass sie jetzt alle miteinander verbunden sind. »Behalte das als Andenken«, sage ich mit einem frechen Grinsen. »Vielleicht kannst du es herausfinden, wenn ich weg bin.«

Er schüttelt den Kopf und geht zu dem Blumenarrangement. »Wo wir gerade von Andenken sprechen, vergiss das hier nicht.«

Nachdem ich meine Blumen genommen habe, ruft Tigger jemanden auf seinem Telefon an.

»Eine Limousine wird dich nach Hause bringen«,

sagt er einen Moment später. »Das ist auch für dich.« Er reicht mir eine Schachtel.

Als ich sehe, was drin ist, muss ich lachen.

Es ist eine brandneue Zange. Ich widerstehe dem Drang zu fragen, was er mit der alten gemacht hat.

»Tschüss.« Ich winke den Hunden und ihrem Sitter zu.

Tigger öffnet mir die Tür und geht mit mir zum Aufzug. »Morgen Training?«

In meinem Bauch flattert wieder der Taubenschlag. »Sicher. Wann hast du Zeit?«

»Nachmittags, vor dem Essen?«

Ich nicke mit dem Kopf, weil ich nicht weiß, was ich sonst tun soll. Ich werde immer unruhiger, wenn es um das blöde Freitauchtraining geht, aber ich weiß nicht, wie ich da herauskommen soll.

Der Aufzug öffnet sich.

»Bis morgen«, sagt er.

Ich trete ein und drücke mit einem unsicheren Finger den Knopf für die Lobby.

Kapitel Einundzwanzig

Sobald sich die Fahrstuhltüren schließen, frage ich mich, warum ich überhaupt gegangen bin. Hätte der Hundesitter nicht auf die beiden Bären aufpassen können, während Tigger und ich zurück ins Schlafzimmer gehen?

Jetzt ist es zu spät.

Das Schlimmste ist, dass ich ihn jetzt schon vermisse.

Was stimmt nicht mit mir? Bin ich wahnhaft genug, um zu glauben, dass er mich mag?

Das tut er nicht. Das kann nicht sein. Ich bin nur eine Herausforderung, mehr nicht.

Außerdem ist er ein Prinz, und ich bin ein Niemand. Ich habe immer noch keine Ahnung, ob er eine Bürgerliche daten kann, abgesehen von einem kurzen Seitensprung. Außerdem ist er ein Kunde – und einer, den ich über meine Expertise im Luftanhalten anlüge.

Das Einzige, was sich heute geändert hat, ist, dass es in ihm nicht mehr vor Keimen wimmelt, wie ich befürchtet hatte, als ich ihn für eine männliche Hure hielt. Nicht, dass mir das bei meinen Intimitätsproblemen geholfen hätte.

Als sich der Aufzug öffnet, bin ich fast froh, dass ich gegangen bin, als ich es tat. Ich war in Gefahr, mir diese heimtückischen Gefühle einzufangen, die ich zu vermeiden versucht habe.

Mein Gang ist sicherer, als ich durch die Lobby schreite, zumindest, bis ich fast über einen Pfau stolpere.

Blue würde an diesem Ort wirklich eine Panikattacke bekommen.

Die Limousine wartet schon auf mich, als ich herauskomme, und als wir losfahren, wird mir etwas Interessantes klar.

Ich habe Tiggers Klamotten angezogen und habe überhaupt kein Problem damit. Ich bin normalerweise nicht so unbekümmert, nicht einmal bei meinem Zwilling. Wenn ich ihr meine Klamotten gebe, verlange ich sie nie zurück, und ich leihe mir ganz sicher nie etwas von ihr oder einer meiner anderen Schwestern.

Wo wir gerade von den Teufeln sprechen ... Ich habe eine SMS von meinem Zwilling und auch von Blue. Ich schreibe ihnen zurück und informiere sie, was passiert ist. Sie antworten sofort und sind begeistert, dass ich Tigger zum Abendessen mit unseren Eltern mitnehme.

Mitten in meinen Gesprächen bekomme ich eine

SMS von Walter. Er will sich übermorgen mit mir treffen. Ich sage ihm, dass wir uns um elf im Coffeeshop treffen können, denn Tigger scheint kein Morgenmensch zu sein, wenn es um das Training geht.

————

Zu Hause machen sich meine Mitbewohner über meine Wechselklamotten lustig.

»Das ist der berühmte Trick mit dem verschwindenden Kleid«, sagt Harry und grinst.

»Ich bin eigentlich neidisch.« Clarice tippt ihren Piratenhut zu mir. »Ich wollte schon immer, dass mir jemand im Rausch der wilden Leidenschaft das Mieder zerreißt.«

Ich sage allen, sie sollen sich ihre Witze in den Hintern schieben, hole mir etwas zu essen und nehme es mit in mein Zimmer.

Während ich esse, recherchiere ich Ideen für Tiggers morgiges Training, und mein Unbehagen über meine Lügen und sein eventuelles Freitauchen vertieft sich. Was tue ich da? Ich schaue mir eine Website nach der anderen an, auf der Suche nach einer Möglichkeit, mein schlechtes Gewissen zu beruhigen, und dann stoße ich auf ein Konzept, das mein Interesse wirklich weckt. So sehr, dass ich Tigger eine SMS schreibe und frage, ob er einen Moment Zeit für ein Gespräch per Video oder am Telefon hat.

Können wir das in einer Stunde machen?, antwortet er. *Ich spiele gerade mit den Hunden im Park.*

Ich stimme zu und lächele bei dem Bild im Kopf.

Als ich mein Handy zur Seite lege, vergeht mir das Lächeln. Eine Sache, über die ich bisher nicht nachdenken wollte, ist die andere Seite dieser Medaille.

Sein Training mit mir.

Wir haben keine Pläne dafür gemacht, was gut ist. Wenn ich sicher bleiben will, gefühlsmäßig, sollten wir das wahrscheinlich ganz lassen. Aber wenn wir aufhören, was für eine Expositionstherapie mache ich dann? Ich bin noch nicht bereit, dem Nonnenkloster beizutreten.

Ich schätze, eine Sache, die ich tun kann, ist, auf Gewohntes zurückzugreifen: Pornos. In der Tat könnte das ein guter Weg sein, die Stunde totzuschlagen, während ich auf den Chat mit Tigger warte.

Ich schließe meine Tür ab, starte die Pornos und suche mir etwas, was ich noch nicht ausprobiert habe.

Interessant. Es gibt ein ganzes Genre, das ich noch nie gesehen habe: Doppelpenetration – oder *DP*.

Ich lasse ein Video laufen.

Wow. Wie der Begriff schon sagt, nimmt die Frau zwei Schwänze auf, einen in den Hintern und einen in die Vagina.

Hmm. Ich bin nicht so ausgeflippt, wie ich es normalerweise wäre. Werde ich besser in diesem Sex-Zeug – oder gibt es etwas an diesem Akt, was ich tatsächlich mag?

Habe ich gerade meine Art gefunden, wie ein Truthahn gestopft zu werden?

Keine Ahnung, aber ich habe zwei Dildos, für den

Fall, dass ich es herausfinden möchte. Als Bonus konnte ich einen ganzen Tag lang die sexuelle Energie verbrennen, die durch den Anblick des größtenteils nackten Tiggers erzeugt wurde, ganz zu schweigen von unserer Begegnung in der virtuellen Realität.

Als ich die Spielzeuge herausnehme, entdecke ich ein paar meiner Kondome mit Kirschgeschmack, die für diesen Anlass geeignet wären. Ich habe die erste Charge an dem Tag gekauft, an dem ich mich entjungfert, also meine eigene *Kirsche geknackt* habe, und habe sie danach immer wieder aus Spaß gekauft. Es wäre symbolisch, wenn ich damit meine Arsch-Kirsche und auch die DP-Kirsche knacken würde, vorausgesetzt, ich ziehe das durch.

Ich betrachte die Dildos.

Nun. Wenn das überhaupt eine Chance haben soll, müsste Prinzregent nach vorne gehen.

Die große Frage ist: Kann der kleinere Kerl hinten reinpassen?

Ist es wirklich so weit gekommen? Ein verherrlichter Buttplug? Ich wette, du wirst dir nicht die Mühe machen, mich aus deinem Arsch zu holen, sobald ich drin bin.

Hmm. Ein Buttplug. Das könnte die bessere Idee sein. Schade, dass ich keinen habe.

Je länger ich mir den kleineren Dildo ansehe, desto weniger glaube ich, dass er von allein passt, geschweige denn, dass er mir erlaubt, mich zu doppelpenetrieren.

Zu groß? Für Schmeicheleien ist es an diesem Punkt zu spät.

Ich habe eine Idee. Etwas, was ich wahrscheinlich schon vor langer Zeit hätte ausprobieren sollen.

Ich gehe zu meinem Schreibtisch, schnappe mir ein Paar Latexhandschuhe und eine Flasche Gleitgel, dann gehe ich hinüber ins Bad und schließe die Tür ab.

Mein Finger ist ziemlich klein. Kleiner als ein Buttplug

Und mit dem Finger dorthin zu gehen, wo ich gerade bin, ist wahrscheinlich die ultimative Expositionstherapie.

Bevor ich kneifen kann oder ein Mitbewohner an meine Tür klopft, ziehe ich den Handschuh an, schmiere einen Finger ein und führe die Spitze vorsichtig dorthin, wo die Sonne nicht scheint und wo noch kein Mensch zuvor gewesen ist.

Nein. Das brennende Gefühl ist überhaupt nicht lustig.

Vielleicht bin ich einfach nur ein *Exit Only*, wenn es um dieses Loch geht – keine DP für mich, wie es scheint.

Aber hey, ich bin stolz, dass ich das geschafft habe.

Ich entsorge den Handschuh und gehe duschen.

Als ich in mein Zimmer zurückkehre, schlage ich mir DP aus dem Kopf. Ein regelmäßiger Besuch des Prinzregenten muss reichen.

Ja, Baby. Benutz mich. Vielleicht holst du dir etwas von dem Joghurt aus dem Kühlschrank, damit du ihn anschließend über dich träufeln kannst.

Hmm. Die Idee mit dem Joghurt ist gar nicht so schlecht.

Ich nehme den eifrigen Dildo in die Hand und starte die Telefon-App, die ihn steuert.

Als ich die *Vibration*-Taste drücken will, leuchtet mein Bildschirm mit einem Videoanruf von Tigger auf – und ich klicke versehentlich auf *Annehmen*.

Kapitel Zweiundzwanzig

*I*ch halte einen Dildo in der Hand.

Bei einem Videoanruf.

Einen riesigen Dildo – obwohl ich mir nicht sicher bin, ob das einen Unterschied macht.

Ja, Baby, wenn es um Prinzregent geht, spielt die Größe eine große Rolle.

Ich bin versucht, den Dildo fallen zu lassen, aber der Magier in mir weiß, dass das nur *noch mehr* Aufmerksamkeit auf ihn lenken würde.

Es ist sowieso zu spät.

Tiggers Augen bleiben auf dem Dildo haften, und seine Lippen verziehen sich zu einem Grinsen. »Sehr schön, *myodik*. Ich liebe es, wenn du die Initiative ergreifst.«

Ich lasse Prinzregent fallen, und er schlägt mir schmerzhaft auf den Fuß.

Was hast du erwartet? Prinzregent ist massiv.

Ich tue mein Bestes, um nicht zusammenzuzucken, und sage: »Darüber wollte ich nicht mit dir reden.«

Er zieht eine Augenbraue in die Höhe. »Bist du sicher?«

Ich kämpfe gegen den Drang an, meinem brennenden Gesicht Luft zuzufächeln. Business. Hier geht es ums Geschäft. »Wie sehr bist du ein Purist, wenn es um das Freitauchen geht?«, frage ich in einem geschäftsmäßigen Ton. *Gut gemacht, Gia.*

Er fährt sich mit einer Hand durch sein dunkles Haar. »Was meinst du damit?«

»Was ist deine Motivation für das Freitauchen? Du hast gesagt, dass du einen unterirdischen See erkunden willst, in dem Tauchausrüstung verboten ist. Aber muss man dabei regelmäßig Luft in der Lunge haben?«

Er zuckt mit den Schultern.

»Was wäre, wenn du statt Luft vor dem Tauchgang Nitrox einatmest – ein Sauerstoff-Stickstoff-Gemisch, wie es beim Sporttauchen verwendet wird? Das sollte Probleme reduzieren, wenn du zu tief gehst, dir erlauben, länger und problemloser unter Wasser zu bleiben und das Ganze sicherer machen.«

Er kratzt sich am Kinn. »Ich denke, das ginge. Aber es fühlt sich ein bisschen wie Betrug an.«

»Sie nennen es technisches Freitauchen«, sage ich. »Für mich fühlt es sich eher wie ein Zaubertrick an.«

So. Ich war so nah dran, ihm zu sagen, dass meine Unterwasser-Illusion genau das war – eine Illusion.

Er lächelt, und seine haselnussbraunen Augen werfen in den Winkeln Falten. »Nun, du bist meine

244

Trainerin, also wenn du denkst, dass ich das tun sollte, werde ich es tun.«

Ich setze eine ernste Miene auf. »Ich befehle dir, Nitrox zu benutzen.«

Er gibt mir einen militärischen Salut. »Ja, Ma'am. Ich werde das Gas besorgen.«

Ich lache. »In diesem Fall gibt es einen Weg, wie du betrügen *kannst*: Pumpe deinen Hintern mit Sauerstoff auf, lerne, es in kleinen Dosen auszufurzen und fange die Blasen mit deiner Nase ein. *Das* wäre echter Betrug.«

Er grinst. »Wie wäre es, wenn wir uns erst einmal auf das Voratmen des Gasgemisches konzentrieren? Ich werde ein paar verschiedene Mischungen besorgen, und wir können damit im Pool experimentieren. Dafür brauche ich allerdings ein paar Tage. Was machen wir in der Zwischenzeit?«

»Warum schläfst du bis dahin nicht in einem hypoxischen Zelt«, sage ich. »Wir können das Pooltraining fortsetzen, sobald du Gas bekommen hast.«

Er runzelt gespielt die Stirn. »Also kein Training morgen?«

Ich zwinkere ihm zu. »Wir sehen uns dann beim Essen.«

Und hoffentlich fällt mir ein Weg ein, ihm zu sagen, dass ich nicht mehr möchte, dass er mich in den sexuellen Künsten ausbildet. Mehr Zeit sollte dabei helfen.

»Ist das alles?«, fragt er.

»Was deine Ausbildung angeht, ja«, sage ich, wobei mir nicht gefällt, wie hitzig sein Blick wird.

»Großartig. Jetzt bin ich an der Reihe, dich zu trainieren«, sagt er. »Heb den Dildo auf und wasch ihn.«

Tja, so viel dazu, Tiggers Training ausfallen zu lassen. Es ist unmöglich, dass ich jetzt einen Rückzieher mache. Meine Muschi würde mich enterben.

Ich renne zu Manny, schraube seinen Kopf ab und lege ihm mein Handy in den Nacken.

»Moment«, sage ich zu Tigger, während ich Prinzregent vom Boden aufnehme und ins Bad sprinte, um ihn zu säubern.

Eine königliche Behandlung. Wie es sich für jemanden von der Statur des Prinzregenten gehört.

Als ich zurück in mein Zimmer komme, überprüfe ich noch einmal, ob die Tür verschlossen ist, rolle ein Kondom auf Prinzregent und schmiere Gleitgel darauf, bevor ich mich wieder der Kamera zuwende.

»Welche App steuert das Spielzeug?«, fragt Tigger.

»Suche nach Belka«, sage ich und führe ihn durch den Prozess der Installation und der Synchronisierung seines Telefons mit Prinzregent.

»Jetzt«, sagt Tigger, als alles fertig ist. »Ich möchte, dass du dich ausziehst und dich vor meinen Augen auf das Bett legst.«

Ich bin mir nicht sicher, warum ich mir vorhin überhaupt die Mühe mit dem Gleitmittel gemacht habe. Sein befehlsgewohnter Ton schickt eine Welle natürlicher Schmierung in den Süden.

Ich erröte stark, stelle aber sicher, dass ich im Blickfeld der Kamera bin, ziehe mich verführerisch aus und lege mich dann mit gespreizten Beinen auf das Bett, obwohl er mir das nicht befohlen hat.

»Braves Mädchen«, murmelt er. »Jetzt platziere die Spitze auf deinem Kitzler.«

Ich tue, was er sagt, und er bringt Prinzregent zum Vibrieren – und zwar mit einer Hand.

Fuuuck. Warum fühlt sich das so viel besser an, als mit mir selbst zu spielen? Ein leises Stöhnen entweicht mir, als ich spüre, wie sich der Orgasmus aufbaut. Aber ich sollte nicht allein kommen. Das ist egoistisch, oder?

»Zieh dich auch aus«, murmele ich mit heiserer Stimme.

Ohne die Vibration zu verlangsamen, legt er das Telefon zur Seite, so dass ich nur seine Decke sehe, dann reißt er sich – zumindest hört es sich so an – die Kleidung vom Leib.

Bevor ich blinzeln kann, ist das Telefon wieder in seiner Hand, und er ist köstlich nackt, mit Seiner Königlichen Härte fest in der Faust.

Das ging schnell. Hat er *das* auch an der Militärakademie geübt?

Er erhöht meine Vibrationsgeschwindigkeit, was in Kombination mit dem Anblick zu viel für mich ist.

Meine Zehen biegen sich, und ich komme mit einem erstickten Schrei.

»Jetzt schieb ihn rein«, knurrt Tigger. »Langsam, erst mal nur die Spitze.«

Während ich gehorche, stelle ich mir vor, dass es Seine Königliche Härte ist, die mich ausdehnt, und nicht ein Silikonbetrüger.

Er beschleunigt seine Faust und steigert meine Vibrationen um eine weitere Stufe.

Bei Houdinis Dildo, das fühlt sich wirklich, wirklich besser an als wenn ich mit mir selbst spiele. Masturbation muss wie Kitzeln sein: es sich selbst zu machen ist doof, aber wenn sich deine bösen Schwestern auf dich stürzen, könntest du dich vor Kichern einpinkeln.

Tigger drückt Seine Königliche Härte und stöhnt lustvoll. »Schieb ihn jetzt tiefer.«

Ich tue es, und ein massiver Orgasmus baut sich von den ganzen Vibrationen in mir auf.

Solange ich noch sprechen kann, schaffe ich es, herauszubekommen: »Wenn du deine Ladung abschießt, mach es in die Kamera. Tu so, als würdest du auf meinem Gesicht kommen.«

Seine Pupillen weiten sich auf die Größe einer Zwanzig-Cent-Münze.

Ha. Zwei können das Dirty-Talk-Spiel spielen.

Er erhöht die Vibration weiter und beschleunigt seine Handbewegungen.

Ein Luststöhnen wird mir von den Lippen gerissen.

Dann noch eines.

Und noch eines.

Mit einem Schrei komme ich um Prinzregent.

Tigger atmet hörbar und positioniert die Kamera so, dass sie nur Zentimeter von Seiner Königlichen Härte entfernt ist.

Sploosh. Sein Sperma sprudelt heraus wie ein Springbrunnen.

Scheiß auf Bukkake-Videos. Das ist viel heißer.

Plötzlich wird meine Sicht auf den Kopf gestellt, und Tigger flucht.

Mein vom Orgasmus benebeltes Gehirn braucht einen Moment, um zu verstehen, was passiert ist: Entweder hat er sein Handy in der Hitze der Leidenschaft fallen lassen, oder das Sperma hat es aus seiner Hand gleiten lassen.

Ein krachendes Geräusch bestätigt meinen Verdacht, und dann sehe ich nur noch die Decke.

Die Wucht des Aufpralls muss irgendetwas mit der App machen, denn sie erhöht meine Vibrationen über alles hinaus, was ich je gefühlt habe. Bevor ich Prinzregent aus mir entfernen kann, komme ich noch einmal.

Großartig. Wenn wir so weitermachen, könnte ich einen neuen Fetisch entwickeln – eine Art BDSM, aber mit Telefonen. Ich werde mich ganz in Leder kleiden, ein iPhone zertrümmern, ein Nokia in den Bildschirm treten, ein Motorola in einem Mixer pürieren und ein Blackberry mit Toilettenwasser waterboarden.

Tigger hat Glück, dass er nicht bei Hannibal wohnt, sonst hätte das Telefon jetzt Katzenkokzidien vom Darüberlecken. Er hat zwar die Hunde, aber ich schätze, sie haben ihre Chance auf eine Mahlzeit verpasst.

Ungleichmäßig atmend, ziehe ich Prinzregent heraus und schalte ihn manuell aus.

Als ich wieder auf den Bildschirm schaue, ist das Telefon aufgehoben worden, und Tiggers Gesicht starrt mich hungrig an – obwohl er durch die mit Männersaft bespritzte Kamera wie der Star eines Bukkake-Videos aussieht.

»Das hat Spaß gemacht«, murmelt er.

»Ja.« Ich seufze. Ich kann mich nicht dazu durchringen, ihm zu sagen, dass dies das Gegenteil von dem war, was ich im Sinn hatte, als ich mich entschied, seine Version des Trainings zu beenden. Mein Gehirn wird mit Oxytocin geflutet, und sein Gesicht ist nicht weniger umwerfend, wenn Sperma meine Sicht mindert.

Ich beiße mir auf die Lippe. »Ich sollte jetzt besser auflegen.«

Er schenkt mir ein zärtliches Lächeln. »Süße Träume.«

Süß? Nein.

Nass? Auf jeden Fall.

In meinen XXX-Träumen gibt es die ganze Nacht Tigger, und manchmal einen Gangbang mit Tiggern.

»Welches Loch bekomme ich?«, fragt einer der nackten Tigger.

Ich lecke mir hungrig die Lippen und wende die Methode an, die meine Schwestern und ich benutzt haben, um auszuwählen, wer von uns das Opfer eines

Kitzelangriffs sein würde. »Ene, mene, miste. Wer kommt mit in die Kiste.«

Als meine Löcher zugewiesen sind, machen wir alles von DP bis Bukkake, und mein nuttiges Traum-Ich liebt jede Sekunde und jedes Tröpfchen.

Kapitel Dreiundzwanzig

*I*ch wache mit einem Ruck auf und werfe meine Decke ab.

Oh.

Ich bin nur verschwitzt. Eine Sekunde lang dachte ich, ich wäre mit Sperma bedeckt. Die feuchten Träume waren *so* real.

Ich beäuge die Schublade mit Prinzregent. Das *Training* mit Tigger hat letzte Nacht etwas von meiner sexuellen Energie verbrannt, aber die Träume brachten alles mit aller Macht zurück.

Mein Magen knurrt.

Na schön. Vielleicht esse ich zuerst etwas.

Ich gehe erst ins Bad und dann in die Küche.

»Hey«, sagt Clarice, als ich eintrete.

Ich grinse. »Knabberst du etwa Captain Crunch?«

Sie grinst zurück. »Wirst du gleich Kellogg's Frosties verschlingen?«

Nickend schnappe ich mir die Packung mit dem

tiggerähnlichen Tiger und schütte die Cornflakes in eine Schüssel, bevor ich sie in Hafermilch ertränke.

»Ich glaube, ich habe gestern Abend deine Pornos gehört«, sagt Clarice verschwörerisch. »Hoffentlich hast du dir nichts ausgerenkt.«

Ich rolle mit den Augen. »Eine Lady küsst – oder masturbiert – und schweigt.«

Sie lacht. »Wenn das bedeutet, dass *du* küssen und masturbieren kannst, dann schrei es von den Dächern.«

Ich strecke meine Zunge heraus. »Ich bin eine vollkommene Lady.«

Sie nickt auf diese »Sicher, sicher«-Art und sagt dann: »Also, völlig unabhängig von allem ... Weißt du, wie man gebrauchtes Sexspielzeug entsorgt?«

Ich verschlucke mich fast an meinem Essen. »Warum?«

»Rein hypothetisch.«

Sicher. Rein hypothetisch. Jemandem gefällt das Geschenk aus dem Koffer, das die beste Freundin meines Zwillings mitgebracht hat, offensichtlich nicht.

»Kannst du es hypothetisch nicht einfach in den Müll werfen?«

Sie schüttelt den Kopf. »Sachen mit Batterien sollten nicht auf einer Mülldeponie landen. Das ist schlecht für die Umwelt.«

Ich spitze die Lippen. »Recyceln?«

»Nein. Zumindest nicht im normalen Müll. Ich schätze, ich könnte es zur Heilsarmee bringen ... rein hypothetisch.«

Ich esse ein paar Löffel, während ich darüber nachdenke. »Wie wäre es, wenn du einfach die Batterien herausnimmst und es dann wegwirfst?«

»Was ist, wenn du das nicht kannst?«, sagt sie. »Rein hypothetisch.«

Sie hat nicht ganz Unrecht. Ich weiß nicht, wo sich die Batterien des Prinzregenten befinden. »Es verbrennen?«

Sie wirft mir einen verzweifelten Blick zu. »Silikon verbrennen? Weißt du noch, woraus unsere Muffinform gemacht ist?«

»Hoffentlich nicht aus recycelten Dildos.«

»Silikon«, sagt sie. »Und es brennt nur im Inneren von Sternen, wenn du es also schmelzen wolltest, bräuchtest du ein bisschen mehr Hitze, als unser Ofen hergibt.«

»Wie wäre es mit vergraben?«

Ihre Augen weiten sich. »Und ein Hund aus der Nachbarschaft soll es ausgraben und dann mit einem Kind apportieren spielen?«

»Wie wäre es, wenn du es in Kunsthandwerk verwandelst?« Ich schenke mir mehr Milch ein. »Oder es benutzt, um irgendeinen *anderen* Teil deines Körpers zu massieren?«

Sie schnaubt. »Ich meine es ernst.«

»Kannst du es nicht einfach hinten in der Schublade deines Nachttisches lassen, wie ein normaler Mensch?«

»Was ist, wenn ich einen Herzinfarkt habe?«, fragt

sie. »Meine Familie wird kommen, um meine Sachen zu holen, und es dort finden. Rein hypothetisch.«

Ich zucke mit den Schultern. »Meine Mutter wäre in diesem Szenario glücklich und würde es wahrscheinlich als Familienerbstück behalten.«

Während ich spreche, verliert mein Essen jeden Geschmack. Ich kann mir schon Octomom im selben Raum wie Tigger vorstellen. Das furchtbare Ereignis ist nur noch Stunden entfernt.

»Du bist keine Hilfe.« Clarice nimmt ihren Piratenhut ab und kratzt sich am Kopf. »Zu einem anderen Thema: Ich habe gestern mit deiner Schwester gesprochen.«

Ich tauche meinen Löffel in die Cerealien. »Ach?«

»Ja, aber ich kann dir nicht viel darüber erzählen. Das ist eine private Angelegenheit zwischen mir und Blue. Ich bin mir sicher, dass du das verstehst.«

Böse. Sie macht mich absichtlich neugierig. Wahrscheinlich will sie doch etwas über die Pornogeräusche wissen. Oder, was wahrscheinlicher ist, sie will die Informationen gegen ein Geheimnis hinter einer meiner Illusionen eintauschen.

Meine Vermutung ist, dass sie einen der Jungs auf dem Hot-Poker-Club-Bild mag. Das – oder sie hat sich in das Kartenspiel verliebt, das sie benutzen. Schließlich muss es für diese Umgebung wasser- und schweißfest sein.

Ja. Sie denkt wohl darüber nach, ihren Dildo durch wasserfeste Karten zu ersetzen. Deshalb hat sie vor, ihn wegzuschmeißen.

»Netter Versuch«, sage ich. »Ich bin sicher, ich könnte Blue dazu bringen, mir zu sagen, was es ist, wenn ich es versuchen würde.«

Sie zuckt mit den Schultern. »Viel Glück damit.«

»Danke.« Da ich mit meinem Frühstück fertig bin, räume ich meine Schüssel in die Spülmaschine und wünsche Clarice einen schönen Tag.

Als ich in mein Zimmer zurückkehre, beschließe ich, mich zu beschäftigen, damit ich nicht wegen des Abendessens in Panik gerate. Die beste Ablenkung ist, wie immer, die Magie, also arbeite ich an den Routinen für die Show meiner Träume.

Diese Arbeit ist bittersüß. Auf der einen Seite liebe ich die Fantasie meiner eigenen Show, und die Ausgestaltung der Routinen bringt sie näher an die Realität. Auf der anderen Seite bin ich weit, weit davon entfernt, meinen Traum zu verwirklichen. Ich bin noch nicht berühmt, also wer gibt mir einen Veranstaltungsort?

Zumindest wird das Geld, das ich durch das Trainieren von Tigger bekomme, es mir ermöglichen, in Zukunft mehr Auftritte zu machen, die die Sichtbarkeit erhöhen und mich meinem Ziel näher bringen.

Um die Mittagszeit herum habe ich eine Idee für eine neue Illusion, die ich auf einer großen Bühne machen könnte, eine ähnlich wie *Der transportierte Mann* in *Prestige*. Das Problem ist, dass ich – Spoiler-Alarm – meinen Zwilling überreden müsste, mir zu helfen. Zur Not würden auch die Sechslinge

funktionieren. Wenn ich sie alle überzeugen würde –
was so wäre, als würde ich eine Million Flöhe hüten –,
wäre ich in der Lage, mich an bis zu acht Orte im
Theater zu *teleportieren*.

Die Zuschauer wären aus dem Häuschen.

Eine SMS von Tigger reißt mich aus meinen
magischen Intrigen.

Ich hole dich um 18.30 Uhr ab?

Scheiße. Ich muss mich so schnell wie möglich
anziehen.

Ich bejahe die Frage und beginne, mich hektisch zu
schminken.

Als ich vorzeigbar bin, entscheide ich mich für
einen Zaubertrick, den ich mitnehme, für den Fall, dass
mich jemand darum bittet, einen zu sehen. Der Trick,
für den ich mich entscheide, schränkt meine
Schuhwahl ein, aber hey, große Kunst verlangt Opfer.

Mein Telefon klingelt. Es ist wieder Tigger.

Ich bin draußen.

Mist.

Habe ich die Werbung vergessen? *»Er trägt nie eine
Uhr, weil die Zeit immer auf seiner Seite ist.«*

Ich eile hinaus und ignoriere die Kommentare und
Pfiffe meiner Mitbewohnerinnen.

Tigger steht neben seinem Lamborghini und hält
die Tür für mich auf.

Verdammt. Er trägt ein enges Muskelshirt, das
mich dazu bringt, es ihm vom Körper reißen und
seine Bauchmuskeln lecken zu wollen. Und
Brustmuskeln.

Er könnte Octomom einen Herzinfarkt verpassen. Sie ist kein junges Ding mehr.

Obwohl ich kein Freund von Umarmungen bin, lasse ich mich instinktiv auf eine Umarmung ein, und als er mich in seine starken Arme schließt, falle ich fast auf der Stelle in Ohnmacht.

»Du siehst toll aus«, murmelt er, als wir uns trennen.

»Du bist auch nicht hässlich.« Ich lasse meinen Hintern auf den Sitz des Lambo plumpsen und schnalle mich an.

Er setzt sich hinters Steuer und fährt wieder innerhalb des Tempolimits – ganz klar meinetwegen.

»Wie war dein Tag?«, frage ich ihn.

»Ich habe mich um ein paar Dinge im Freizeitpark gekümmert«, sagt er und schaut auf die Straße. »Was ist mit dir?«

»Ich habe an meiner Zaubershow gearbeitet«, sage ich mit einer gewissen Portion Stolz.

»Wow. Cool.« Er beginnt, sich in meine Richtung zu drehen, dann erinnert er sich daran, dass ich es vorziehe, dass er auf die Straße schaut. »Wann kann ich die Show sehen?«

Ich zucke mit den Schultern. »Ich habe keine Ahnung.«

»Warum nicht? Hast du noch kein Repertoire?«

»Ein Repertoire ist nur ein Teil davon«, sage ich. »Ich könnte heute eine Stunde Material aufführen, wenn ich auf wundersame Weise die Chance dazu bekäme. Was ich nicht habe, ist ein Veranstaltungsort, in dem ich auftreten kann, und, was noch wichtiger ist, genug Ruhm, um diesen Veranstaltungsort mit zahlenden Zuschauern zu füllen.«

»Hmm.« Er kommt an einem Stoppschild zum Stehen, wie ein Gentleman. »Ich hätte gedacht, dass das Wissen um die Geheimnisse der Illusionen der Schlüssel ist.«

»Geheimnisse sind nur ein kleiner Teil. Wenn du keine Kreativität, aber ein großes Budget hast, kannst du Illusionen von anderen Magiern kaufen. In der Tat ist das die Art und Weise, wie ich *mein* Geld verdient habe – indem ich meine Geheimnisse an größere Künstler verkauft habe. Um zu performen, braucht man Showmanship.«

»Das hast du im Überfluss«, sagt er voller Überzeugung. »Ich denke, du hast alles, was du brauchst, um ein Star zu werden.«

Ich fühle mich ganz warm und prickelnd im Inneren. Wenn es sein Ziel ist, mit Schmeicheleien in mein Höschen zu kommen, dann funktioniert es.

»Was ist mit dir?«, frage ich. »Ist es dein Traumjob, einen Freizeitpark zu leiten?«

Er nickt. »Es fühlt sich nicht wie ein Job an, aber sicher.«

Ich kratze mich am Kopf. »Was ist mit den Blumenarrangements? Fühlt sich das wie ein Job an?«

Er lacht. »Nein. Das ist ein Hobby. Ich mache es aus Spaß.«

Ich streiche mit den Handflächen über meine Hose. »Ich schaue zum Spaß Filme.«

»Du bist eine Filmliebhaberin?« Er schaut mich an, dann wendet er seinen Blick wieder der Straße zu.

»Ja, ich liebe Filme«, sage ich. »Ich denke, es geht bei mir auf Zaubertricks zurück. Ein Video ist eine Reihe von Bildern, die schnell genug aufblitzen, um die Illusion von Bewegung zu erzeugen. Mit den Mitteln ihres Handwerks erschaffen die Schauspieler die Illusion von realen Menschen auf der Leinwand – Menschen, die eigentlich nicht existieren. Ein guter Soundtrack kann illusorische Emotionen erzeugen. Die Gemeinsamkeiten gehen immer weiter.«

»So habe ich Filme noch nie betrachtet.« Er dreht das Lenkrad und parkt das Auto in einem geschmeidigen Manöver. »Wir sind da.«

Ja. Das ist es.

Magia Pan Tumaca, wo die Octoeltern warten.

Kapitel Vierundzwanzig

$\mathcal{D}$er erste Gedanke, der einem in den Sinn kommt, wenn man das Restaurant betritt, ist *sauber*, was einer der Gründe ist, warum dies mein Lieblingsrestaurant ist. Es hat eine moderne Ästhetik, bei der Chrom auf allen Oberflächen dominiert. Sogar die Tischdecken sehen metallisch aus, da sie aus einer Art Alufolie bestehen, und nach jedem Besuch ausgetauscht werden – ein weiterer Grund, warum ich diesen Ort mag.

Meine Eltern sitzen an der Bar, und obwohl ich ihre Reflexionen in der verspiegelten Wand sehen kann, haben sie mich nicht bemerkt.

Octomom sieht wie immer erstaunlich jung aus. Sie könnte leicht als meine ältere Schwester durchgehen und sieht daher ein wenig aus wie Cate Blanchett in den späteren Teilen von *Der seltsame Fall des Benjamin Button*. Dad sieht aus, als müsste er sehr reich sein, um mit einer Frau wie ihr zusammen zu sein, aber er ist es nicht – er ist nur nicht so gut gealtert. Octomom sagt, dass er wie Bob Dylan aussah, als er jung war, aber jetzt sieht er aus wie eine Mischung aus Danny DeVito und Jeff Bridges: ein zotteliger Bart, eine Beanie-Mütze, die seine kahle Stelle verdeckt, und zu guter Letzt ein dünner silberner Pferdeschwanz, der aus den verbliebenen Haaren zusammengekratzt wurde.

»Warte hier«, sage ich zu Tigger. »Ich werde dich gleich vorstellen.«

Er nickt, und ich gehe hinüber zur Bar und räuspere mich.

Mom dreht sich strahlend um und hält ihre Hände zum Yoga-Gruß. »Namaste, Sonnenschein.«

»Ding 2.« Dad klopft mir auf die Schulter, und sein Gesicht erhellt sich mit einem albernen Grinsen. »Bist du verspannt? Unzentriert? Meine Schultermassagen sind noch besser geworden.«

Ach ja, ich hätte fast vergessen, dass ich Ding 2 bin. Da mein Zwilling als Erste aus Mamas Gebärmutter gesprungen ist, gilt sie als *die Älteste*, und Papa nennt sie Ding 1 – von acht.

Octomom verengt ihre Augen auf mich. »Du *bist* Gia, richtig?«

Da ich meinen Zwilling beim letzten »Treffen mit Gia« dazu gebracht habe, sich als mich auszugeben, kann ich ihr nicht verübeln, dass sie misstrauisch ist.

»Ich bin Gia«, sage ich. »Ich schwöre es.«

»Beweise es«, sagt Octomom.

»*Downton Abbey* ist scheiße«, sage ich ernst. Sie sehen nicht überzeugt aus, also füge ich hinzu: »Man nennt es ein Badezimmer, nicht das Klo. Fahrstuhl, nicht Aufzug ... und ich mag die Zahl Vier.« Der letzte Satz hat sie fast überzeugt, denn meine Zwillingsschwester verabscheut alle Zahlen, die keine Primzahlen sind, und zwar so sehr, dass es sie schmerzt, darüber zu lügen.

Bevor ich mir etwas noch Überzeugenderes einfallen lassen kann, stürzt sich Octomom auf mich und reißt mir fest an den Haaren.

»Autsch!« Ich schreie auf. »Bist du verrückt? Es ist angewachsen.«

Sie lässt mich los und nickt zustimmend. »Keine Perücke. Diesmal könnte es Gia sein. Entweder das, oder sie hat sich die Haare gefärbt.«

Ich drehe mich zu Tigger und werfe ihm einen *Schau-dir-das-an*-Blick zu.

»Hier«, sage ich und drehe mich wieder zu meinen Eltern um. »Kann Holly das machen?«

Ich führe den Zaubertrick auf, den ich für heute vorbereitet habe. Es ist eine Art von Levitation, bei der meine Beine gebeugt sind, als ob ich sitze, so dass mein Hintern in der Luft schwebt und der Schwerkraft trotzt.

Wenn Neo in *The Matrix* den Kugeln ausweicht, tut er dies in Zeitlupe.

Dieser Trick ist ein Teil des Programms, das ich für meine eventuelle Show vorbereite. Bei einer echten Performance würde ich dem ein ikonisches Nachvornbeugen im Fünfundvierzig-Grad-Winkel à la Michael Jackson in *Smooth Criminal* folgen lassen.

»Wow«, ruft Tigger aus, und das ist Musik in meinen Ohren. »Wie …?«

Andere Restaurantbesucher äußern sich ähnlich, was mich zuversichtlicher macht, diesen Trick in die Show einzubauen.

»In Ordnung, es ist Gia«, sagt Octomom.

Ich richte mich auf und zwinkere ihnen zu. »Wie ich gesagt habe. Es gibt da jemanden, den ich euch vorstellen möchte.«

Ich ziehe sie hinüber zu Tigger, der immer noch mit offenem Mund von meiner beeindruckenden Vorführung dasteht.

»Das sind meine Eltern, Crystal und Harry Hyman«, sage ich zu Tigger. Dann deute ich auf Tigger, als wäre er ein Museumsexponat. »Mama, Papa, das ist Anatolio Cezaroff.«

»Nennen Sie mich Tigger«, sagt er.

Octomom erholt sich zuerst und stürzt sich auf Tigger, um ihn in eine riesige Umarmung zu ziehen. »Nenn mich Crystal.«

»Mama«, sage ich streng, als die Umarmung länger dauert, als es gesellschaftlich akzeptabel ist. Mit so viel Sarkasmus, wie ich aufbringen kann, frage ich: »Willst du Dad nicht auch eine Chance geben, mein Date zu umarmen?«

Als Octomom widerwillig die Verbindung trennt, sind ihre Wangen gerötet und ihr Lächeln beunruhigend kokett – nicht, dass ich es ihr verdenken könnte.

Ohne meinen Sarkasmus zu bemerken, stürzt sich

Octodad in seine Umarmung. Einen Moment später beginnt er, Tiggers Rücken abzutasten.

»Dad.« Meine Stimme ist noch strenger. »Wir sollten zu unserem Tisch gehen.«

Octodad löst sich und schaut Tigger besorgt an. »Deine Schultern sind so angespannt.«

Tigger zuckt mit den Schultern. »Ich glaube, ich bin überwältigt von der Schönheit Ihrer Tochter.«

Junge, fühlt sich das gut an. Tigger verwandelt mich in einen Komplimentejunkie. Ehe ich mich versehe, werde ich magische Tricks anwenden, um meine nächste Dosis zu bekommen.

Scheiße.

Während ich mich in dem Kompliment sonnte, schnappte sich Octodad Tiggers Hand und zerrt ihn nun zu einem in Reichweite stehenden Stuhl.

»Bitte lass das Sie weg und setz dich«, sagt er. »Ich werde deine Batterien wieder aufladen.«

Tigger setzt sich etwas verdutzt hin, und Octodad beginnt, seine fürstlichen Schultern mit seinen haarigen, wurstartigen Fingern zu massieren.

Ist das eine Batterieaufladung oder ein Angriff? Octodad arbeitet mit so viel Elan, dass sein silberner Pferdeschwanz zittert wie ein Seismograph bei einem Erdbeben.

Währenddessen schaut Octomom neidisch zu.

Ich möchte am liebsten vor Verlegenheit schreien – ein Gefühl, das Tigger nicht zu teilen scheint. Wenn überhaupt, dann scheint er die improvisierte Massage zu genießen. Aber natürlich. Was habe ich erwartet?

Das ist ein Kerl, der sich nicht daran stört, wenn er mit heraushängendem Schwanz in einem Coffeeshop steht.

Warum passiert das? Was habe ich Octodad angetan, damit er sich so verhält? Hat mein Unwille, mich von ihm umarmen zu lassen, ihn dazu gebracht, bei meinem Date handgreiflich zu werden?

»Dad«, flehe ich. »Komm schon.«

»Eine Sekunde, nur eine kurze Kopfmassage«, sagt Octodad und beginnt, Tiggers Schädel zu massieren. »Fühlst du sie? Die Energie?«

Ich werde eine Therapie brauchen. Vielleicht war es das Zusammenleben mit neun Frauen, das Octodad den Garaus gemacht hat? Oder wurde er selbst Zeuge eines Zombiemeisenmassakers?

Auch die anderen Gäste beginnen, hinzustarren. Mit meinem Trick von eben und jetzt dem hier werden sie sich für immer an uns erinnern.

»Du musst aufhören«, knurre ich meinen Vater an.

»Nur noch eine Sache«, sagt er und kniet sich zu Tiggers Füßen.

Ich bin sprachlos.

Wird er ihm einen energetisierenden Blowjob anbieten?

»Zieh deine Schuhe aus«, sagt Octodad.

Nein. Es ist sogar noch schlimmer. »Dad«, knirsche ich hervor. »Was zum Teufel …?«

»Ich bin ein Meister der Fußmassage«, sagt Octodad stolz. »Frag einfach deine Mutter.«

»Sir«, sagt eine neue Stimme, und ich bete, dass es

eine Stimme der Vernunft ist. »Dieser Tisch ist für zwei Personen reserviert.«

Ich drehe mich um und werfe der Empfangsdame mit dem stoischen Gesichtsausdruck einen dankbaren Blick zu.

»Sie sind die Hymans?« Der Satz klingt eher wie eine Anschuldigung als eine Frage.

Mein Nicken sieht ein bisschen so aus, als würde ich den Kopf aus Scham hängen lassen.

»Hier entlang.« Sie macht eine Geste zur anderen Seite des Restaurants.

Tigger springt auf und hilft Octodad hoch.

»Was für ein Gentleman«, sagt Octomom erfreut.

Es stellt sich heraus, dass die Empfangsdame möchte, dass wir in einer privaten Nische sitzen. Sie gibt uns sogar einen Tisch, der eindeutig für eine größere Gruppe gedacht ist. Ich frage mich, warum.

»Keine Fußmassage«, zische ich Octodad ins Ohr, als Tigger die Führung übernimmt.

»Warum nicht?«, flüstert mein Vater.

»Ich weiß nicht, wo ich anfangen soll«, zische ich zurück. »Wie wäre es damit: Schuhe in einem Restaurant auszuziehen ist unhygienisch.«

»Oh ja«, sagt Octodad. »Du bist ganz sicher Gia.«

Als er den Tisch erreicht, zieht Tigger einen Stuhl für Octomom heraus, woraufhin sie zu sabbern beginnt.

Octodad schaut mich flehend an. »Kann ich neben ihm sitzen?«

Okay. Ich habe eine neue Theorie über den

offensichtlichen Irrsinn meines männlichen Elternteils. Er sieht Tigger als den Sohn, den er nie hatte. Schließlich ist es kein Geheimnis, wie sehr er sich schon immer einen gewünscht hat. Beide Octoelternteile haben das. Nach den Zwillingsmädchen setzten sie die assistierte Reproduktionstechnologie ein, in der Hoffnung, ein männliches Kind zu bekommen. Als das grausame Schicksal ihnen stattdessen weibliche Sechslinge schenkte, verlor Octodad eine Latte vom Zaun ... oder sechs.

Tigger zieht mir einen Stuhl neben Octomom heran. »Klar doch.«

Hey, wenn ich neben ihr sitze, werde ich wenigstens nicht von den lüsternen Blicken beschämt, die sie meinem Fake-Date zuwirft.

Ein Kellner erscheint wie aus dem Nichts. »Kann ich Ihnen etwas zu trinken bringen?«

Ich frage nach einer versiegelten Wasserflasche, während alle anderen sich für die Spezialität des Hauses entscheiden: Sangria mit Rioja-Wein, Pfirsichen, Nektarinen und Birnen.

»Also«, sagt Octomom zu Tigger, als der Kellner weg ist. »Bist du *wirklich* Gias Freund?«

Scheiße. Das ist es, was passiert, wenn du einen Trickbetrüger-Ruf hast.

»Natürlich«, sagt Tigger. »Wer sollte ich sonst sein?«

»Ein männlicher Freund, der vorgibt, es zu sein«, sagt Octomom.

Tigger grinst. »Ich glaube nicht, dass ein heterosexueller Mann wie ich und eine so wunderschöne Frau wie Gia jemals platonische Freunde sein könnten.«

Auch wenn er mich mit Walter neckt, kann ich mich nur auf das *So schön wie* konzentrieren. Ich weiß, dass er hier nur eine Rolle spielt, aber es fühlt sich trotzdem unglaublich an, das zu hören. Die Sucht nach Komplimenten ist vorprogrammiert.

Octomom legt die Stirn in Falten. »Du könntest der Freund von einer ihrer vielen Schwestern sein, der sich für einen Gefallen revanchiert. Meine Töchter tauschen Gefälligkeiten aus wie Gangster.«

Tigger zwinkert mir zu. »Deine Tochter hat ein süßes Muttermal unter ihrer rechten Brust. Würde der Freund einer ihrer Schwestern das wissen?«

Das Muttermal ist winzig. Wie genau hat er mich angeschaut?

Außerdem finde ich es toll, dass er es niedlich findet.

Mama streicht über ihr Kinn. »Ihre Zwillingsschwester weiß von dem Muttermal, und die anderen Schwestern vielleicht auch.«

Ich seufze. »Das ist lächerlich. Sag mir ehrlich, wenn Tigger *dein* Freund wäre, würdest du ihn irgendeiner anderen Frau ausleihen?«

Octomom sieht nachdenklich aus. »Gutes Argument. Er ist nicht geliehen.«

Unsere Getränke kommen an, und der Kellner legt die Speisekarten vor uns hin, bevor er geht.

Octodad beäugt Tigger misstrauisch und schenkt allen außer mir Sangria ein. »Vielleicht ist er ein männlicher Escort?«

Ich rolle mit den Augen. »Wenn er ein Escort wäre, könnte ich ihn mir nicht leisten.«

»Stimmt nicht.« Tigger grinst mich an. »Ich würde dir einen unglaublichen Preis machen.«

»Siehst du«, sagt Octodad triumphierend.

Ich schüttele den Kopf. »Bitte zückt eure Handys und googelt ›Anatolio Cezaroff‹.«

Während sie das tun, schraube ich meine Wasserflasche auf und nehme einen Schluck.

Mein Handy vibriert in meiner Tasche.

Ich ziehe es heraus und werfe einen Blick darauf.

Es ist eine SMS von Tigger.

Deine Eltern sind süß, vor allem im Vergleich zu meinen.

Nun, es ist eine Erleichterung, dass er das bisher so empfindet. Ich hatte schon fast erwartet, dass er jetzt schreiend weglaufen würde.

Warte einfach ab, antworte ich.

Er grinst und nippt an seiner Sangria.

»Wow.« Octodad schaut mit fassungslosem Blick von seinem Telefon auf. »Du bist ein Prinz?«

Tigger zuckt mit den Schultern. »Das klingt schicker, als es ist.«

»Und du kommst aus Ruskovia«, sagt Octomom erstaunt. »Wusstest du, dass der Freund ihrer Zwillingsschwester aus Russland kommt?«

»Ich kenne ihn«, sagt Tigger. »Ein netter Kerl … für einen Russen.«

»Viele Osteuropäer mögen Russland wegen seiner sowjetischen Vergangenheit nicht«, sagt Octodad in einem Lehrerton.

»Erzähl uns, wie es in Ruskovia ist.« Octomom hüpft fast vor Aufregung. »Und wie es ist, als Prinz aufzuwachsen.«

Während er an seinem Getränk nippt, erzählt Tigger ein paar Dinge, die ich schon gehört habe, aber ich erfahre auch ein paar neue Leckerbissen, wie zum Beispiel, dass seine Familie ein echtes Motto hat: »In der Tradition liegt die Kraft.«

Nachdem er ihnen erzählt hat, was er beruflich macht, fragt er sie dasselbe, und ich erschaudere.

»Ich bin ein Penetrationstester«, sagt Octodad stolz. »Aber es ist nicht so, wie du vielleicht denkst.«

»Er dringt in Computer ein«, sage ich mit einem Augenzwinkern.

»Nein, ich dringe in Computersysteme ein«, sagt Octodad.

»Und mich«, fügt Octomom mit einem Grinsen hinzu.

»Natürlich.« Octodad sieht seine Frau an, als wäre sie eine Scheibe Schinken. »Allerdings ist das ein Hobby, kein Job.«

Erschießt mich jetzt. Wenn sie anfangen, über ihr Sexleben zu reden, wird Tigger mit Sicherheit wegrennen – und ich werde im Boden versinken.

»Und was machst *du*?«, fragt Tigger Octomom unbeeindruckt.

»Ich bin Hühnersexerin«, antwortet sie genüsslich.

»Das klingt auch nach meinem Hobby«, sagt Octodad mit einem Augenzwinkern.

Meine Augen sind müde von dem vielen Rollen. »Mama hilft großen kommerziellen Brütereien, die Küken in männliche und weibliche zu trennen.«

Octomom seufzt. »Heutzutage mache ich mehr rund auf unserem Hof, da meine Arbeit langsam durch die In-Ovo-Sexualisierung ersetzt wird.«

Ich fange an, unter dem Tisch eine Nachricht an Tigger zu tippen:

Bitte frage nicht, was sie auf dem Hof macht.

Zu spät. Bevor ich auf *Senden* klicken kann, fragt er genau das.

»Wissen Sie schon, was Sie wollen?«, fragt der Kellner, der neben mir auftaucht.

Alle schauen sich an.

»Ich weiß, was ich nehme«, sage ich. »Ich war schon einmal hier.«

»Warum bestellst du nicht, während wir uns die Speisekarte ansehen?«, sagt Octomom.

Puh. Die Farmfrage ist vergessen.

»Ich nehme das Pan Tumaca«, sage ich zu dem Kellner. Allen anderen erkläre ich: »Das ist die Spezialität des Hauses. Ein leckeres getoastetes Brot mit salziger Tomate und Olivenöl.«

»Ich nehme das Gleiche«, sagt Octomom.

»Ich nehme eine Tortilla Española«, sagt Octodad.

»Das ist ein Kartoffel-Ei-Omelett«, sage ich zu ihm.

»Das wusste ich«, sagt er, aber ich merke, dass er lügt. »Ich hätte es gerne.«

»Ich bin sehr hungrig«, sagt Tigger und lässt seinen Blick über die Speisekarte schweifen. »Ich nehme auch ein Pan Tumaca, eine Tortilla Española und Chorizo.«

Alles Blut fließt aus meinem Gesicht. »Chorizo ist Wurst.«

Sie stand bislang nicht auf der Speisekarte, sonst wäre dieses Restaurant auch nicht mehr mein Lieblingsrestaurant.

Tigger klappt die Speisekarte zu und reicht sie dem Kellner. »Ja. Wurst aus Schweinefleisch. Ich war letztes Jahr in Spanien Drachenfliegen. Ich liebe das Zeug.«

Es kostet mich all meine Willenskraft, den Mund zu halten, wenn es um Wurst geht. Ich weiß aus Erfahrung, dass meine Wahrheiten am Tisch nicht willkommen sind.

Aber im Ernst: Wurst? Drachenfliegen ist viel sicherer. Wurst ist aus allen Teilen eines Tieres hergestellt, die niemand kaufen will. Über kein anderes Lebensmittel wurde in den Medien so viel berichtet, von lebensmittelbedingten Krankheiten bis hin zu den ekelhaftesten Sachen, die ich je gehört habe – wie zum Beispiel, dass sie menschliche DNA sogar in den vegetarischen Versionen gefunden haben. Und der schlimmste Teil? Die traditionellen Hüllen für Würste sind Därme.

Es ist wie die Idee eines Metzgers für einen grausamen Scherz.

Unabhängig davon erinnert mich das an die Dos-Equis-Werbung: »*Wenn er nach Spanien geht, jagt er die Stiere.*«

»Tolle Wahl«, sagt der Kellner. »Besonders die Chorizo – sie ist neu. Der Chefkoch macht sie selbst aus Mangalitza-Schweinen.«

Pfui Teufel. Immerhin ist dies ein schickes Lokal, so dass der Koch vielleicht hochwertige Fleischstücke verwendet. Hoffentlich bedeutet es, dass Tigger überleben wird.

»Um deine Frage von vorhin zu beantworten«, sagt Octomom, als der Kellner geht. »Ich mache alles auf dem Hof, aber mein Favorit ist die Tierhaltung.«

Scheiße. Octomom ist wie ein verdammter Elefant. Wenn etwas peinlich ist, wird sie es nicht vergessen.

Ich werfe Tigger meinen besten *Bitte-nicht-fragen-*Blick zu, aber er scheint es nicht zu kapieren und zieht eine Augenbraue hoch, eindeutig fasziniert.

Natürlich erzählt Octomom ihm die Geschichte, wie sie Petunia – ein Schweinchen, das wie ein Haustier für uns war, als wir aufwuchsen – während einer künstlichen Befruchtung zum Orgasmus brachte.

»Es verbessert die Chance auf Ferkel um sechs Prozent«, sagt Octomom stolz.

Verdammt! Denkt sie darüber nach, den Job vom Hühnersexer zum Schweine-Orgasmusbringer zu wechseln?

Tigger nickt nur.

Ich hoffe, dass die Vorstellung, dass Mom Petunia besteigt und fistet, ihm den Appetit auf die Chorizo verdirbt.

»Wie auch immer«, sage ich und schaue von einem

Elternteil zum anderen. »Erzählt uns von euren touristischen Abenteuern in New York.«

Das muss doch sicherer sein als Farmthemen, oder?

Tigger setzt sich aufrechter hin. Da er selbst mehr oder weniger ein Tourist ist, ist er eindeutig interessiert.

»Es gibt so viel zu erzählen«, sagt Mama. »Gestern waren wir auf einer Fußparty.«

Ist es das, was ich denke? Bitte lass es das nicht sein.

Tigger wölbt eine Augenbraue. »Eine Fußparty?«

»Es ist ein Treffen für Leute mit einem Fußfetisch«, sagt Octomom.

Traurigerweise ist es das, was ich vermutet habe.

Bei Houdinis Zehen, was habe ich getan, dass ich das verdient habe?

Bevor jemand näher darauf eingehen kann – und ich weiß, dass sie es wollen – kommt unser Kellner mit einem Tablett zurück.

Als die Teller vor alle gestellt werden, wünsche ich mir ehrfürchtig, dass sie dieses Gesprächsthema vergessen, auch wenn ich weiß, dass sie es nicht tun werden.

Ja, sobald der Kellner weg ist und Octodad sein Omelett probiert hat, sagt er: »Um die Sache aufzupeppen, haben wir alle möglichen Fetische erforscht.«

Ich beiße verzweifelt in mein Brot. Vielleicht geschieht ja ein Wunder, und sie folgen meinem Beispiel und stopfen sich den Mund mit so viel Essen zu, dass sie aufhören zu reden.

»Ja.« Octomom nimmt ihr Brot hoch. »Es hat sich herausgestellt, dass wir beide gerne mit den Füßen spielen.«

Neiiiiin. Ich kann das nicht ungehört lassen. Und, mit dieser beunruhigenden neuen Information im Hinterkopf ... Hat Octodad versucht, mit Tigger pervers zu werden, als er ihm vorhin diese Fußmassage angeboten hat?

Sollte ich eifersüchtig auf meinen eigenen Vater sein?

»Das Essen wird kalt«, sage ich und nehme einen weiteren großen Bissen von meinem Pan Tumaca.

Das scheint zu helfen. Alle stürzen sich auf ihr Essen, und es herrscht für ein paar Minuten eine selige Stille.

Als ich gerade mein zweites Pan Tumaca esse, vibriert mein Handy.

Es ist eine SMS von Tigger.

Beeindruckend. Ich habe ihn nicht einmal tippen sehen. Andererseits tue ich mein Bestes, ihm nicht dabei zuzusehen, wie er die Wurst isst, denn *igitt*.

»*Noch einmal*, myodik. *Ich liebe es, wenn du die Initiative ergreifst.*«

Was? Das letzte Mal hat er das gesagt, als er dachte, ich hätte seinen Videoanruf absichtlich mit einem Dildo in der Hand angenommen.

Habe ich gerade verführerisch mein Brot gegessen? Tomate von meinen Lippen geleckt?

Ich schaue ihn an.

Seine Augenlider sind schwer, als würde ich mehr tun, als nur zu essen, um ihn zu verführen.

Was soll der Scheiß?

Ich werfe einen kurzen Blick auf Octomom, um zu sehen, ob sie es bemerkt hat.

Octomom hat ein Stück Brot in der Hand, aber irgendetwas stimmt mit ihrer Körperhaltung nicht. Sie ist in ihrem Stuhl zusammengesackt, fast so als ob …

Nein. Bitte nicht.

Ich hebe das metallene Tischtuch an und benutze mein Handy als Taschenlampe.

Für eine Sekunde weigere ich mich, den Informationen zu glauben, die meine Augen an mein Gehirn zurücksenden, denn jedes kleine Detail fügt sich zu einem wirklich beunruhigenden Ganzen.

Octomoms Schuh ist ausgezogen, was schlecht ist. Ihr Fuß ist nackt, was noch schlimmer ist. Und es ist klar, dass sie sich den Fußfetisch zu Herzen genommen hat: Sie trägt einen tadellosen lila Nagellack, ein Knöchelarmband und einen Zehenring.

Natürlich ist das, was mein Gehirn schmerzen lässt, nicht die Verzierungen an ihrem Fuß, sondern das, was er tut – und wo.

Er reibt ein gigantisches Hosenzelt … in Tiggers Schritt.

Kapitel Fünfundzwanzig

»*M*ama!« Ich schreie so laut, dass sich die anderen Gäste in unsere Richtung drehen. »Was zum Teufel ...?«

Octomom schaut unter den Tisch, wird knallrot und zieht schnell ihren Fuß von Seiner Königlichen Härte weg.

»Es tut mir so leid«, sagt sie zu Tigger. »Ich dachte, es sei Harry.«

Wieder einmal scheint Tigger unempfindlich gegen Peinlichkeiten zu sein. »Das kann doch mal passieren«, sagt er. »Es wäre schlimmer gewesen, wenn Gia Harry mit mir verwechselt hätte.«

Großartig. Danke. Jetzt bringt mich *dieses* geistige Bild dazu, Selbstmord mit Hilfe einer Wurst begehen zu wollen.

»Nein«, sage ich streng. »Ich bin vernünftig genug, um zu wissen, dass Fußspiele nichts für den Esstisch sind. Einen Tisch in der Öffentlichkeit. Vor jemandem, den ich gerade erst kennengelernt habe.«

»Hey«, sagt Octodad, genauso streng wie ich. »Schäm dich nicht für deine Mutter.«

»Ja«, sagt Octomom, während ihre Röte nachlässt. »Du solltest froh sein, dass deine Eltern ein tolles Sexleben haben.«

Ich schaue zu Tigger.

Er scheint auf ihrer Seite zu sein.

Ich atme ein paarmal tief durch und sage: »Sorry. Ich wollte niemanden beschämen. Ich freue mich für euch. Haltet einfach in Zukunft alle eure Anhängsel von meinem Mann fern.«

Als Tigger hört, dass ich ihn *mein Mann* nenne, grinst er mich frech an.

Octomom zwinkert ihrem Mann zu. »Sie ist eifersüchtig. Definitiv kein vorgetäuschter Freund.«

Ich stopfe mir den Mund mit Tomatentoast voll, bevor ich etwas sage, was ich vielleicht bereue.

»Ja, er ist echt«, sagt Octodad. »Erst der eine Zwilling, jetzt der andere. Das ist das karmische Gleichgewicht. Ist die Liebe nicht großartig?«

Ist er auf Ecstasy? Vielleicht sind sie es beide? Das könnte einige Dinge erklären.

»Lass es uns wissen, wenn du jemals einen Sex-Rat brauchst«, sagt Octomom völlig ernst zu Tigger. »Wir beide haben jahrzehntelange Erfahrung. Wir sind der Meinung, dass jeder die besten, verrücktesten und tantrischen Orgasmen haben sollte, die er erreichen kann.«

Ich verschlucke mich fast an meinem Brot.

»Danke«, sagt Tigger im gleichen Tonfall. »Ich könnte dich beim Wort nehmen.«

Tomatenkrümel aus meiner Luftröhre hustend, quetsche ich heraus: »Oder wir schaffen es alleine.«

Octomom nickt feierlich. »Ihr sollt einfach nur wissen, dass wir euch unterstützen, wenn ihr es braucht.«

Ein schlaksiger Typ mit Gummibändern an seinen dünnen Handgelenken kommt an unseren Tisch. »Guten Abend, Leute. Mein Name ist DJ. Ich bin Ihre Unterhaltung für heute Abend.«

Ah. Richtig. Ein weiterer Grund, warum ich dieses Restaurant mag, ist, dass sie Zauberer anstellen, die von Tisch zu Tisch gehen. Obwohl das nicht mein Stil ist, unterstütze ich gerne meine Mitstreiter bei der Täuschung, und es gibt immer eine kleine Chance, dass mich jemand tatsächlich täuscht.

»Sind Sie ein Magier?«, fragt Octomom ihn.

»Ja, Ma'am«, sagt er.

»Meine Tochter auch.« Sie nickt mir zu.

DJ schaut mich skeptisch an. »Das ist schön.«

Octodad grinst DJ an. »Sind Sie genauso leidenschaftlich bei Ihrer Kunst wie unsere Gia?«

DJ verlagert sein Gewicht von einem Fuß auf den anderen. »Sicher.«

Octodad lächelt. »Ich bewundere Menschen, die ihrer Leidenschaft folgen. Magie gibt den Menschen ein gutes Gefühl. Wenn man liebevolle Energie in die Welt aussendet …«

»Dad, lass den Mann seinen Trick machen«, sage ich.

DJ sieht mich stirnrunzelnd an. »Vielleicht machen *Sie* Tricks. Ich führe *Effekte* aus.«

Er ist also einer von *denen* – Magiern, die den Begriff *Trick* als abwertend empfinden. Einige meiner Mitbewohner haben die gleiche Einstellung, aber ich finde die Unterscheidung albern. Wenn die Leute nach Hause gehen und Freunden von der Magie erzählen, heißt es immer: »Ich habe sie diesen coolen Trick machen sehen«, und nie: »Ich habe sie diesen coolen Effekt machen sehen.« Sogar der Begriff *Illusion* wird von Laien selten verwendet – und *das* Wort klingt besser als *Trick*, sogar für mich.

»DJ war Ihr Name?«, fragt Tigger kalt. »Bitte achten Sie auf Ihren Ton.«

Wow. Ich bin hin- und hergerissen. Ein Teil von mir ist begeistert, dass Tigger meine Ehre verteidigt, aber ein viel größerer Teil ist genervt, weil ich auf mich selbst aufpassen kann.

»Geben wir ihm eine Chance, seine Tricks zu zeigen«, sagt Octomom mit einem Lächeln zu DJ.

»Effekte«, murmelt er, dann zieht er einen roten Schaumstoffball heraus.

Also, um mich das festhalten zu lassen. Er ist dabei, etwas zu tun, was ein Objekt beinhaltet, das einer Clownsnase ähnelt, aber er will es mit dem Begriff *Effekt* würdigen?

Ich sage nichts, denn DJ sieht schon ziemlich mürrisch aus.

Da auch alle anderen schweigen, führt er ein paar mittelmäßige Tricks auf, bei denen er seinen Ball verschwinden lässt.

Meine Eltern sehen gelangweilt aus. Ich habe so etwas für sie gemacht, als ich zehn war, und hoffentlich habe ich es besser gemacht.

Tigger schaut ungewollt beeindruckt aus, also mache ich mir im Geiste eine Notiz, etwas Magisches für ihn zu tun, was auch Bälle beinhaltet. Alle Arten von Bällen.

»Ich würde mir gerne die Hand von jemandem leihen«, sagt DJ in einem gelangweilten Tonfall.

»Nehmen Sie meine.« Ich öffne meine behandschuhte Hand.

Zögernd drückt DJ mir den *einen* Schaumstoffball in die Hand und macht eine magische Geste.

Ich habe Lust, ihn zu ärgern, und nutze diesen Moment, um ihm die Gummibänder vom Handgelenk zu klauen.

»Öffnen Sie Ihre Hand«, sagt DJ triumphierend.

Ich öffne sie, und zwei Bälle fallen heraus – wie ich erwartet habe.

Tiggers Augen weiten sich.

Ja, ich sehe definitiv viel mehr Ballaction in seiner Zukunft.

»Für meinen nächsten Effekt werde ich Karten verwenden«, sagt DJ und zieht ein Spiel aus seiner Gesäßtasche. »Ich werde Ihnen eine Technik demonstrieren, die man Palmieren nennt.« Er schaut mich abfällig an. »Vielleicht lernen Sie ja etwas.«

»Wie bitte?« Ich schaue ihn mit verengten Augen an. »Was soll das denn heißen?«

Hmm. Vielleicht war das zu unfreundlich? Karten *sind* meine Schwäche, also bin ich wohl ein bisschen empfindlich.

»Mädchen sind schlecht im Palmen«, sagt DJ. »Jeder weiß das. Ihre Hände sind zu klein.«

Oh nein, das hat er nicht gerade gesagt. Wenn Clarice hier wäre, würde sie ihn dazu bringen, dieses Kartenspiel zu essen. Sie könnte die Beste der Welt sein, wenn es um Palmieren geht – und die Tatsache, dass ihre Hände winzig sind, lässt es nur noch unmöglicher erscheinen.

»Ich wette, sie kann besser palmieren als Sie«, sagt Tigger und zieht einen faltenfreien Hundert-Dollar-Schein hervor.

»Ja«, sage ich. »Und um es für Sie einfacher zu machen, werde ich meine Handschuhe anbehalten.«

DJ schnaubt spöttisch und reicht mir die Karten. »Bitte sehr.«

Ich nehme die Karten heraus und breite sie aus, während ich sage: »Schauen wir mal, ob Sie mit einem kompletten Kartenspiel arbeiten.«

Was ich wirklich mache, ist, mir verzweifelt etwas spontan auszudenken. Dann fällt es mir ein, und ich verstecke die Kreuz vier in meiner Hand – etwas, was niemand sehen sollte, da der Trick noch nicht offiziell begonnen hat.

»Nennen Sie irgendeine Karte«, sage ich zu DJ, während ich meine Hand mit der Karte in meine

Tasche stecke und seine Gummibänder darumwickele.

»Kreuz vier«, sagt DJ, als ich meine Hand aus der Tasche hole.

»Kreuz vier?« Ich tue mein Bestes, um meine Freude nicht zu zeigen. Wie ich gehofft hatte, nannte er die unter Magiern beliebteste Karte. Jetzt ein Bluff: »Wollen Sie Ihre Meinung ändern?«

Bitte tu es nicht.

Er schüttelt den Kopf. »Ich werde diese behalten.«

Zum Glück.

»Sehen Sie mir zu, wie ich sie in meiner Hand verstecke«, sage ich und fahre mit meiner leeren Hand über das Spiel. »Haben Sie es gesehen?«

DJ rollt mit den Augen. »Sie haben nichts gemacht.«

»Ach?«, frage ich. »Und was ist, wenn ich Ihnen sage, dass ich die Kreuz vier in die Hand genommen, sie in meine Tasche gesteckt und dann Ihre Gummibänder geklaut und sie darumgewickelt habe?«

Tiggers Augen weiten sich, und sogar meine magieerfahrenen Eltern sehen beeindruckt aus.

DJs Blick wandert zu seinem Handgelenk, und er wird blass, als er sieht, dass seine Gummis fehlen.

»Wollen Sie meine Tasche überprüfen?«, frage ich.

Tigger räuspert sich. »Wenn er dich berührt, wird er seine Hand verlieren – und er braucht sie, um weiter zu palmieren.«

Ich rolle mit den Augen. »Gut. Wie wäre es, wenn du sie für ihn herausfischen würdest?«

Tigger willigt ein und hält DJ die mit Gummibändern umwickelte Karte vor das Gesicht.

DJ schnappt sich die Karte und zieht sich zurück. »Ich muss zum nächsten Tisch.«

»Ich akzeptiere Ihre Niederlage«, rufe ich ihm hinterher, als er sich auf den Weg macht.

»Das erinnert mich an die Wette, die ich neulich mit deinem Vater abgeschlossen habe«, sagt Octomom. »Er dachte, meine Beckenbodenmuskulatur sei nicht stark genug, um eine Walnuss zu knacken.«

Und einfach so ist die Freude über meinen Sieg spurlos verschwunden. Alles, was ich jetzt will, ist, dass jemand mein Gehirn desinfiziert.

»Ja«, sagt Octodad wehmütig. »Ich schulde ihr noch einen sexuellen Gefallen, weil ich verloren habe.«

Vielleicht auch meine Ohren desinfiziert?

»Möchte jemand einen Nachtisch?«, fragt der Kellner, der aus dem Nichts auftaucht und damit beweist, dass er ein besserer Magier ist, als DJ jemals sein wird.

»Ich bin satt«, sage ich, obwohl ich, selbst wenn ich hungrig wäre, dieses Gespräch nicht fortsetzen wollen würde.

»Ich bin auch zu voll«, sagt Octomom, und die Männer stimmen zu.

»Dann ist hier die Rechnung«, sagt der Kellner.

Tigger schnappt sie sich schnell. »Ich lade euch ein.«

Octomom strahlt ihn an. »Nur wenn du uns das nächste Mal zahlen lässt.«

Denkt sie, dass er bereit wäre, das zu wiederholen?

»Abgemacht«, sagt Tigger und klingt so, als ob er es ernst meint.

Jemand sollte diesem Mann einen Oscar geben. Oder, wenn es echt ist, einen Heiligenschein.

»Du musst auch die Farm besuchen«, fügt Octodad hinzu.

»Klingt gut«, sagt Tigger.

Ja, klar. Nur über meine völlig verweste Leiche.

Als Tigger bezahlt, breitet sich ein Hauch von Angst in mir aus. Während ich mich von meinen Eltern verabschiede, verpasse ich jede noch so peinliche Sache, die sie zum Abschied sagen, denn das Gefühl wächst.

Als wir die Rückfahrt antreten, kann ich die Ursache ausfindig machen.

Ich mache mir Sorgen um den Moment, wenn wir bei mir ankommen. Obwohl ich weiß, dass dies kein Date war, ist mein Parasympathikus in voller Alarmbereitschaft – als ob es ein Date gewesen wäre und es in der üblichen Katastrophe enden würde.

Als er neben meinem Haus parkt, bin ich so nervös, dass ich mich wie ein Flummi fühle.

Tigger dreht sich zu mir um. »Nur, um das klarzustellen, ich werde nicht versuchen, dich zu küssen.«

Ich blinzele ihn an, nicht sicher, ob ich erleichtert oder enttäuscht bin. »Wirst du nicht?«

»Nur wenn du es willst«, sagt er, und seine

haselnussbraunen Augen sind weich und warm.
»Denke dran, dass wir heute das ganze Training
ausfallen lassen. Wenn etwas passiert, dann nur aus
Lust und nicht aus pädagogischen Gründen.«

Ich schnalle meinen Gurt ab und verarbeite seine
Aussage.

Er trainiert mich heute nicht, aber es hört sich auch
so an, als wenn ich ihn küssen wollte, wäre er dabei.

Fuuuck. Will ich das – vorausgesetzt, ich kann es?

Zur Hölle, ja.

Vielleicht ist es die Lust, die meinen gesunden
Menschenverstand trübt, aber ich will es. Unbedingt.

Und warum nicht? Auch wenn es nur dieses eine
Mal ist, welchen besseren ersten Kuss könnte ich mir
jemals wünschen?

Er ist ein Prinz. Die einzige Möglichkeit, wie ein
Kuss noch epischer sein könnte, wäre, wenn er ein
Frosch wäre, der sich nach einem kleinen
sodomistischen Akt *in* einen Prinzen verwandelt.

Was mich zurück zu *Kann ich?* bringt. Das ist eine
Millionen-Dollar-Frage. Die Antwort ist, dass es heute
super unwahrscheinlich ist, aber was ich auf jeden Fall
noch einmal versuchen möchte, ist, ihn ohne
Handschuh zu berühren.

Das sollte doch machbar sein, oder nicht?

Tigger beobachtet mich schweigend, während ich
nachdenke, und ich kann mich des Eindrucks nicht
erwehren, dass er wie ein Raubtier aussieht, das sich
geduldig an seine Beute heranpirscht.

287

»Ich möchte deine Hände berühren«, sage ich schließlich.

»Klar.« Er streckt seine Hand wie für ein High Five aus.

Ich schüttele den Kopf. »Ich will es nicht hier machen. Ich habe schlechte Assoziationen mit Autos.«

Er nickt verständnisvoll. »Sag mir einfach, wo du dich wohler fühlen würdest, und wir gehen dorthin.«

»Mein Zimmer«, sage ich. »Aber du solltest wissen, dass ich höchstwahrscheinlich kneifen werde.«

Seine Lippen zucken. »Keine Sorge. Ich würde mich auch freuen, einfach einen weiteren Zaubertrick zu sehen.«

Ich verenge spielerisch die Augen. »Zum Beispiel, wie ich meine Kleidung verschwinden lasse?«

Sein Blick wird heiß. »Das wäre schön.«

Ich räuspere mich, weil ich plötzlich einen trockenen Hals bekomme. »Gib mir nur einen Moment. Ich muss sicherstellen, dass mein Zimmer vorzeigbar ist.«

Er begleitet mich zur Tür. »Komm und hol mich, wenn du bereit bist.«

Ich eile in mein Zimmer und verstecke ein paar Unterwäschestücke, bevor ich meine manipulierten Schuhe gegen ein exaktes Duplikat tausche, an dem ich nichts verändert habe. Dann lasse ich *The Final Countdown* in einer Schleife laufen, um eine angenehme Stimmung zu erzeugen.

Als ich zurückkomme, um Tigger zu holen, sehe ich Hannibal in die Küche gehen.

Oh nein. Das geht nicht.

Ich klopfe an Clarices Tür.

»Komm rein«, sagt sie.

Ich stecke meinen Kopf hinein und bitte sie, ihren Kater zu nehmen und ihn heute Nacht in ihrem Zimmer zu behalten.

»Warum?«, fragt sie.

»Ich nehme Tigger mit auf mein Zimmer.«

Sie klatscht aufgeregt.

Ich werfe ihr einen eisigen Blick zu. »Es versteht sich von selbst, aber ich sage es nur für alle Fälle: Halte dich von meinem Zimmer fern. Ich glaube nicht, dass zwischen uns etwas passieren wird, aber falls doch und du es vermasselst, wirst du anfangen, Abführmittel und Schlaftabletten in deinem Essen und deinen Getränken zu finden. Manchmal einzeln. Manchmal zusammen.«

Sie grinst. »Ich liebe es, wenn du mich so nett fragst.«

Ich lasse Clarice dann allein und führe vorsichtshalber ein ähnliches *Bleib-draußen*-Gespräch mit allen meinen Mitbewohnern.

Wird schon schiefgehen.

Ich gehe zurück zur Haustür und öffne sie für Tigger.

Er schaut mich an. »Keinen Schutzanzug?«

Ich zucke mit den Schultern. »Was soll das bringen? Du bist sauber.«

»Und ich werde noch sauberer sein, wenn ich mir die Hände gewaschen habe«, sagt er und grinst.

Er kennt mich so gut. Ich grinse zurück, winke ihm,

mir zu folgen, und zeige ihm den Weg zum Bad. Als er einen Moment später auftaucht, führe ich ihn in mein Zimmer.

»Siehst du, auch keine Serienmörder-Einrichtung«, sage ich, als er eintritt und sich umschaut. »Die Schaufensterpuppe ist zum Taschendiebstahltraining da, nicht, um Hautanzüge aus Ex-Freunden aufzuhängen.«

Tigger schaut Manny missbilligend an. »Du bringst also keine Dildos daran an?«

Ich schüttele den Kopf. Das ist aber eine tolle Idee. Warum ist mir das nicht eingefallen?

Tiggers Augen sind katzenhaft, als er seine Aufmerksamkeit wieder auf mich richtet. »Was jetzt?«

Ich atme beruhigend ein. Meine Handflächen schwitzen, und mein Herz hämmert gegen meinen Brustkorb.

»Streck deine Hand aus«, sage ich. »Wie neulich.«

Er willigt ein, und die sexy Anspannung seines Bizeps macht die Angst, die an meinem Magen nagt, wett.

»Ich werde deine Handfläche berühren, okay?«, sage ich.

Er nickt, und seine katzenhaften Augen hypnotisieren mich.

Ich greife nach ihm. Dieses Mal sieht es weniger wie ein High Five in Zeitlupe aus, sondern eher als würde ich E. T. und seinen glühenden Finger imitieren.

Wie beim letzten Mal halte ich inne, als mein

Finger nur noch eine Haaresbreite von seiner Hand entfernt ist, so nah, dass ich die Hitze spüre, die von seiner Handfläche ausgeht.

Verdammt.

Als ob sie einen eigenen Willen hätte, weigert sich meine verdammte Hand, sich weiterzubewegen.

Ich schließe die Augen, um meine Atmung auszugleichen.

»Du schaffst das«, sagt er sanft. »Du bist stärker, als du denkst, erinnerst du dich?«

Als sich mein rasendes Herz zu verlangsamen beginnt, mache ich mir Mut, indem ich dem Lied zuhöre.

»*We're headin' for Venus.*« *Wir sind auf dem Weg zur Venus.*

Nun, das hilft nicht wirklich weiter. Wenn Frauen von der Venus kommen, dann bin ich auf dem Weg zum Mars. Ich hätte *Eye of the Tiger* anmachen sollen. Zugegeben, die Handfläche eines attraktiven Prinzen zu berühren ist vielleicht nicht so eine große Tortur wie das, was Rocky durchmachen musste, aber es ist nah dran.

»*It's the final countdown.*«

Ja. Das ist es. Bei drei werde ich seine Handfläche berühren oder den Versuch aufgeben.

Eins.

Ich beiße die Zähne zusammen.

Zwei.

Ich öffne meine Augen.

Drei.

Ich setze meine ganze Willenskraft ein … und mein Finger berührt seine Haut.

Kapitel Sechsundzwanzig

*B*ei Houdinis Blitz ... Es ist, als ob ein Lichtbogen aus purer Elektrizität meinen Finger hinunterschießt, meine Nippel hart werden lässt und über meinen ganzen Körper schwirrt, bevor er sich warm in meinem Inneren niederlässt.

Ist Berühren immer so?

Nein. Das ist etwas Besonderes. Nur Tigger fühlt sich so an.

»Bist du okay?«, murmelt er.

Als Antwort verschränke ich meine Finger mit seinen.

Wenn ich unsere Musik heute Abend aussuchen würde, wäre Madonnas *Like a Virgin* im Moment der passendste Song.

Seine Hand ganz zu halten fühlt sich noch besser an, aber ich bin gierig. Ich will mehr.

Mit hämmerndem Herzen führe ich seine Hand zu meinem Mund und lecke seinen Finger.

Er atmet scharf ein. In seiner Hose steht Seine Königliche Härte auf Vollmast.

»Küss mich«, sage ich atemlos und überrasche mich selbst. »Bitte.«

Für einen Moment fühlt es sich so an, als ob wir gleich tanzen würden. Seine linke Hand hält immer noch meine rechte, und er legt seinen rechten Arm tief um meinen Rücken, um mich näherzuziehen.

Dann senkt er seinen Kopf, und unsere Lippen berühren sich.

Kapitel Siebenundzwanzig

*U*n. Glaub. Lich.

Seine Lippen sind weich und lecker, sein Atem warm angenehm nach Sangria riechend. Er fährt mit seiner Zunge über den Saum meiner Lippen, neckt und streichelt, und ich habe das Gefühl, dass ich vor Lust explodieren könnte.

Wie habe ich ohne das gelebt?

Meine Lippen öffnen sich, und seine Zunge wagt sich in meinen Mund, warm und glitschig und so geschickt. Mein Herzschlag beschleunigt sich weiter, und die Welt um uns herum verschwindet. Alles, was ich fühle, alles, worauf ich mich konzentrieren kann, ist er. Meine Haut brennt, mein Unterleib schmerzt vor Leere, und mein Bauch fühlt sich an, als würde jemand mit Feuerwerkskörpern die Tauben darin jagen.

Das Warten hat sich gelohnt. Ich kann mir keinen besseren ersten Kuss vorstellen.

Schwer atmend, zieht er mich näher an seinen warmen, hart-muskulösen Körper. Seine Erektion ragt in meinen Bauch, und meine Nippel drücken in seine Brust. Ich küsse ihn fast gewaltsam zurück, und mein Kopf dreht sich vor Lustüberreizung. Mein Mund fühlt sich an, als wäre er kurz davor, zu kommen, während unsere Zungen tanzen und unsere Mikrobiome verschmelzen.

Es ist vollbracht. Es gibt kein Zurück, und ich will es auch nicht. Seine Keime sind in mir, genau wie meine in ihm, und das stört mich kein bisschen.

Egal, was in der Zukunft passiert, wir werden immer einen Teil des anderen in uns tragen.

Nach einer Stunde der Glückseligkeit reißt er seine Lippen weg und legt seine große, warme Handfläche auf meine Wange. »Immer noch okay?«, fragt er, und seine Stimme ist rau vor Verlangen.

Ich berühre meine kribbelnden Lippen. »Mehr als okay.« Ich atme tief ein und rufe meinen neu gewonnenen Mut auf. »Lass uns diese blöden Klamotten loswerden.«

Seine Augen flackern vor Hitze. Ohne ein weiteres Wort zieht er sich mit militärischer Präzision aus.

Wow. Zwinkert mir Seine Königliche Härte zu?

Wenn ja, dann ist es wirklich das Auge des Tigers.

Ich dagegen schaffe es nur, meine Schuhe und Socken auszuziehen.

»Lass mich helfen«, sagt er abgehackt und schält alle Schichten von mir ab. Er lässt seinen Blick über mich schweifen, holt tief Luft, und seine Stimme wird noch rauer. »Ich sage es noch einmal: verdammt umwerfend«

Errötend fahre ich mit meiner Hand über seine Brustmuskeln und den Waschbrettbauch, so wie ich es in der VR getan habe.

Bei Houdinis Östrogen, die Art und Weise, wie sich das damals angefühlt hat, war nur eine blasse Annäherung an die Realität.

Meine Hand landet auf der echten Königlichen Härte, und mein Atem stockt. Ich habe schlechte Nachrichten für Holly und Bella: Virtuelle Realität ist scheiße im Vergleich zur Realität. Sein Schwanz fühlt sich an wie eine Stahlstange, die mit Seide umhüllt ist, nur eben warm und lebendig und höschennässend.

Tigger stöhnt zustimmend, als ich ihn verwöhne, und streichelt meine Brust.

Doppeltes Wow.

Er knetet sie.

Dreifach wow.

Er drückt sanft meine Brustwarze zusammen.

Langsam gehen mir die Wows aus.

Eine Lustwelle schießt bis in meinen Unterleib, und ich mache mir nicht mehr die Mühe, diese Realität mit der virtuellen zu vergleichen.

»Komm, gehen wir zum Bett«, sage ich und ziehe ihn an Seiner Königlichen Härte in die Richtung, in die ich will.

Wie ein Tiger, der darauf gewartet hat, sich auf eine

leckere Gazelle zu stürzen, setzt sich Tigger in Bewegung. In einer Sekunde stehe ich da und halte seinen Schwanz, in der nächsten liege ich auf dem Bett – und er in Plankenstellung über mir.

Hat er mich gerade manipuliert oder einen Zaubertrick vorgeführt, der meiner zukünftigen Show würdig ist?

Bevor ich zu Atem kommen kann, küsst er mich immer leidenschaftlicher, als ob etwas Leckeres in meinem Hals steckt.

Ich schmelze in meine Matratze, und meine Hände greifen nach den Laken.

Er lässt meine Lippen los und küsst meinen Hals. Meine Haut kribbelt von der Überfülle an Empfindungen, und die Hitze in mir wächst sekündlich, als seine Lippen zu meinen Schultern wandern, dann über mein Schlüsselbein und hinunter zu meiner rechten Brustwarze.

Bei Houdinis erogenen Zonen, soll es sich so gut anfühlen? Ich bin im Himmel, und doch ist da eine nagende Leere in meinem Unterleib, ein Bedürfnis nach etwas – und ich bin mir ziemlich sicher, dass ich dieses Etwas gegen meinen Oberschenkel drücken spüren kann.

Tigger lässt seine Aufmerksamkeit weiter an meiner Brust hinunterwandern, und für eine Sekunde ist meine Brustwarze traurig, frei zu sein.

So viel zu meiner Unterstützung der Free-the-Nipple-Bewegung.

Er knabbert sich an meinem Brustkorb hinunter, ein Gefühl, das teils kitzelt, teils köstlich ist. Als er meinen Bauchnabel passiert, vergesse ich die Brustwarze. Ich habe genug Pornos gesehen, um sein Ziel zu kennen, und ich kann nicht glauben, dass es mir passieren wird.

Aber das tut es.

Er küsst sanft mein Geschlecht, und seine Lippen sind geschmeidig mit nur einem Hauch von Zunge.

»Köstlich«, murmelt er an meinen Falten.

Bevor ich antworten kann, platziert er einen Kuss direkt auf meinem Kitzler, und mir fehlen die Worte. Alles, was ich zustande bringe, ist ein unzusammenhängendes Stöhnen, während jeder Muskel in meinem Körper sich durch die wachsende Spannung anspannt.

Er gleitet mit seiner genialen Zunge über meinen Kitzler. Einmal, zweimal, dreimal, immer weiter, mit unerträglich lustvoller Unerbittlichkeit.

Die Spannung steigert sich, und ein mächtiger Orgasmus baut sich in mir auf, während sein Lecken an Tempo zunimmt und seine Zähne sanft über meine Falten kratzen. Es fühlt sich an, als würde er mein Geschlecht verschlingen, jeden Zentimeter davon verzehren. Verwirrt frage ich mich, ob er überhaupt noch atmet.

Wenn nicht, hat das Training, das ich ihm gegeben habe, überraschende Nebeneffekte.

Keuchend schlinge ich meine Hand in sein Haar.

Ich bin kurz davor, zu kommen. Soll ich ihn wegziehen? Wäre es unhöflich, über seinen ganzen Mund zu kommen? Oder egoistisch? Ich hatte noch nicht die Möglichkeit, ihm auf irgendeine Weise Lust zu verschaffen. Das ist kein Training, also sollte es …

Zu spät.

Mit einem keuchenden Schrei komme ich und skalpiere ihn dabei fast.

Es scheint ihn nicht zu stören. Eigentlich eher das Gegenteil. Mit einem Ausdruck rein männlicher Zufriedenheit schaut er auf und murmelt: »So ist es gut, *myodik*.« Dann gibt er meiner übersensibilisierten Klitoris einen leichten Kuss und küsst danach meine Innenschenkel.

»Okay«, sage ich, als ich wieder zu Atem gekommen bin. »Jetzt mache ich das Gleiche mit dir.«

Er blickt auf seine riesige Erektion und dann wieder auf mich. »Bist du sicher?«

Ich beiße mir auf die Lippe und nicke.

Seine Augen brennen heißer. »Gut, aber benutze ein Kondom. Ich will nicht, dass du dir Sorgen um das Sperma machst.«

Zu meiner Überraschung mache ich mir darüber nicht im Geringsten Sorgen, aber ich will den Moment nicht verderben, indem ich eine Diskussion beginne. Außerdem kann ich eines meiner Kirschkondome benutzen – und meine Blowjob-Jungfräulichkeit mit Kirschgeschmack verlieren.

Langsam krabbele ich über das Bett, um das

Kondom vom Nachttisch zu holen. Nicht nur, dass sich meine Muskeln nach diesem Orgasmus wie verkochte Nudeln anfühlen, sondern dieser Moment ist nach dem anfänglichen Setup wie ein Zaubertrick. Wenn der Zuschauer auf diese Weise am Haken hängt, kann eine kleine Verzögerung den Erfolg umso durchschlagender machen.

Jepp. Tiggers Augen kleben hungrig an meinen Kurven, als ich mit dem Kondom zurückkomme.

Mein böser Plan funktioniert. Ich fahre fort, mich sinnlich zu bewegen, und verwandele den Prozess des Aufrollens des Kondoms in eine weitere neckische Verzögerung.

Seine bebenden Nasenlöcher sind meine Belohnung.

Das nächste Mal mache ich das vielleicht mit meinem Mund. Ich habe diesen Trick schon in Pornos gesehen.

Als das Kondom übergestreift ist, betrachte ich Seine Königliche Härte mit einiger Beklommenheit. Es scheint, dass dieser Kaiser in seinen neuen Kleidern noch einschüchternder aussieht.

Ich werde es trotzdem versuchen.

Ich schlinge meine Finger um den Schaft und sage: »Leg dich zurück, schließ die Augen und denke an Ruskovia.«

Seine Augen sind verengt, als sein Blick auf meinen trifft. »Oh nein, *myodik*. Ich werde zuschauen.«

Eine neue Hitzewelle läuft mir über den Rücken.

Ich schätze, dass meine Showmanship-Fähigkeiten gleich auf die Probe gestellt werden.

In Anbetracht der katzenhaften Natur des Besitzers dieser Erektion ist es am besten, ein sexy Kätzchen zu werden. Während ich den Augenkontakt aufrechterhalte, lecke ich Seine Königliche Härte vom Ansatz bis zur Eichel.

Lecker. Das ist, als würde man einen Kirsch-Jolly-Rancher lutschen ... gemacht für Godzilla.

Vulkanisches Feuer wütet in Tiggers Augen.

Ist es normal, sich während eines Blowjobs so begehrenswert zu fühlen? So mächtig?

Ich lecke Seine Königliche Härte noch einmal, und sie zuckt als Antwort, ein wirklich lustiger Rancher.

Zeit für die großen Geschütze.

Wieder einmal wünschte ich mir, es wäre *The Eye of the Tiger*, der in einer Schleife läuft anstatt *The Final Countdown*. Was ich jetzt mache, ist etwas in *Rockys* Liga.

Ich biege meinen Rücken wie in der Katzen-Yoga-Pose und wölbe ihn dann für die Kuh-Pose, bevor ich den Kopf Seiner Königlichen Härte in meinen Mund gleiten lasse.

Wow. Auf diese Weise fühlt sie sich riesig an. Wenn ich eine Kiefersperre bekomme, weiß ich, warum.

Ich ignoriere den Drang, zu würgen, und schiebe ihn tiefer.

Tiggers Augen weiten sich und ermutigen mich, noch ein bisschen tiefer zu gehen. Ich komme wieder hoch, dann wieder runter, immer und immer wieder, und genieße es, als er vor Lust zu stöhnen beginnt.

Je mehr ich das tue, desto mehr werden die Wände meiner Vagina eifersüchtig auf meinen Mund. Als ich nicht mehr gegen die Versuchung ankämpfen kann, ziehe ich mich zurück und platze damit heraus: »Ich will dich in mir haben.«

»Scheiße, ja.« Der Satz klingt wie die territoriale Herausforderung eines Tigers.

Wow. Ganz ruhig ... Tiger. Mein Herz schlägt schon jetzt in meiner Brust.

Mit einem beruhigenden Atemzug schiebe ich mich vor und spreize ihn.

Er packt meinen Arsch mit seinen kräftigen Händen und hilft mir beim Abtauchen, während ich Seine Königliche Härte in meine Öffnung führe.

Durch Houdinis seidige Hitze.

Nichts – weder Prinzregent noch irgendein anderes Objekt, das ich jemals in mir hatte – hat sich jemals so angefühlt.

Das Gefühl der Dehnung bewegt sich auf der Grenze zwischen Lust und Schmerz, aber als ich weiter nach unten und dann wieder nach oben gleite, verschiebt sich dieses Verhältnis in den Bereich der Glückseligkeit, was mich dazu bringt, ihn mit größerer Begeisterung zu reiten.

Mein Herz fühlt sich an, als würde es gleich wieder explodieren, und eine brennende Hitze kocht unter meiner Haut, während sich der Herrscher aller Orgasmen in mir zusammenbraut. Mit jedem Stoß entweicht ein immer lauter werdendes Stöhnen meinen Lippen.

Tiggers Atem wird schwerer, und er drückt meinen Hintern so fest, dass er einen Handabdruck hinterlässt. »Fuck, fühlst du dich gut an.«

Dieses tiefe Knurren ist zu viel für mich, und ich komme mit etwas, was einem Tarzan-Schrei ähnelt. Alles in mir krampft sich gleichzeitig zusammen und löst sich, und Glückseligkeit durchströmt meine Nervenenden, während ich auf ihm zusammenbreche.

Als ich auf die Erde herunterkomme, frage ich mich im Hinterkopf, ob Tarzan jemals mit einem Tiger zu tun hatte. Ich weiß, dass Mogli es getan hat. Und Pi in *Life of Pi: Schiffbruch mit Tiger*.

»So eine gute *myodik*«, sagt Tigger abgehackt.

Wenn die Idee war, mich zu ermutigen, ihn weiter zu reiten, hat es wunderbar funktioniert. Ich schiebe mich in eine sitzende Position und gleite seine Länge auf und ab, bis sich ein weiterer Orgasmus in mir aufbaut und meine Beinmuskeln zu brennen beginnen.

Als ob er mein Unbehagen spürt, führt Tigger eine weitere Version seines Manövriertricks aus. In einem Moment bin ich oben, im nächsten bin ich unter ihm – und um es noch beeindruckender zu machen, könnte ich schwören, dass Seine Königliche Härte mein Geschlecht nie verlassen hat.

Vielleicht sollten wir gemeinsam einen ganz neuen Zweig der Magie gründen – die Sexmagie. Oder eine neue Kategorie von Pornos.

Der Gedanke an Magie erinnert mich an den

ältesten Trick der Geschichte – Becher und Bälle –, also greife ich zu und nehme seine Eier in die Hand.

Er stöhnt auf und stößt tiefer in mich hinein.

Mein Gehirn ist kurz davor, einen Kurzschluss zu bekommen.

Er knabbert an meinem Hals und treibt mich weiter in den Wahnsinn, während er das Tempo seiner Stöße steigert.

Ein Stöhnen wird von meinen Lippen gerissen.

Er wird noch schneller.

Mein Stöhnen verwandelt sich in Schreie.

Seine Eier fühlen sich angespannt und voll in meiner Handfläche an. Er kommt immer näher, was gut ist. Mein Tsunami-Orgasmus ist kurz davor, Land zu erreichen.

Wir sind fast da.

Es *ist* der Final Countdown.

Als die Lustwelle über mich hereinbricht, krümmen sich meine Zehen, und ich habe nur noch genug Vernunft übrig, um *sanft* seine Eier zu drücken.

Mit einer Mischung aus Brüllen und Stöhnen dringt er tiefer in mich ein und reibt sich an mir, als sein Höhepunkt kommt und eine weitere Orgasmuswelle durch meine überempfindlichen Nervenenden zischt.

Im Nachglühen fühle ich mich, als würde ich in der Matratze versinken, und jeder Knochen in meinem Körper verflüssigt sich vor Glückseligkeit.

Mit einem zärtlichen Kuss auf meine Lippen zieht sich Tigger aus mir heraus, nimmt das Kondom ab, verknotet es und steckt es in seine Hosentasche. »Ich nehme das mit, damit der Kater es nicht bekommt.«

»Okay«, sage ich, und meine Stimme ist leicht heiser.

Vielleicht habe ich am Ende noch eine Tarzan-Imitation gemacht, ohne es zu merken.

Ein leichtes Lächeln umspielt meine Lippen. Ich fühle mich zu sehr wie eine ausgepresste Zitrone, um noch ein Gespräch zu führen. Es ist ein Wunder, dass ich noch weiß, wie man atmet.

Zurück auf dem Bett zieht Tigger meinen nudelartigen Körper in eine Löffelchenstellung und umarmt mich von hinten.

»Das war ein ernsthaftes Handberühren«, flüstert er.

Ich nicke gähnend.

Seine Worte lassen die Realität dessen, was passiert ist, glasklar werden.

Ich habe es getan. Ich hatte endlich Sex – und es war unglaublicher als alles, was ich mir vorgestellt hatte. Kein leichtes Unterfangen, denn meine Erwartungen waren sehr hoch.

Es würde mich nicht wundern, wenn ich mich jetzt in Octomom verwandeln und niemals über die Vorteile von Orgasmen schweigen würde. Sex könnte sogar besser als Magie sein – und niemand wird mir glauben, wenn ich das sage.

Als der Schlaf von mir Besitz ergreift, kann ich nicht anders, als Hoffnung zu haben. Vielleicht könnte das, was zwischen uns ist, funktionieren. Obwohl er über mir steht und mein Kunde ist, und trotz der großen Lüge, die ich ihm erzählt habe.

Schließlich war das größte Hindernis immer meine Unfähigkeit, das zu tun, was wir gerade getan haben.

Er umarmt mich fester, und ich gähne wieder.

Ja. Vielleicht *könnte* das funktionieren.

Mit einem seligen Grinsen schlafe ich ein.

Kapitel Achtundzwanzig

*J*ch wache mit meiner Wange auf einer harten, muskulösen Brust auf und habe den leckeren Duft der Meeresbrandung in der Nase.

Hmm. Was geht hier vor sich?

Oh.

Als ich mich an den Vortag erinnere, verflüchtigt sich jeder Anflug von Schläfrigkeit, als habe ihn ein großer Espresso verjagt.

Mein bequemes Kissen ist Tigger, und er ist hier, weil wir miteinander geschlafen haben, in jeder Bedeutung dieses Ausdrucks.

Bei Houdinis unangemessenem Verhalten, ich habe mit einem Kunden geschlafen … und noch dazu einem Prinzen. Ich habe mit ihm geschlafen, ohne ihm von meinem Atemtrick zu erzählen, und trotz der Bedenken, dass er mich zu besteigen nur als eine Herausforderung sehen könnte – wie ein Bergsteiger auf der Suche nach dem schwer zu erreichenden Gipfel.

»Guten Morgen«, murmelt mein Kopfkissen und schreckt mich auf. »Wie hast du geschlafen?«

Ich reibe mir die Augen. »Wie ein Stein. Und du?«

Er streckt sich wie ein Kater. »Die beste Nacht seit Jahren.«

Ich setze mich auf.

Er springt vom Bett und mimt seinen fiktiven Doppelgänger.

»Ich habe ein wichtiges Meeting um acht, also muss ich los«, sagt er, während er beginnt, sich anzuziehen. »Wenn ich fertig bin, melde ich mich bei dir.«

»Okay«, sage ich.

Wenn ich unsicher klinge, liegt das vielleicht daran, dass seine Fähigkeit, sich gleich morgens in militärischer Geschwindigkeit umzuziehen, verwirrend ist. In der Zeit, die ich brauche, um meine Füße auf den Boden zu stellen, ist er schon bereit, zu gehen.

»Wir hören uns bald?«, fragt er.

Ich nicke, immer noch ein wenig benommen.

Er küsst mich auf die Wange und geht hinaus.

Ich berühre die Wange und blinzele in den leeren Raum.

War er wirklich gerade hier?

Alles nimmt die Qualität eines feuchten Traums an.

Ich stehe auf, ziehe mich an und eile für meine Morgentoilette ins Bad. Dann kehre ich in mein Zimmer zurück und schnuppere an den Laken.

Ja. Es ist alles passiert. Ich kann immer noch seinen leckeren Duft riechen.

Ich gehe zur Eingangstür.

Ein weiterer Beweis. Sie ist nicht verschlossen.

Ich gehe in die Küche, hole mir ein paar Kellogg's Frosties und denke über die Ereignisse der letzten Nacht nach. Ich komme nicht weit, weil mein Telefon klingelt.

Ist es Tigger?

Nein. Es ist Blue. Sie will wissen, was es bei mir Neues gibt.

Ich rufe sie per Video an.

»Hey«, sagt sie und blickt in die Kamera. Wie ich hat sie eine Schüssel mit etwas in Milch Ertränktem vor sich stehen. »Was ist los, Schwesterchen?«

Ich erzähle ihr, was passiert ist, einschließlich meiner Bedenken.

»Wow«, sagt sie. »Ein Prinz, hm? Du machst keine halben Sachen, oder?«

Ich zucke mit den Schultern. »Nach dem, was ich gesagt habe, denkst du, dass das, was wir gemacht haben, ein One-Night-Stand war?«

Sie runzelt die Stirn. »Er hat gesagt, dass er sich nach seinem Treffen bei dir melden wird. Er sagte auch: Wir hören uns bald. Das klingt nicht wie etwas, was ein One-Night-Stand sagen würde.«

Da hat sie recht, aber meine Cornflakes schmecken trotzdem nach nichts. »Soll ich ihm sagen, dass meine Unterwasser-Illusion genau das war – eine Illusion?«

Sie nickt energisch. »So schnell du kannst. Du

magst den Kerl offensichtlich, und manche Menschen können ziemlich empfindlich sein, wenn es um die ganze Sache mit der Ehrlichkeit geht.«

Den Kerl *mögen*? Das ist eine Untertreibung.

Bevor ich noch etwas sagen kann, spaziert Machete, Blues Kater, ins Blickfeld der Kamera.

Oder eher blockiert er sie mit seinem gefleckten Fell.

»Husch«, sagt meine Schwester.

Hat er sie gerade angefaucht?

Ich lache. Groß und räudig, ist der gerettete Kater der perfekte Bodyguard meiner Schwester gegen das Böse, also Vögel. Ich schlug ihr vor, ihn so zu nennen, weil er Danny Trejo ähnelt, dem Schauspieler, der in dem gleichnamigen Film einen knallharten Charakter namens Machete spielt. Verglichen mit Machete ist Hannibal ein Weichei, und es ist gut, dass Tigger nicht hier ist. Für ihn wäre *diesen* Kater zu sehen, als würde ich ohne meinen Schutzanzug ein Labor für biologische Gefahrenstoffe betreten.

»Ich gehe besser die Bestie füttern«, sagt Blue, und wir legen auf.

Während ich mein Frühstück weiteresse, fühle ich mich ein wenig deprimiert.

Und was jetzt?

Es ist acht Uhr dreißig. Zu früh, als dass Tigger mit seinem Treffen fertig sein könnte, richtig? Ich sollte nicht so schnell mit seinem Anruf rechnen, oder?

Um meine Gedanken davon abzuhalten, weiter in diese Richtung zu wandern, beschäftige ich mich. Zum

Glück habe ich eine Idee für eine Illusion gehabt. Für das Publikum wird es so aussehen, als ob ich eine von einem Kerl geliehene Brieftasche in eine Handtasche verwandele – und dann wird sich herausstellen, dass sie seinem Date gehört.

Als ich die grundlegenden Schritte des Tricks ausgearbeitet habe, schaue ich auf mein Telefon.

Jetzt ist es neun. Wie lange dauern die Treffen? Eine Stunde? Länger?

Warum ruft er nicht an? Oder schickt eine SMS?

Ignoriert er mich?

Ein Teil von mir weiß, dass ich ein bisschen unvernünftig bin. Ich gebe der Tatsache die Schuld, dass Tigger mein Erster bei so ziemlich allem ist, was mit Sex zu tun hat.

Es sei denn … könnte es ein Zeichen dafür sein, dass ich mir Gefühle eingefangen habe?

Mist. Ich muss vernünftig bleiben. Ich beschäftige mich wieder mit meiner Illusion – speziell mit einem großen Problem, das ich vorhersehen kann: Die Leute werden annehmen, dass das Paar mit der Brieftasche und der Handtasche Handlanger sind, die auf meiner Gehaltsliste stehen.

Seufzend schnappe ich mir ein Mentalismusbuch aus meinem Bücherregal. Zu beweisen, dass dein Zuschauer kein Handlanger ist, ist ein großer Teil dieses Zweiges der Magie.

Bis zehn habe ich ein Verfahren gefunden, den Zuschauer zu wählen, das völlig zufällig aussehen sollte, aber es gibt immer noch nichts von Tigger.

Grrr. Ich schätze, ich werde an dem nächsten Aspekt dieser neuen Illusion arbeiten: wie man das Erscheinen der Handtasche so auffällig wie möglich gestalten kann.

Sollte ich einen coolen Feuereffekt verwenden, der spezielle Chemikalien beinhaltet?

Nein. Das könnte einen Feueralarm am Veranstaltungsort auslösen.

Ich ziehe ein weiteres Buch aus dem Regal und schaue, was ich noch tun kann – dann werde ich von einem Klingeln meines Telefons aus meiner Lektüre gerissen.

Mein Herz klopft.

Ist es Tigger?

Nein. Es ist nur eine Erinnerung an das Treffen mit Walter um elf Uhr, das ich fast vergessen hätte.

Es ist jetzt zehn Uhr dreißig, also gehe ich besser.

Das wird mir guttun. Mit einem Freund abzuhängen sollte meinen Affenverstand davon abhalten, mein Telefon nach Tiggers Nachrichten zu stalken. Und von Fragen wie: *Es ist jetzt zehn Uhr dreißig, warum hat er nicht geschrieben oder angerufen?*

Es sei denn ... sollte ich ihn selbst anrufen?

Nein. Walter wartet.

Ich ziehe mich an und mache mich auf den Weg zum Coffeeshop.

Als ich dort ankomme, sitzt Walter bereits an unserem üblichen Tisch im Freien, demselben, an dem wir Tigger und seiner königliche Härte das erste Mal begegnet sind.

»Hi«, sage ich fröhlich.

Walters Gesichtsausdruck ist düster. »Grüß dich.«

»Stimmt etwas nicht?«

Er weicht meinem Blick aus. »Ich habe neulich mit einem Kollegen gesprochen. Seine Kamera wurde in der Nähe von Crispy Mushroom illegal beschlagnahmt, nachdem er ein Foto von einem gewissen Prinzen gemacht hatte. Sagt dir das was?«

Oh. Der Paparazzi von neulich arbeitet also für das gleiche Magazin wie Walter? Das war mir nicht bewusst.

»Lass mich raten«, sage ich. »Dein Kollege hat die Frau beschrieben, die mit diesem gewissen Prinzen zusammen war, und du hast erkannt, dass ich es war?«

Er nickt. »Es ist eher so, dass mein Kumpel schon von meinem Artikel wusste, wer du bist. Ich dachte, ich hätte dich vor Anatolio gewarnt. Was machst du da?«

»Er ist nur ein Kunde«, sage ich. »Ich bringe ihm das Atmen bei.«

Walter wölbt eine Augenbraue. »Atmen?«

»Unter Wasser«, sage ich. »Er will freitauchen. Das ist übrigens inoffiziell.«

»Warum du?«, fragt er.

Ich zucke mit den Schultern. »Warum nicht ich? Du hast diesen Artikel geschrieben, erinnerst du dich? Du hast mich Amazing Hyman genannt.«

Er blinzelt mir zu. »Ich dachte, der Stunt wäre nicht echt.«

»Woher willst du das wissen?«

314

Er holt sein Telefon heraus. »Nur um das klarzustellen ... du bist nicht mit ihm zusammen?«

Ich runzele die Stirn. »Warum?«

»Darum.« Er drückt mir sein Handy in die Hand.

Ich betrachte das Bild auf dem Display. Darin steht Tigger vor einer hinreißenden blonden Frau. Er sieht aus, als hätte er gerade ihre Hand losgelassen – eine Hand, deren Ringfinger von einem Diamanten von der Größe eines Prinzregenten bedeckt ist.

Mein Magen füllt sich mit flüssigem Stickstoff. »Was soll das sein?«

»Sie ist seine Verlobte«, sagt Walter. »Sie ist auch von königlicher Abstammung aus ...«

Den Rest höre ich nicht, denn das Wort *verlobt* macht mich taub, blind und stumm zugleich.

Verlobt?

Verdammt *verlobt*?

Das kann doch nicht sein, oder? Ich meine, nachdem er getestet wurde, sagte er mir, dass er *nicht* mit allem schläft, was nicht bei drei auf den Bäumen ist. Er sagte, dass er normalerweise nur Sex hat, wenn er in einer Beziehung ist, und dass seine ständigen Reisen dem nicht förderlich sind.

Wie verträgt sich das mit *verlobt*?

Ich presse meine Hände zu Fäusten zusammen, bis sie schmerzen.

War das alles eine Lüge? Wenn er eine Verlobte hat, ist das eindeutig eine Beziehung.

Das ist so viel schlimmer als meine ursprüngliche Sorge, dass er eine männliche Hure ist. Obwohl, wenn er eine Verlobte hat, aber mit mir geschlafen hat, ist das der Beweis, dass er eine männliche Hure *ist*. Eine männliche Hure, die fremdgeht.

Aber ernsthaft, gibt es eine andere Erklärung?

Ich checke mein Handy.

Es ist elf Uhr zwanzig. Er hätte mich schon längst anrufen sollen.

Ist das ein Beweis? Ignoriert er mich jetzt, wo er bekommen hat, was er wollte?

»Geht es dir gut?«, fragt Walter, und seine Stimme erreicht mich wie aus weiter Ferne.

»Kannst du mir das Bild schicken?«, frage ich heiser.

Ich werde es ausdrucken und Tigger es essen lassen.

Oder es ihm in den Arsch schieben.

Oder jeder Katze, die ich kenne, von Hannibal bis Machete, die Grundlagen des Terrorismus trainieren.

»Es tut mir leid«, sagt Walter. »Ich kann nicht. Es wird als Teil eines Buches veröffentlicht werden und …«

Ich mache mir nicht die Mühe, mir den Rest anzuhören. Ich brauche dieses Bild, und ich habe nicht die Energie, mit ihm über journalistische Integrität zu streiten.

»Ich muss gehen«, sage ich. »Entschuldigung.«

Er sieht mich mit großen Augen an. »Also *bist* du mit ihm ausgegangen?«

»Nein. Das bin ich nicht.« Ich stehe auf und versuche, so unglücklich wie möglich auszusehen, was gar nicht viel schauspielerisches Geschick erfordert. »Kann ich eine Umarmung bekommen?«

Einen Moment lang sieht er fassungslos aus. Er weiß, dass ich bei Berührungen empfindlich bin. »Natürlich«, sagt er schließlich und umschlingt mich mit seinen spindeldürren Armen.

»Danke«, sage ich, während ich ihm sein Telefon klaue. »Das habe ich gebraucht.«

Ich stecke sein Telefon heimlich in meine Tasche und behalte im Hinterkopf, mich später dafür zu entschuldigen. Und mich zu desinfizieren.

»Natürlich«, flüstert er.

Ich ziehe mich zurück. »Es tut mir leid, dass ich die Sache so abkürze.«

»Ich verstehe«, sagt er.

Ich drehe mich auf dem Absatz um und laufe davon.

Als ich weit genug von Walter entfernt bin, nehme ich sein Telefon heraus und gebe die PIN ein, die ich vor kurzem bei ihm gesehen habe.

Puh.

Für eine Sekunde war ich besorgt, dass er ihn geändert haben könnte, aber das ist nicht der Fall. Ich bin drin.

Ich leite das Bild an mich selbst weiter, und sobald es auf meinem Handy ist, leite ich es mit einem knappen Satz an Tigger weiter:

Kannst du das erklären?

Kapitel Neunundzwanzig

M inuten, die sich wie Jahrhunderte anfühlen, vergehen ohne eine Antwort von Tigger.

Als ich nach Hause komme, bin ich genauso wütend auf mich wie auf ihn. Wie konnte ich nur jemanden so nah an mich heranlassen, wenn ich so vernünftige Vorbehalte hatte? Wie bin ich überhaupt auf die Idee gekommen, dass ich mit einem Kerl zusammen sein kann? Ich, mit all meinen Problemen?

Dann wieder sollte ich nicht so streng mit mir sein. Ich habe meine Keimangst überwunden und mit ihm geschlafen – und das ist der Lohn für meine Tapferkeit.

Arschloch.

Vor Wut schäumend, wähle ich seine Nummer.

Das Telefon klingelt und klingelt, bis die Mailbox antwortet.

»Ignorierst du meine Anrufe?«, knurre ich. »Gut.

Mach dir nicht die Mühe, zurückzurufen. Ich will dich nie wieder sehen oder mit dir sprechen.«

So. Wenn ich mich doch nur selbst von der gleichen Sache überzeugen könnte.

Ich fühle mich schmutzig, zum Teil wegen der Nachricht, die ich hinterlassen habe, aber vor allem, weil ich vorhin Walter umarmt habe, und deshalb gehe ich erst einmal duschen. Das besänftigt mich vorübergehend. Aber als ich mir frische Sachen angezogen habe, bin ich schon wieder in der Stadt der Verrückten und schimpfe mit mir selbst, weil ich bei Tigger nicht aufgepasst habe.

Da mir nichts Besseres einfällt, rufe ich Blue per Video an und erkläre die ganze Situation.

»Wow, das tut mir so leid«, sagt sie, als ich fertig bin. »Kann es sein, dass das ein Missverständnis ist?«

»Klar«, sage ich verbittert. »Und weißt du, wer das aufklären könnte? Tigger! Aber er ist nicht zu erreichen.«

»Warum schickst du mir nicht das Bild?«, sagt sie. »Ich kann das Bild durch unsere Gesichtserken-nungsdatenbank laufen lassen, um zu sehen, was ich über die Verlobte erfahren kann.«

Ich tue, was sie sagt, und beobachte sie beim Tippen auf dem Laptop.

Es klingelt an der Tür.

»Wer ist das?«, fragt sie. »Tigger?«

»Ich weiß es nicht«, sage ich, und mein Puls rast. »Lass mich nachsehen. Ich rufe dich zurück.«

Könnte es Tigger sein? Wenn ja, hat er vergessen, auf sein Handy zu schauen, bevor er zurückkam? Warum sollte er überhaupt zurück sein? Möchte er mich noch ein paarmal für Sex benutzen, bevor er zu seiner Verlobten zurückkehrt?

Wenn es das Letztere ist, könnte ich Hannibal bestechen, damit er Seine Königliche Härte beißt?

»Wer ist da?«, frage ich, als ich die Eingangstür erreiche.

»Walter«, sagt eine vertraute Stimme.

Ich öffne die Tür und schaue meinen Freund verwirrt an.

»Hey«, sagt er und tritt ein. »Nachdem du gegangen bist, habe ich mir zunehmend Sorgen gemacht, also bin ich gekommen, um nach dir zu sehen. Sorry, dass ich nicht angerufen habe – ich scheine mein Telefon verloren zu haben. Du hast es nicht gesehen, oder?«

»Nein«, lüge ich. Ich muss es so schnell wie möglich wieder in seine Tasche stecken. »Und mir geht es total gut. Wie ich schon sagte, es war nichts zwischen mir und dem Prinzen.«

Walter sieht erleichtert aus. »Wirklich nicht?«

»Wirklich, wirklich nicht. Wenn es dir nichts ausmacht, muss ich jetzt …«

»Warte einen Moment.« Walter verlagert sein Gewicht von einem Fuß auf den anderen. »Ich muss dir etwas sagen.«

Ich runzele die Stirn. »Noch mehr schlechte Nachrichten?«

Er macht einen Schritt zurück. »Nein. Nun, ich hoffe nicht.«

Ich schaue ihn erwartungsvoll an.

»Ich ... wollte dich das schon lange fragen. Willst du mal einen Kaffee mit mir trinken gehen?«

Ich sehe Walter an, als würde gleich Kaffee aus seinen Augen schießen. »Ist das nicht etwas, was wir ständig tun?«

»Dann vielleicht Abendessen?«, fragt er. »Oder Mittagessen?«

Moment mal. »Walter«, sage ich ungläubig. »Bittest du mich um ein Date?«

Er macht einen weiteren Schritt zurück und nickt verlegen.

»Du lädst mich – deine *Freundin* – zu einem Date ein? Du fragst mich, obwohl du genau weißt, wie verletzlich ich im Moment bin?«

Er macht einen weiteren Schritt zurück. »Ich dachte, du hättest gesagt, er wäre dir egal.«

»Ich habe gelogen.« Ich trete bedrohlich auf ihn zu. »War das von Anfang an dein genialer Plan? Mir offenbaren, dass der Typ, mit dem ich mich treffe, eine Verlobte hat, nur damit du mich selbst um ein Date bitten kannst?«

Ich weiß, ich schieße bis zu einem gewissen Grad auf den Boten, aber das ist mir egal. Walters Gemächt ist genauso in Gefahr wie Tiggers, wenn er hier wäre.

Walter muss etwas davon in meinem Gesicht ablesen, denn er weicht ganz in den Türrahmen zurück und dreht sich ein wenig, um besagtes Gemächt zu verstecken. »Ich wollte dich schon lange, bevor er ins Spiel kam, um ein Date bitten, eigentlich, seit wir uns das erste Mal getroffen haben, als ich dich für diesen Artikel interviewt habe.«

Ich schüttele langsam den Kopf, weil ich zu verblüfft bin, um Worte zu finden.

»Sollte ich gehen?«, murmelt er.

Ich atme tief ein. »Ja, bitte. Ich möchte mich in nächster Zeit mit *niemandem* verabreden.«

Mit niedergeschlagener Miene dreht sich Walter um und schlurft davon.

Ich kehre zu meinem hektischen Auf und Ab zurück und bin jetzt zu gleichen Teilen verwirrt und wütend, mit einem Hauch von Schuldgefühlen. Es tut fast weh, es zuzugeben, aber es scheint, als ob Tigger zu allem Überfluss auch noch recht mit Walter hatte.

Mein Freund war nicht glücklich darüber, dass wir nur Freunde sind.

Ich bleibe abrupt stehen.

Moment einmal.

Hat Walter deshalb betont, dass Tigger, und ich zitiere, *ein totaler Playboy* war? Hat er die Konkurrenz schlechtgeredet?

Das würde bedeuten, dass er nicht nur wie der Grüne Kobold aussieht, sondern auch noch von einem grünen Monster angetrieben wird.

Andererseits hat Walter Tigger nicht gezwungen, sich zu verloben. Es sei denn …

Ein Videoanruf von Blue leuchtet auf meinem Telefon auf.

»Ich habe Neuigkeiten«, sagt sie ohne Umschweife.

»Sag es mir«, knurre ich, während der Taubenschlag in meinem Bauch Purzelbäume schlägt.

Blue hält das Telefon nah an ihr Gesicht und betont jedes Wort, als sie sagt: »Das Bild ist gefälscht.«

Kapitel Dreißig

*G*efälscht?

Auch wenn meine Gedanken kurz vor ihrem Anruf in die gleiche Richtung gegangen sind, so klingt es doch ziemlich bescheuert, wenn man es laut ausspricht.

»Wie meinst du das?« Ich drehe die Lautstärke meines Handys hoch, um keine Silbe zu verpassen.

»Was ich meine, ist, dass das Bild aus einem Video extrahiert wurde, das du auf der ruskovischen Version von YouTube finden kannst. In diesem Video hat dein Freund lediglich die Hand der Blondine geküsst. Er hat ihr nie einen Ring an den Finger gesteckt. Und nach den Recherchen, die ich angestellt habe, glaube ich nicht, dass er sie vor diesem Tag getroffen hat, oder seitdem. Sie ist eine ruskovische Sängerin, und ihr die Hand zu küssen war entweder nur ein Zeichen des Respekts oder ein kleiner Flirt, der nirgendwo hinführte.«

Jedes Wort von Blue ist wie ein Schlag ins Gesicht. »Sie ist nicht von königlicher Abstammung?«, murmele ich.

»Nicht mehr als du und ich.«

»Aber der Ring ...«

»Reingephotoshoppt«, sagt sie. »Es ist gut gemacht, aber in meiner Agentur haben wir Werkzeuge, die uns solche Dinge durchschauen lassen.«

Scheiße.

Die eifersüchtige SMS, die ich Tigger geschickt habe. Und diese Voicemail. Wenn er mich vorher nicht ignoriert hat, wird er es jetzt sicher tun.

»Kommst du von hier aus alleine zurecht?«, fragt Blue. »Oder brauchst du meine Hilfe, um dich an Walter zu rächen?«

»Was meinst du damit, mich an Walter zu rächen?«, frage ich, aber ich weiß schon, was sie sagen wird.

Walter hat das getan.

Er hat ein Bild von Tigger mit Photoshop bearbeitet.

Hat eine falsche Verlobung erfunden, um uns zu trennen.

Tatsächlich hat er in den anderthalb Jahren, in denen wir uns kennen, so getan, als wäre er mein Freund, und nur auf eine Gelegenheit gewartet, sich auf mich zu stürzen – und das nicht auf die sexy Tigger-Art.

»Oh, sorry«, sagt Blue. »Ich vergaß zu erwähnen, dass er es war. Da er die Quelle des Bildes war, habe ich einen Blick auf seinen Arbeitsrechner geworfen und die Photoshop-Dateien gesehen.«

Ich beiße die Zähne zusammen. »In diesem Fall: Nein, danke. Ich werde keine Hilfe brauchen, um mich an Walter zu rächen. Vertrau mir.«

Sie nickt ernst. »Lass mich wissen, wenn du deine Meinung änderst.«

»Wird gemacht«, sage ich und lege auf.

Wenn Walter bis heute kein Freund gewesen wäre, würde ich sie mir helfen lassen – und sie könnte etwas wirklich Böses tun, wie ihn auf eine No-Fly-Liste setzen.

Nicht, dass ich viel freundlicher wäre, angesichts dessen, was er getan hat.

Ich fühle mich fast schwindlig von all den Enthüllungen und schreibe Tigger noch einmal eine SMS:

Können wir reden?

Keine Antwort.

Ich rufe ihn an und hinterlasse eine neue Voicemail. »Es tut mir leid wegen vorhin. Ruf mich an.«

Während ich darauf warte, dass Tigger zurückruft, eile ich zu meinem Computer und suche ein Bild heraus, das ich für einen besonders bösen Streich gespeichert habe – eine riesige Collage von Mikropenissen mit verschiedenen Geschlechtskrankheiten.

Würgend schicke ich das Bild an Walter. Dann entsperre ich sein Telefon und speichere das Bild lokal, bevor ich jeden in seiner Kontaktliste auswähle und ihnen die Mikropenisse mit der folgenden Bildunterschrift schicke: »Wo ist Walters?«

Ich maile dasselbe an alle, die er kennt, mit Ausnahme der Kontakte, die dieselbe Arbeits-E-Mail haben wie er – weil ich kein totales Monster bin –, und dann benutze ich die Social-Media-Apps auf seinem Telefon, um es zu twittern, auf Instagram zu posten, auf Pinterest zu pinnen und es zu seinem Profilbild auf Facebook zu machen.

Als ich eine Pause von meiner Rache nehmen, checke ich mein Handy.

Nichts von Tigger.

Wo zum Teufel ist er? Es ist jetzt Nachmittag, und sein Treffen war um acht. Jedes Treffen, egal wie lange, wäre jetzt schon vorbei – was bedeutet, dass er mir absichtlich keine Chance gibt, es zu erklären.

Anders ausgedrückt: Ich habe es vermasselt.

Kapitel Einunddreißig

*I*ch habe es total vermasselt. Tigger antwortet nicht, und ich bin mir nicht sicher, ob ich es an seiner Stelle tun würde.

Scheiße.

Bilder von unserer epischen Sexsession huschen durch meinen Kopf, gefolgt von unseren Pseudo-Dates und Trainingsübungen und allem anderen, bis ich das Gefühl habe, dass mein Kopf platzen könnte.

Na ja, Scheiß drauf.

Wenn ich es kaputt gemacht habe, kann ich es reparieren.

Wenn er mich ignorieren will, kann er das tun, während ich vor ihm stehe.

Zähneknirschend rufe ich ein Taxi.

Zielort: Das Palace Hotel.

Kapitel Zweiunddreißig

In der Lobby des Palace wimmelt es wieder von Papageien und Pfauen.

Ich sprinte zur Concierge und frage, ob ich Anatolio Cezaroff besuchen kann.

Sie schaut mich hochnäsig an. »Und Sie sind …?«

»Gia Hyman«, sage ich. »Seine Trainerin.«

Sie tippt irgendetwas in den Computer, vielleicht vergleicht sie mich mit einer *Liste zugelassener Besucher.* Sie nickt auf den Bildschirm und sagt: »Darf ich Ihren Ausweis sehen?«

Ich zeige ihr meinen Führerschein.

»Vielen Dank. Ich rufe ihn an.«

Sie wählt eine Nummer und wartet. Und wartet.

»Er scheint nicht in seinem Zimmer zu sein«, sagt sie. »Es tut mir leid.«

Scheiße. Sagt sie mir die Wahrheit – oder hat er sie gebeten, mich nicht hochzulassen? Letzteres scheint angesichts des Ausweis- und Namenswirrwarrs eher unwahrscheinlich – es sei denn, sie ist eine Lügnerin auf Magierniveau.

»Können Sie mir eine Kopie seines Zimmerschlüssels geben?«, frage ich. »Ich würde gerne hochgehen und sehen, ob es ihm gut geht.«

»Es tut mir leid«, sagt sie. »Das ist gegen unsere Regeln.«

»Kann ich wenigstens hochgehen und an seine Tür klopfen?«

»Es tut mir leid«, sagt sie und erinnert mich an die Papageien in der Nähe. »Das ist gegen unsere Regeln.«

Ich betrachte die Zimmerschlüsselkarten in der Box auf dem Tresen. Selbst mit all meinen erstaunlichen Taschendiebstahl-Fähigkeiten ist es mir nicht möglich, mir eine zu schnappen und sie für Tiggers Zimmer zu codieren, ohne dass sie es merkt.

Ich seufze. »Wenn das so ist, würde ich gerne seinen Bruder Kazimir besuchen.«

Ihre Augen weiten sich. »Erwartet er Sie?«

»Ja«, lüge ich.

»Moment.« Sie wählt eine weitere Nummer und rattert etwas auf Ruskovisch heraus. Alles, was ich ausmachen kann, ist mein Name und ihr insgesamt zweifelhafter Ton.

Was auch immer die Person am anderen Ende sagt, überrascht sie genug, um ihre Augen auf ein komisches Niveau zu weiten.

Sie richtet ihre Wirbelsäule auf und sagt: »Seine Königliche Hoheit wird Sie jetzt empfangen.«

Wow, Kaz. So richtig auf dem Powertrip? Und

werde ich diesen mächtigen Titel immer mit Tiggers Schwanz assoziieren?

Die Concierge winkt einen in der Nähe befindlichen Rausschmeißer in grellen Hosen heran und sagt etwas auf Ruskovisch.

»Hier entlang«, dröhnt der Typ mit starkem Akzent und geht los.

Ich folge ihm durch die Lobby und eine schicke Treppe hinauf. Dann biegen wir scharf rechts ab und betreten ein riesiges Theater.

Ich schaue mich neidisch um. Kaz könnte hier eine Broadway-Show veranstalten, wenn er wollte. Ich würde meinen linken kleinen Finger – und vielleicht mein linkes Ohrläppchen – dafür geben, auch nur einmal auf dieser Bühne zu zaubern.

»Was denkst du?«, fragt Kaz, der aus dem Nichts auftaucht.

Ich greife mir an die Brust und atme beruhigend ein. »Ich denke, deine Angestellten sollten dich Ihre Königliche Ninjaheit nennen.«

»Ich meinte den Veranstaltungsort«, sagt Kaz, und es gibt nicht einmal den Hauch eines Lächelns in seinem Gesicht.

Der hemdsärmelige Typ hingegen sieht kurz davor aus, mich aus dem Hotel zu schmeißen.

Okay, ich verstehe. Von nun an wird es keine Scherze mehr mit Seiner Königlichen Seriosität geben.

»Was meinst du mit ›den Veranstaltungsort‹?«, frage ich.

Kaz nickt dem Kerl im Hosenanzug leicht, aber sehr gebieterisch zu.

Der Mann verbeugt sich und weicht ein paar Schritte zurück, bevor er sich umdreht und davoneilt.

Es gibt Ehrerbietung, und es gibt das. Es scheint, als ob jemand das Thema Palace ein wenig zu ernst nimmt.

Kaz deutet zur Bühne. »Bist du nicht hier, um dir den Veranstaltungsort anzusehen?«

Ich blinzele ihn an. »Warum sollte ich?«

Er runzelt die Stirn. »Heute Morgen hat mich Tigger überzeugt, deine Show hier aufführen zu lassen. Ich dachte mir, dass es nur eine Frage der Zeit ist, bis du sehen willst, ob es akzeptabel ist.«

»Akzeptabel?« Ich taumele zurück, starre auf die Vorhänge, die Bühnenbeleuchtung, die Sitze für tausende von Menschen.

Will er mich verarschen – oder ist das echt?

»Das verstehe ich nicht«, sage ich. »Tigger hat in meinem Namen mit dir gesprochen? Heute Morgen?« Dann verstehe ich es. »Du warst sein geheimes Treffen um acht Uhr?«

»Geheim?« Seine Lippen bilden eine missbilligende Linie. »Das habe ich nicht bemerkt.«

Ich winke ab. »Das ist egal. Du hast Ja gesagt?«

Er nickt knapp. »Ich dachte, es wäre eine tolle Idee. Wir könnten hier mehr Abwechslung bei den Darbietungen gebrauchen, und Illusionen passen gut zum Thema des Hotels.«

Heiliger Houdini.

Würde ich unprofessionell aussehen, wenn ich ein paar Radschläge mache?

Ich bin sogar versucht, Kaz eine dankbare Umarmung zu geben – aber er scheint eine Person zu sein, die das noch weniger begrüßen würde als ich.

Ich kann nicht glauben, dass Tigger das für mich getan hat.

Das ist umwerfend.

Unglaublich.

Wahnsinnig.

Eigentlich nehme ich es zurück. Ich *kann* glauben, dass er das getan hat. Er hat sich immer außergewöhnlich viel Mühe für mich gegeben. Deshalb schmerzt der Gedanke, dass ich ihn verloren habe, so sehr.

Vorausgesetzt, dass ich das habe. Jetzt ist es weniger klar – zumindest insofern, als dass er diese Initiative mit seinem Bruder noch nicht abgesagt hat.

»Wo *ist* Tigger?«, frage ich. »Ich habe ihn nicht erreichen können.«

Kaz blinzelt. »Ich weiß es nicht. Unser Treffen begann erst um neun, da es einen Notfall im Hotel gab, der mich aufhielt. Nachdem wir geredet hatten, sagte er, dass er mit einigen Leuten von den Medien sprechen würde. Er denkt, dass er seine Berühmtheit nutzen kann, um Werbung für deine Show zu machen. Er hat mir nicht viele Details verraten, aber ich dachte mir, dass es etwas in der Art ist, dass du Fotos machst, wie du ihn in zwei Hälften schneidest, wie bei der klassischen Illusion.«

Hm. Schneide einen königlichen Hottie in zwei Hälften. Ich könnte das auf jeden Fall machen – und vielleicht den gleichen Trick wie bei Pen und Teller anwenden, wo ich es am Ende wie einen blutigen Unfall aussehen lasse.

»Er redet also mit den Paparazzi?«, frage ich, und meine Aufregung wird durch Vorsicht gemildert.

Selbst wenn das, was Kaz sagt, die Wahrheit ist, wie groß ist die Chance, dass er meine SMS nicht gesehen oder meine Sprachnachrichten nicht gehört hat?

Stirnrunzelnd zückt Kaz sein Handy und schaut auf das Display. »Es sind schon viele Stunden vergangen. Er sollte schon längst fertig sein.«

Das war es mit der Hoffnung.

Tigger ignoriert mich, nur nicht von seinem Hotelzimmer aus.

Kaz' Telefon klingelt in seiner Hand.

Mit einem missbilligenden Blick geht er dran. »Das bin ich.«

Was auch immer ihm jemand am anderen Ende sagt, lässt seine Gesichtszüge so stürmisch werden wie der Himmel in Mordor.

Ist das Tigger, der ihm sagt, dass er mir den Zugang zu diesem Hotel verwehren soll?

»Wann?«, knurrt Kaz.

Diese Frage passt nicht zu meiner Theorie.

Kaz drückt das Telefon in seiner Hand zusammen. »Wiederholen Sie den Namen des Krankenhauses.«

Eis überflutet meinen Magen.

Jemand redet über ein Krankenhaus. Mit Kaz.

Das Blut verlässt mein Gesicht, als ich merke, dass es eine Theorie gibt, an die ich noch nicht gedacht habe.

Was, wenn Tigger mich nicht ignoriert? Was ist, wenn er meinen Anruf nicht entgegennehmen kann, weil …

»Was ist passiert?« Kaz' Frage ist eine gebieterische Forderung.

Ich will ihm das Handy aus der Hand reißen, damit ich auch erfahre, was passiert ist.

Wenn Ausdrücke töten könnten, würde jener von Kaz den Sprecher am anderen Ende der Leitung erschlagen. »Ich bin sein verdammter Bruder. Sagen Sie mir, was …«

Er hält mit einem Knurren inne, und ich kann sehen, dass er kurz davor ist, sein Telefon in Stücke zu schlagen.

»Sie haben aufgelegt«, sagt er und starrt ungläubig auf das Gerät. »Ihnen hat meine verdammte Wortwahl nicht gefallen.«

»Was ist passiert?«, schreie ich und widerstehe nur knapp dem Drang, die Informationen aus ihm herauszuwürgen.

Er blickt mich an. »Es ist Tigger. Er ist im Krankenhaus.«

Kapitel Dreiunddreißig

»Was?«, rufe ich aus. »Was ist passiert? Hat er …«

»Der Wichser am Telefon wollte es mir nicht sagen«, knurrt Kaz. »Ich soll persönlich vorbeikommen. Irgendwas mit Identitätsnachweis.«

Eine seltsame Taubheit überkommt mich. »Welches Krankenhaus?«

Er erzählt es mir, und es klingt vertraut.

Sehr vertraut.

»Eine Freundin von mir war gerade mit einer allergischen Reaktion dort«, sage ich unsicher. »Gehen wir.«

»Richtig. Gehen wir.« Mit zusammengebissenem Kiefer schreitet er so schnell aus dem Raum, dass ich sprinten muss, um mit ihm Schritt zu halten.

Je schneller wir dort ankommen, desto besser.

»Ist Tigger auf irgendetwas allergisch?«, frage ich atemlos, als ich aufgeschlossen habe.

Kaz schüttelt den Kopf, ohne sich umzudrehen.

»Hat er die Unterwasseratmung ohne mich geübt?«

Er zuckt mit den Schultern, auch ohne sich umzudrehen.

Scheiße. Ist es möglich, dass Tigger ertrunken ist? Das würde mich mitschuldig machen ...

Nein. Das ergibt keinen Sinn. Der Pool ist in diesem Hotel, und wenn er sich hier verletzt hätte, wüsste Kaz es. Was auch immer passiert ist, muss geschehen sein, nachdem Tigger in meinem Namen mit den Medien gesprochen hat.

Ein Schreckensszenario kommt mir in den Sinn, als ich mir vorstelle, wie er in seinem verfluchten Lambo fährt. Mit der Art, wie er fährt, würde er bei einem Unfall vielleicht nicht einmal überleben.

Nein.

Bitte lass es nicht das sein.

Alles andere als das.

Wir erreichen den Korridor, und Kaz bellt seinen Leuten Befehle zu wie ein General auf dem Schlachtfeld.

Umgehend kreischen draußen die Reifen einer Limousine.

»Das ist unser Wagen«, sagt Kaz knapp und eilt hinaus.

Sobald wir eingestiegen sind, schießt die Limousine los.

Durch den Dunst der Panik kommt mir eine Idee, und ich ziehe mein Handy heraus, um Blue anzurufen.

Kaz wirft mir einen missbilligenden Blick zu.

»Meine Schwester kann uns vielleicht helfen, zu erfahren, was passiert ist«, erkläre ich ihm, während der Anruf aufgebaut wird.

»Hey«, sagt Blue. »Hast du …«

»Keine Zeit für Höflichkeiten. Ich brauche dringend Hilfe.«

»Was gibt's?«

»Tigger ist im selben Krankenhaus, in dem Clarice neulich war. Sie haben uns nicht gesagt, was mit ihm passiert ist. Kannst du das herausfinden?«

»Natürlich«, sagt sie. »Ich rufe dich gleich zurück.«

Ich lege auf und erkläre Kaz die Situation, dessen Gesichtsausdruck danach nicht mehr missbilligend ist.

»Danke«, sagt er gerade, als die Limousine quietschend zum Stehen kommt.

Wir eilen hinaus, und Kaz steuert auf den bekannten Krankenhauseingang zu.

Ich folge ihm, bis ich die automatischen Türen erreiche.

Die Türen gleiten auf.

Er stürmt hinein, aber meine Füße bewegen sich nicht mehr.

Scheiße.

Nicht das schon wieder.

Kapitel Vierunddreißig

Ich bereite mich psychisch darauf vor, hineinzugehen.

Tigger ist dort drin. Er könnte auf seinem Sterbebett liegen.

Warum kann ich nicht nur dieses eine Mal normal sein? Warum brauche ich einen Schutzanzug, um ein Krankenhaus zu betreten?

Eigentlich hat beim letzten Mal nicht einmal der Anzug geholfen.

Ich bin nicht nur die schlechteste Freundin für meine Mitbewohnerinnen, ich bin auch die beschissenste Freundin aller Zeiten für Tigger – und ja, ich habe mich gerade zu seiner Freundin hochgestuft, um das sagen zu können.

Wie wäre es mit nur einem Schritt?

Ich setze meine Füße in Bewegung und schlurfe ein paar Zentimeter in Richtung Tür.

Okay, so weit bin ich noch nie gekommen, aber ich bin immer noch nicht drin.

Kaz kommt zurück und hält eine chirurgische Maske in der Hand. »Hier.« Er wirft sie mir zu. »Ich dachte mir, dass der saubere Pool und dein Widerwille, das Krankenhaus zu betreten, zusammenhängen könnten.«

»Danke.« Dankbar greife ich nach der Maske und setze sie auf mein Gesicht.

»Ich gehe«, sagt er. »Wir sehen uns drinnen.«

Sicher. Drinnen. So einfach.

Ich balle die Fäuste.

Meine Füße bewegen sich nicht.

Ich beiße die Zähne zusammen.

Meine Füße bleiben auf dem Boden kleben.

Ich spanne meinen Schließmuskel, meine Beckenbodenmuskeln und alles andere, was sich anspannen lässt, an und mache einen Schritt.

Und noch einen.

Dann noch einen.

Bei Houdinis Immunsystem tue ich es tatsächlich.

Ich gehe über die Schwelle.

Ja!

Ich bin jetzt im Krankenhaus.

Mein nächster Schritt ist etwas sicherer. Der danach ist fast schon zuversichtlich.

Ehe ich mich versehe, bin ich auf Speedwalking – nur habe ich keine Ahnung, wohin ich gehe.

Mist.

Wo ist Kaz?

Ich schätze, ich muss zurück zur Verwaltung gehen.

Mein Telefon klingelt. Es ist eine Nachricht von Blue:

Er wurde wegen einer Lebensmittelvergiftung eingeliefert.

Ich stoße fast mit einer vorbeigehenden Krankenschwester zusammen.

Lebensmittelvergiftung? Ich wette, es war diese Schlampe Matilda mit ihrer unpasteurisierten Milch. Verdammte Kuh. Warte, ist das Body-Shaming? Nein, sie ist eine Kuh, also ist es okay. Alles, was ich weiß, ist, dass sie besser hoffen sollte, dass wir uns nie treffen, oder ich könnte ihr einfach ins Kuhgesicht schlagen. Und wenn Tigger es nicht schafft, dann esse ich ihre Leber mit ein paar verdammten Favabohnen und einem schönen Chianti.

Ich schicke Blue eine SMS zurück:

Wo ist er?

Sie antwortet sofort:

Zweiter Stock. Zimmer 2E.

Ich sprinte zum Aufzug und drücke den Knopf für die zweite Etage.

»Er sollte in Ordnung sein«, sage ich mir.

Andererseits vielleicht auch nicht. Nur die schwersten Fälle von Lebensmittelvergiftungen erfordern einen Krankenhausaufenthalt, vor allem so kurz nachdem er vollkommen gesund war.

Nein.

Er ist in Ordnung.

Das muss er sein.

Als ich den Aufzug verlasse, kommt eine neue SMS an:

Das ist seltsam. Er hat gerade ausgecheckt.

Eine Welle der Erleichterung trifft mich, hart.

Man checkt nicht aus, wenn es einem nicht gut geht.

Ich schaue den Korridor hinunter, und die Welle der Erleichterung wächst zu einem Tsunami an. Da steht Kaz mit ein paar hemdsärmeligen Bodyguard-Typen – und bei ihnen ist Tigger.

Er sieht leicht grün aus, ist aber in der Lage, selbständig zu gehen – etwas, worüber seine Entourage mit ihm zu streiten scheint.

Ich eile zu ihnen.

Als Tigger mich entdeckt, verengt er seine Augen, und ich merke, dass ich wegen der Maske schwer zu erkennen bin.

»Gia?«, fragt er.

»Ich bin es«, sage ich atemlos. »Bitte sag mir, dass es dir gut geht.«

»Mir geht es gut.« Er wirft den Jungs in den knalligen Hosen einen missmutigen Blick zu. »Jemand hat überreagiert und mich hierhergebracht. Wenn du einmal ins Koma gefallen bist, fangen alle an, dich zu behandeln, als wärst du aus Porzellan.«

Ich stürze mich auf ihn und umarme ihn. »Keine unpasteurisierte Milch mehr«, sage ich streng. »Niemals.«

Er lacht schwach. »Das ist einfach. Ich glaube nicht, dass ich jemals wieder etwas essen oder trinken möchte, was ich gestern und heute zu mir genommen habe.«

Hm. Bis jetzt verhält er sich so, als hätte er meine verrückten Nachrichten nicht bekommen.

Wenn das der Fall ist, könnte ich es so einrichten, dass er es nie erfährt.

Ich gehe in den Taschendiebmodus über und reiße ihm das Handy aus der Tasche, während ich mich entferne. »Wann ist das passiert? Ich habe versucht, dich zu erreichen.«

»Ich bin mir nicht sicher, wie lange es her ist«, sagt er. »Ich hatte noch keine Gelegenheit, auf mein Handy zu schauen, weil ich mit unangenehmen Aktivitäten beschäftigt war.« Bei der Erinnerung daran wird er noch grüner. »Sagen wir einfach, dass ich mir nie wieder *Der Exorzist* anschauen werde.«

»Sag nichts mehr.« Da wir beim Aufzug sind, rufe ich ihn für uns. »Ich bin nur froh, dass ich dich nicht verloren habe.«

So. Wenn er meine Nachrichten gehört hat, wird seine Reaktion es zeigen.

»Nein, *myodik*, so leicht wirst du mich nicht los.«

Wie ich gehofft hatte. Er weiß nichts von den Botschaften.

Wir gehen in einen überfüllten Aufzug, und ich stehe hinter allen.

Das ist meine Chance.

Ich kenne seine PIN und ich habe sein Telefon.

Ich kann das Telefon entsperren, löschen, was ich brauche, und er wird es nie erfahren.

Nur etwas hält mich auf.

Schuldgefühle.

Und nicht die leicht wegzudrückenden Schuldgefühle eines Magiers.

Diese Schuldgefühle sind von der Art, die man nur schwer ignorieren kann.

Nach allem, was Tigger für mich getan hat und wie ich für ihn empfinde, sollte ich nicht so in seine Privatsphäre eindringen. Oder ihn anlügen.

Ich will nicht, dass unsere Beziehung auf Betrug basiert.

Bei Houdinis Gewissen. Es sieht so aus, als müsste ich ihm das Telefon zurückgeben – und auch meine mangelnde Erfahrung mit dem Atmen offenbaren.

Was bedeutet, dass ich ihn immer noch verlieren könnte.

Der Fahrstuhl öffnet sich, und ich laufe in angespannter Stille durch die Krankenhauslobby, während sich die anderen auf Ruskovisch unterhalten.

Sobald wir draußen sind, sehe ich nicht nur eine, sondern zwei Limousinen.

Tigger schaut seine Gefährten in den typischen ruskovischen Hosen an. »Fahrt bitte mit Kaz.«

Sie nicken.

Großartig. Wir werden etwas Privatsphäre haben.

»Tschüss, Kasimir.« Ich nehme meine chirurgische Maske ab. »Oder sollte ich sagen: ›Auf Wiedersehen, Eure Königliche Hoheit‹?«

Zum ersten Mal seit unserer Bekanntschaft streift

ein Hauch von Lächeln die Augen des Mannes. »Nach dem heutigen Tag darfst du mich Kaz nennen.«

Tigger pfeift spöttisch. »Was für eine Ehre.«

Kaz ignoriert seinen Bruder, nickt mir höflich zu und verschwindet in seiner Limousine.

Tigger öffnet die Tür für mich. »Bereit?«

»Danke.« Mit einem Kuss auf die Wange als Ablenkung steckte ich das Telefon zurück in seine Tasche.

Nur weil ich ein Gewissen entwickelt habe, heißt das nicht, dass ich eine Heilige bin.

Als ich einsteige, kuschelt sich Tigger neben mich und bittet den Fahrer, die Trennwand hochzuziehen.

»So«, sagt er, als sie hochgefahren ist. »So sehr ich es auch zu schätzen weiß, dass du im Krankenhaus nach mir gesehen hast, bin ich mir nicht sicher, woher du das wusstest. Kaz war mein Notfallkontakt, und er hat deine Nummer nicht.«

Ich seufze. »Ich muss dir etwas sagen.«

Er neigt seinen Kopf. »Ich hatte das Gefühl, dass das der Fall sein könnte.«

Ich ziehe meinen Handschuh aus und nehme seine Hand. Das prickelnde Vergnügen seiner Berührung macht mich mutiger. »Nachdem du gegangen bist und dich eine Weile nicht gemeldet hast, dachte ich, es wäre vorbei mit uns.«

Seine Augenbrauen schießen in die Höhe. »Vorbei? Warum?«

Ich drücke seine Hand. »Ich dachte, ich wäre ein Everest.«

»Was?« Er schaut mich an, als ob besagter Berg gerade auf meinem Kopf gelandet wäre. »Wovon redest du?«

Mein Griff wird noch fester. »Ich war besorgt, dass du das Interesse an mir verlieren würdest, sobald wir Sex hatten. Du hast den Everest nie ein zweites Mal bestiegen, also dachte ich, vielleicht …«

»Stopp.« Er bedeckt meine Hand mit seiner. »Du könntest nicht falscher liegen, *myodik*. Bei dir ist es eher so, dass ich auf den Gipfel des Everest gekommen bin, dort die ruskovische Flagge gehisst und beschlossen habe, für immer zu bleiben.«

Das Taubenpärchen in meinem Bauch dreht durch. »Wenn das so ist, kannst du die Nachrichten, die ich dir hinterlassen habe, ignorieren? Da war diese Sache mit Walter und …«

Ich bleibe bei Tiggers finsterem Gesichtsausdruck stehen und beeile mich, zu erklären: »Es ist nichts passiert. Es ist nur so, dass du recht hattest. Er hat mich angemacht – aber zuerst hat er versucht, mir vorzugaukeln, dass du verlobt bist.«

»*Was?*«

Er sieht bereit aus, Walter in Stücke zu reißen, also erkläre ich, was passiert ist und wie ich mich gerächt habe.

Das scheint ihn etwas zu besänftigen. Er scheint nicht mehr bereit zu sein, einen Mord zu begehen.

»Hier.« Er entsperrt sein Telefon und reicht es mir. »Lösche, was immer du willst.«

Wow. Ich bin definitiv froh, dass ich das nicht

schon vorher heimlich gemacht habe. So ist es viel besser.

Ich säubere sein Telefon von meinen Nachrichten und gebe es ihm zurück. Jetzt kommt das wirklich Schwierige. Ich nehme all meinen Mut zusammen. »Es gibt noch eine Sache, die du wissen solltest.«

Moment, soll ich das wirklich durchziehen? Was ist, wenn er doch noch mit mir Schluss macht?

Ich muss sagen, wenn ich ein Psychopath wäre, wäre mein Leben so viel einfacher.

Er steckt das Telefon ein und sieht mich besorgt an. »Was?«

»Es geht um das Training.« Ich senke meinen Blick und betrachte die schicke Bodenmatte. »Weißt du noch, wie du dachtest, ich könnte zwanzig Minuten lang die Luft anhalten?«

Vorsichtig schaue ich auf und sehe, dass er grinst.

»Habe ich das?«

Ich verenge meine Augen. »Nun, ja. Du hast mich angeheuert, weil …«

»Ich habe dich angeheuert, um dir nahe zu sein«, sagt er. »Ich wusste, dass dein Unterwasser-Stunt nur ein Trick war. Zu deiner Verteidigung: Du hast mir nie in die Augen gesehen und das Gegenteil behauptet.«

Ich fühle mich, als wäre mir gerade eine Kuh von den Schultern genommen worden. Auch eine böse, wie Matilda.

Er wusste es.

Die ganze Zeit über wollte er nur eine Ausrede, um mit mir zusammen zu sein.

Und was für eine perfekte Ausrede. Er gab mir ein gutes Gefühl bei einer meiner Illusionen.

»Warte«, sage ich, »was ist mit dem Freitauchen in diesem See? War das nur eine Coverstory?«

Sollte ich verärgert sein, dass er *mich* angelogen hat? Nein. Das wäre mega heuchlerisch.

Er schüttelt den Kopf. »Ich *würde* das gerne eines Tages tun. Aber wenn es dir nichts ausmacht, werde ich mich von einigen echten Experten trainieren lassen, bevor ich es versuche.«

Ich grinse. »Ich bestehe darauf, dass du das tust. Der größte Teil meines Trainings drehte sich darum, dich mit so wenig Kleidung wie möglich zu sehen.«

Die Limousine hält an, und er öffnet die Tür für mich. Seine katzenhaften Augen glänzen. »Möchtest du mit hochkommen, um etwas Netflix zu schauen und zu chillen?«

»Kann Houdini ein Schloss knacken?« Ich ergreife seine Hand und springe aus dem Auto.

Wir betreten das The Palace Hand in Hand, obwohl ich das Gefühl habe, durch die Lobby zu schweben.

Was mich daran erinnert: Ich werde bald eine Show in genau diesem Hotel veranstalten. Tigger hat es möglich gemacht.

Durch den Schreck im Krankenhaus und den Rest hatte ich keine Chance, diese Tatsache vollständig zu verarbeiten, aber das tue ich jetzt – und wenn seine Hand nicht wäre, würde ich wie ein Heliumballon an der Decke schweben.

Das bringt mich auf eine Idee. Ich sollte dem

heutigen Tag eine Illusion widmen. Meine Version von einem Klassiker – dem Fliegen. Ich habe bereits einige Ideen, die stark von David Copperfields Version dieser erstaunlichen Illusion inspiriert sind.

Als wir vor der Tür seiner Suite stehen, wird mir klar, dass ich mich auf dem ganzen Weg hierher in meinen magischen Fantasien verloren habe.

Ich drehe mich um und betrachte Tiggers Gesicht.

»Du siehst schon besser aus«, sage ich und meine es. Der grüne Farbton ist spurlos verschwunden.

»Danke.« Er öffnet die Tür. »Ein Gutes hat der Ausflug ins blöde Krankenhaus wohl – eine schnellere Genesung.«

Lautes Bellen hält mich von einer Antwort ab.

Mephistopheles ist zu unseren Füßen und wedelt mit seinem Schwanz und seinem Körper mit genug Energie, um ganz Manhattan eine Woche lang zu versorgen. Caradog freut sich auch, uns zu sehen, aber sein Schwanzwedeln ist im Vergleich zu dem jüngeren Bären – ich meine Hund – sehr gemäßigt.

Der seltsame Teil dieser Begrüßung ist, dass Caradog einen Stock in seinem Maul hält. Er geht auf mich zu und stellt sich auf die Hinterbeine, und seine Körpersprache ist glasklar: *Nimm das Stöckchen, Mensch.*

»Willst du apportieren spielen?« Ich schnappe mir den Stock und schaue Tigger an. »Ist es sicher, zu werfen?«

Er grinst. »Mach es hier im Korridor. Meine Blumenarrangements sind zerbrechlich.«

Ich werfe das Stöckchen.

Caradog bewegt sich nicht, aber Mephistopheles jagt dem Stock hinterher, als würde das Schicksal der Welt davon abhängen.

Ich schaue mir den größeren Hund an. »Bringst du ihm das Apportieren bei?«

Diese intelligenten Augen hinter den Brillen scheinen zu sagen: *Jepp, apportieren.*

»Kannst du mit ihnen spielen, während ich dusche und mir die Zähne putze?«, fragt Tigger.

Ich nicke, und Tigger reicht mir ein paar Hundekekse, bevor er sich verabschiedet.

Ich werfe den Stock noch ein paarmal, dann wiederhole ich meine Münzmagie mit den Hundekeksen – zur Freude der beiden Hunde.

»Wie machst du das?«, fragt Tigger, der gerade zu mir kommt, als ich einen weiteren Keks verschwinden lasse.

»Gekonnt«, sage ich und schaue auf.

Sofort füllt sich mein Mund mit Speichel, wie bei einem pawlowschen Hund.

Tigger trägt nur ein Handtuch, und sein Unwohlsein ist nur noch eine ferne Erinnerung. In der Tat ist er der Inbegriff von Gesundheit ... und Männlichkeit.

»Das wird auf später verschoben, Jungs«, sage ich zu den Hunden.

Tigger führt mich ins Schlafzimmer, schließt die Tür ab und legt Musik auf.

Ich grinse und beginne, mich auszuziehen. »Ist das ›The Final Countdown‹?«

»Ja.« Er lässt das Handtuch fallen. »Ich dachte mir, dass es dir hilft.«

Ich zeige auf Seine Königliche Härte. »Das funktioniert besser.«

Er grinst zurück, dann zieht er mich zu sich und presst seine Lippen auf meine.

Bevor ich mich versehe, vollführt er seine magische Bewegung und legt mich im Handumdrehen auf das Bett. Er hält nur inne, um die Nacktheit Seiner Königlichen Härte mit einem Latexmantel zu bedecken, dann vereinigen wir uns, und dieses Mal sind seine Stöße langsam und bedächtig. Er bedeckt mich mit seinem Körper und verschränkt seine Finger mit meinen, wie an dem Tag, an dem ich ihn zum ersten Mal berührte, und was wir tun, fühlt sich nicht wie Sex an, sondern eher wie etwas, was mit dem Buchstaben *L* beginnt.

Wir kommen gemeinsam, und mein Orgasmus ist stärker als alle anderen am Tag zuvor zusammen. Als wir erschöpft und zutiefst zufrieden daliegen, stützt er sich auf seinen Ellenbogen und streicht mir eine Haarsträhne hinters Ohr, bevor er seine Handfläche über meine Wange streicht. Seine haselnussbraunen Augen sind weich und warm, als er murmelt: »Ich muss dir etwas sagen.«

Mein Herzschlag schießt wieder in die Höhe, das Adrenalin von vorhin strömt immer noch durch meinen Körper. »Was?«

»An dem Tag, als wir uns kennenlernten, hast du

nicht nur meinen Gürtel gestohlen«, sagt er leise. »Du hast auch mein Herz gestohlen.«

Bei Houdinis Oxytocin-Produktion.

Meine Brust fühlt sich an, als würde sie vor Freude platzen.

»Als ich heute dachte, ich hätte dich verloren, fühlte es sich an, als hätte ich den Sauerstoff verloren«, gebe ich zu und drehe meinen Kopf, um seine Handfläche zu küssen.

Das warme Glühen in seinen Augen wird intensiver. »Das liegt daran, dass du und ich zusammenpassen. Wie Lupinen und Pfingstrosen.«

»Nein«, sage ich atemlos. »Wie Zylinder und Kaninchen.«

Er nickt. »Wie Basejumping und Fallschirme.«

Ich bedecke seine Hand mit meiner. »Ich liebe dich.«

Ich hatte es mir selbst nicht eingestanden, bis ich es sagte, aber es ist wahr.

Von ganzem Herzen wahr.

»Ich liebe dich auch«, sagt er. »Du bist der einzige Berg, den ich besteigen will.«

Strahlend blicke ich auf Seine Königliche Härte, als sie neu erwacht. »Und es sieht so aus, aus wäre das nächste Mal nicht lange hin.«

Epilog

TIGGER

Die Bühne ist riesig, die größte in Ruskovia und eine der größten der Welt.

Gia macht ihre weltberühmte fliegende Illusion, und wie immer bin ich überwältigt von Ehrfurcht und Staunen.

Außerdem macht es mich wahnsinnig, dass ich keine Ahnung habe, wie sie das macht. Wir sind unter freiem Himmel, also hat sie nichts, woran sie Drähte befestigen kann, es sei denn, es gibt einen lautlosen Hubschrauber über den Wolken.

Sie behauptet auch, keine Drähte zu benutzen, und sie lügt normalerweise nicht darüber, wie sie einen Trick *nicht* macht.

Ich will ehrlich sein. Als Besitzer dieses Freizeitparks habe ich die Mitarbeiter gebeten, mir zu sagen, ob sie irgendeinen Hinweis auf einen Draht oder eine andere Erklärung dafür sehen, wie Gia es macht, aber bis jetzt haben sie mir nichts gesagt. Das Gleiche gilt für Kaz' Hotelpersonal.

Hey, das macht mir nichts aus. Jedenfalls nicht viel.

Ich denke, wenn meine Ignoranz meine *myodik* glücklich macht, kann ich damit leben. Natürlich, wenn ich etwas auf eigene Faust herausfinde … Nun, wenn in der Liebe und im Krieg alles fair ist, dann ist auch ohne Krieg alles fair.

Gia beendet ihr letztes Kunstflugmanöver und landet anmutig auf der Bühne neben einem Zuschauer, der als Auge für den Rest des Publikums fungiert. Ihr rabenschwarzes Haar weht theatralisch um sie herum und unterstreicht den blassen Teint ihres Gesichts.

Sie lässt den Zuschauer noch einmal nach Drähten suchen und verbeugt sich anmutig vor dem größeren Publikum.

Die Zuschauer – alle hunderttausend von uns – springen auf und erweisen Gia die enthusiastischsten Standing Ovations. Der Beifall ist donnernd. Wie die anderen klatsche ich so heftig, dass mir die Handflächen wehtun, und sogar meine Eltern, die neben mir sitzen, klatschen einige Male widerwillig.

Ich kann nicht in Worte fassen, wie sehr ich diese Frau liebe. Ich habe mich sofort in sie verliebt. Als sie meinen Gürtel stahl, war es wie in diesem Bryan-Adams-Song: *I was seeing my unborn children in her eyes... and she was one of those tiger moms to my tiger dad.*

Als sich die Aufregung legt und der Vorhang fällt, eile ich hinter die Bühne.

Gia begrüßt mich mit einem leidenschaftlichen

Kuss. Seit unserem ersten gemeinsamen Mal ist sie völlig sorgenfrei, wenn es um den Austausch von Körperflüssigkeiten mit mir geht. Sie ist sogar begierig darauf.

Wie es in ihrer Nähe üblich ist, ist mein Schwanz – oder meine Königliche Härte, wie sie ihn genannt hat – voll erigiert und reagiert damit auf ihre schlanken Kurven. Mit ihrer Porzellanhaut, den dunklen Haaren, den blauen Augen und dem schwarzen Lederoutfit erinnert sie mich an die sexyeste Vampirin aller Zeiten, und obwohl ich ihr das nie gesagt habe, war ich schwer verknallt in Kate Beckinsale in *Underworld*.

Ich rücke meine Erektion so gut ich kann zurecht. »Eine weitere großartige Show.«

Sie strahlt mich an. »Findest du das wirklich?«

»Oh ja. Und das Beste ist, dass ich gemerkt habe, dass meine Eltern keine Ahnung haben, wie du irgendetwas davon gemacht hast. Ich bin mir sicher, dass ihnen das gar nicht gefallen hat.«

Ihr Grinsen wird verschlagen. »Glaubst du, sie werden die ruskovische CIA beauftragen, meine Geheimnisse herauszufinden?«

»Ich würde es ihnen zutrauen.« Auch keine schlechte Idee. Vielleicht könnte ich das tun.

Als Teil dieser Reise in mein Heimatland hat Gia den König und die Königin getroffen – und hat danach nicht mit mir Schluss gemacht, was ein Wunder ist, das den Dingen, die sie auf der Bühne tut, in nichts nachsteht.

Meine Eltern sind nicht gerade nette Menschen –

vor allem nicht zu denen, die sie als unter ihnen stehend betrachten, was so ziemlich jeder ist.

»Ich habe eine Überraschung für dich«, sage ich. »Komm, ich zeige sie dir.«

Eigentlich habe ich zwei Überraschungen: eine riesige und eine enorme.

Sie lässt sich von mir in den Raum führen, in dem die erste *Überraschung* auf sie warten sollte.

Ich öffne die Tür mit einem Schwung. »Gia, ich möchte dir einen ruskovischen Nationalschatz vorstellen. Die große, die unglaubliche … Rasputina.«

Gias Augen weiten sich, als sie die weibliche Gestalt sieht, die ähnlich gekleidet ist wie sie – keine Überraschung, denn Rasputina hatte einen großen Einfluss auf Gias Bühnenpersönlichkeit.

Ich kann mir gar nicht vorstellen, wie sich meine *myodik* gerade fühlt. Diese berühmte Magierin zu treffen ist für sie wie für mich Evel Knievel zu treffen.

»Ich bin nicht würdig«, murmelt Gia.

»Blödsinn«, sagt die andere Frau mit einem ansteckenden Lächeln. »Ich habe deine Show gesehen. Ich fühle mich geehrt, dich kennenzulernen.«

Gia schüttelt den Kopf. »Mrs. Rasputina, Sie sind …«

»Bitte, nenn mich Sasha«, sagt sie.

»Sasha.« Gia sieht aus, als würde sie das Wort schmecken und es köstlich finden. »Kann ich ein Autogramm von dir bekommen?«

Sasha kommt dem gerne nach, und ich beobachte alles ganz genau, denn ich werde nie vergessen, was

Gia einmal zu mir gesagt hat: »Wenn ich mit einer Frau schlafen müsste – mit einer Pistole am Kopf –, würde ich mit Rasputina schlafen.«

Aus diesem Grund habe ich mich dreifach vergewissert, dass es heute keine Waffen in meinem Park gibt. Ich bin zu eifersüchtig, um meine Frau mit jemand anderem schlafen zu lassen, sogar mit einer Frau.

»Also«, sagt Sasha, »du weißt, dass ich Prophezeiungen mache?«

Gia nickt. »Ja. Sie sind erstaunlich.«

Ich finde, sie sind grenzwertig gruselig. Meine Mutter hat ein Vermögen ausgegeben und dieser Frau Adelstitel verliehen, im Austausch für ihre *Prophezeiungen*, die sich meines Wissens nach immer irgendwie erfüllt haben.

Ein Blitz scheint aus Sashas Hand in ihre Augen zu schießen – offensichtlich ein Zaubertrick.

»Ihr werdet euer ganzes Leben lang zusammen sein«, sagt sie und schaut jeden von uns nacheinander an. »Und es wird eine glückliche Vereinigung sein.«

Im ersten Moment bin ich genauso verblüfft wie Gia.

Aber dann fällt mir etwas auf.

Rasputina verdirbt mir meine riesige Überraschung – die eigentlich im Ballsaal des königlichen Palastes stattfinden sollte, mit unseren Hunden, die ihre entzückenden Rollen spielen und all das.

Scheiße.

Jetzt muss ich improvisieren.

In Anbetracht der Bedeutung dieses Ereignisses, wird es vielleicht genauso unvergesslich für Gia sein, wenn nicht sogar noch mehr.

Ich ziehe ein Spielkartenetui aus meiner Tasche und sinke auf ein Knie.

Mit einem teuflischen Gesichtsausdruck lenkt Sasha Gias Aufmerksamkeit in meine Richtung.

Gia dreht sich erstarrt um und sieht so verblüfft aus, dass es schon komisch ist. »Was ist los?«

»Das hier.« Ich öffne feierlich die Kartenbox, so wie Clarice es mir beigebracht hat.

Langsam und majestätisch schwebt der Diamantring aus der Schachtel und landet auf meiner Handfläche.

Obwohl Gia wissen könnte, wie dieser Trick funktioniert, keucht sie und umklammert ihre Brust.

Ein guter Start.

Ich nehme den Ring zwischen meinen Daumen und Zeigefinger. »Gia Hyman, mit dir zusammen zu sein ist das größte Abenteuer, auf das ich mich jemals begeben habe.« Ich halte inne, um mich zu vergewissern, dass sich meine Stimme nicht auf unmännliche Art und Weise verfängt. »Ich habe den Everest bestiegen. Ich habe am Cape Fear gesurft. Ich habe einen Basejump vom Burj Khalifa gemacht. Aber nichts davon ist vergleichbar damit, deine Hand zu halten.« Sanft umfasse ich ihr Handgelenk, ziehe ihr die Bühnenhandschuhe aus und lasse den Ring über ihren

Finger gleiten. »Würdest du mir die Ehre erweisen, meine Frau zu werden?«

Gia schaut mich an, dann zum Ring, bevor sie sich zu ihrem Idol dreht. »Wusstest du, dass das passieren würde?«

Sasha zwinkert, und Gia dreht sich wieder zu mir um.

»Ja«, sagt sie und schiebt ihren Finger in den Ring. »Bei Houdinis Eiern, ja. Natürlich will ich dich heiraten.«

Ich springe auf und gebe Gia einen tiefen Kuss. Währenddessen summt Sasha Beyoncés *Put a Ring on It*.

»Ich werde eine Prinzessin sein?«, fragt Gia, als wir uns endlich voneinander lösen. »Eine verdammte Prinzessin? Ich?«

»Nein«, sage ich mit einem Grinsen. »Was mich betrifft, bist du bereits eine Königin.«

Leseproben

Danke, dass Sie *Königlich ausgetrickst* gelesen haben!
Wenn Ihnen die Geschichte von Tigger und Gia
gefallen hat, hinterlassen Sie bitte eine Bewertung.

Brauchen Sie mehr lustige Liebesromane? Dann
müssen Sie unbedingt die Familie Chortsky
kennenlernen! Lesen Sie Vlads Geschichte in *Hard Code
– Der Test*, Bellas Geschichte in *Hard Ware – Der Fremde*
und Alex' Geschichte in *Hard Byte –Der Anzug*, in der
auch Gias schrullige Zwillingsschwester Holly
vorkommt.

Um über meine zukünftigen Bücher informiert zu
werden, melden Sie sich für meinen Newsletter auf
www.mishabell.com/de/.

Misha Bell ist eine Zusammenarbeit zwischen dem
Ehepaar Dima Zales und Anna Zaires, einem

Autorenteam. Wenn sie nicht gerade als Misha für Aufregung sorgen, schreibt Dima Science-Fiction und Fantasy, und Anna schreibt düstere und zeitgenössische Romance. Werfen Sie einen Blick in *Wall Street Titan – Der Börsenhai* von Anna Zaires, um mehr heiße Milliardäre zu erleben!

Blättern Sie für einen Auszug aus *Hard Byte –Der Anzug* und *Wall Street Titan – Der Börsenhai* um!

Auszug aus Hard Byte - Der Anzug
von Misha Bell

Es ist allgemein bekannt, dass ein alleinstehender Mann, der Gesichtsbehaarung hat, sich rasieren will. Und Aufräumen. Und ein falsches Date braucht.

Mein Name ist Holly Hyman. Ich liebe Ordnung und Primzahlen – und ich stecke in Schwierigkeiten. Die Firma, für die ich arbeite, ist im Umbruch, und zwar auf eine Weise, die mir nicht gefällt. Unser neues Management? Alex Chortsky, ein gutaussehender, ungepflegter russischer Teufel. Unsere neue Ausrichtung? VR-Unterhaltung der prickelnden Art.

Vielleicht würde es mich nicht so sehr stören, wenn mein Lebenswerk nicht für Kinder gedacht wäre. Oder wenn ich nicht versehentlich mit einer VR-Version meines verrucht gut aussehenden Chefs rumgemacht hätte.

Die einzige Möglichkeit, mein Traumprojekt zu retten, besteht darin, einen faustischen Handel einzugehen. Eine Nacht lang muss ich vorgeben, Alex Chortskys Freundin zu sein.

Was kann da schon schiefgehen?

»Du wirst mir also nicht helfen?«

Ein satyrhaftes Grinsen erhellt seine umwerfenden Züge. »Das habe ich nicht gesagt. Ich denke, ich könnte dir helfen … gegen einen Preis.«

Jetzt geht's los.

Ich kann mir praktisch vorstellen, wie ich mir in den Finger steche und einen Vertrag unterschreibe, der mein Erstgeborenes zum Gegenstand hat.

Mein Inneres fängt an zu beben, und nicht mehr nur meine Eierstöcke. »Was willst du?«

»Noch zwei Dinge«, sagt er, und seine Stimme ist leise und tief. »Diesmal nichts Berufsbedingtes.«

Ich wusste es. Der Teufel verlangt einen Pakt – man kann seine Natur nicht verstecken.

»Was ist es?« Ich bin von mir selbst beeindruckt. Meine Stimme ist fest, und der britische Akzent ist nicht wiederaufgetaucht.

»Bella wird verrückt, weil sie wissen will, was du von dem Anzug hältst«, sagt er. »Ich möchte, dass du ihr einen vollständigen Bericht gibst. Das wird sie glücklich machen.«

Ich starre ihn mit offenem Mund an. Auf der einen Seite ist das nicht völlig unabhängig von der Arbeit, aber auf der anderen Seite ist es verrückt.

»Dafür bin ich nicht qualifiziert«, sage ich und merke, dass ich nach einem Strohhalm greife. »Ich bin nicht die Qualitätssicherung.«

»Oh, mach dir keine Sorgen«, sagt er. »Bella hat einen Fragebogen und das alles. Außerdem kann sie dich Fanny vorstellen – sie hat Erfahrung in diesen Dingen.«

Ist da jemand namens Fanny involviert? Die arme Frau. In England bedeutet das Vagina – hier in den USA bedeutet es Hintern, also auch keine tolle Assoziation.

Verflixt. Jetzt bringt mich der Teufel dazu, über Vaginas und Hintern nachzudenken.

»Was noch?«, frage ich unverbindlich.

Seine Augen glänzen. »Morgen ist der Geburtstag meines Vaters. Ich möchte, dass du mit mir zu der Feier kommst.«

Meine Atmung beschleunigt sich. »Wie ... ein Date?«

Das Grinsen kehrt zurück. »Kein richtiges Date. Ein Fake-Date. Meine Mutter versucht immer, mich mit irgendwelchen Frauen zu verkuppeln, und ich will, dass das aufhört.«

Dieses Miststück. Wie kann sie es wagen, ihn mit einer Hure zu verkuppeln? Warum ...

Wow. Das ist schnell eskaliert. Nach allem, was ich weiß, könnte seine Mutter eine reizende Dame sein.

»Kein Date.« Für meinen Geschmack sind die Worte fade.

Sollte ich nicht erleichtert sein, dass er nicht um das Erstgeborene gebeten hat – oder darum, dieses Erstgeborene zu zeugen? Außerdem, warum ist es so einfach, sich diese hypothetische Teufelsbrut vorzustellen? Sie hätte zweifellos seine himmelblauen Augen, mein ovales Gesicht, seine ...

»Also«, sagt der Teufel und reißt mich aus meinem hormonbedingten Delirium. »Warst du schon mal auf einer russischen Feier?«

Ich schüttele den Kopf.

»In einem russischen Restaurant?«

Noch ein Kopfschütteln.

»Dann kannst du dich auf was gefasst machen. Es wird tolles Essen und eine Show geben.« Er schaut mich von oben bis unten an. »Die Kleiderordnung ist allerdings ziemlich formell, also solltest du vielleicht etwas Hübsches tragen.«

Will er damit sagen, dass ich *jetzt* nichts Hübsches anhabe? Wichser. Außerdem trägt er einen Hoodie. Ein Esel schimpft den anderen Langohr?

»Gut«, knirsche ich durch die Zähne. »Ich akzeptiere deine Bedingungen.«

»Großartig. Ich schicke dir die Details per SMS.«

Wütend drehe ich mich auf dem Absatz um und gehe zur Tür.

Mit einer Geschwindigkeit, die seiner übernatürlichen Natur würdig ist, springt der Teufel auf und öffnet mir die Tür.

Die Welt davon zu überzeugen, dass er nicht existiert, scheint nicht der einzige Trick zu sein, den der Teufel auf Lager hat. Er will auch, dass ich denke, dass er ein Gentleman ist.

Verflixt. Wenn ich diesen Raum jetzt verlassen will, muss ich entweder dicht an ihm vorbeigehen oder ihn unhöflich bitten, sich zu bewegen, was ich nicht tun will.

Ich mache einen Schritt vorwärts.

Ein schwaches Aroma eines leckeren Tees dringt in meine Nasenlöcher und lässt mir das Wasser im Mund zusammenlaufen. Oolong, Keemun, vielleicht Lapsang Souchong, zusammen mit etwas unaussprechlich Männlichem.

Ein weiterer Schritt.

Unsere Blicke verschmelzen.

In meinem Bauch herrscht ein Tumult – meine verräterischen Eierstöcke versuchen zweifellos, sich gegenseitig zu erdrosseln.

Je näher ich komme, desto mehr werde ich von seinem Blick hypnotisiert.

Vielleicht sollte ich mich zurückziehen – oder doch unhöflich sein?

Das wäre klug, aber ich tue beides nicht. Wie ein zum Untergang verurteilter Stern, der von der Schwerkraft eines schwarzen Lochs gefangen ist, fühle ich mich zu ihm hingezogen – das muss der Grund sein, warum ich den Abstand verringere.

Geh, Holly.

Meine Füße fühlen sich wie mit dem Boden

verschweißt an.

Tu es nicht, Holly.

Ich stelle mich auf die Zehenspitzen.

Sein Kopf neigt sich zu mir.

———————

Besuchen Sie www.mishabell.com/de/ und bestellen Sie Ihr Exemplar von *Hard Byte –Der Anzug* noch heute!

Auszug aus Wall Street Titan - Der Börsenhai

Ein Milliardär, der eine perfekte Frau will...

Mit 35 Jahren hat Marcus Carelli alles: Reichtum, Macht und die Art von Aussehen, die Frauen atemlos machen. Als Selfmade-Milliardär leitet er einen der größten Hedgefonds an der Wall Street und kann große Unternehmen mit einem einzigen Wort vernichten. Das Einzige, was ihm fehlt? Eine Frau, die so großartig ist, wie die Milliarden auf seinem Bankkonto.

Eine Katzenfrau, die ein Date braucht ...

Die sechsundzwanzigjährige Buchhändlerin Emma Walsh weiß aus guter Quelle, dass sie eine Katzenlady ist. Sie stimmt dieser Einschätzung nicht unbedingt zu, aber es ist schwer, sie mit den Fakten zu widerlegen. Abgenutzte und mit Katzenhaar bedeckte Kleidung?

Check. Letzter professioneller Haarschnitt? Vor über einem Jahr. Oh, und drei Katzen in einem winzigen Studio in Brooklyn? Ja, definitiv.

Und ja, gut, sie hatte seit wann keinen Sex? Nun, sie kann sich nicht erinnern. Aber dieser Punkt kann geändert werden. Gibt es dafür nicht Dating-Apps?

Eine Verwechslung ...

Eine High-End-Heiratsvermittlerin, eine Dating-App, eine Verwechslung, die alles verändert ... Gegensätze können sich anziehen, aber kann das halten?

———

Ich hüpfe fast vor Aufregung, als ich mich dem Sweet Rush Café nähere, wo ich Mark zum Abendessen treffen soll. Das ist das Verrückteste, was ich seit einer Weile getan habe. Zwischen meiner Abendschicht in der Buchhandlung und seinen Kursen an der Uni hatten wir keine Chance, mehr als einige wenige Textnachrichten auszutauschen, also habe ich nur ein paar verschwommene Bilder, an denen ich mich orientieren kann. Trotzdem habe ich ein gutes Gefühl dabei.

Ich habe das Gefühl, dass Mark und ich wirklich eine Verbindung haben könnten.

Ich bin ein paar Minuten zu früh, also bleibe ich an der Tür stehen und nehme mir einen Moment Zeit, um

Katzenhaare von meinem Wollmantel zu streichen. Der Mantel ist beige, was besser ist als schwarz, aber weißes Haar ist auf allem sichtbar, was nicht reinweiß ist. Ich denke, Mark wird es nicht allzu sehr stören – er weiß, wie stark Perser haaren –, aber ich möchte für unser erstes Date trotzdem repräsentativ aussehen. Es hat etwa eine Stunde gedauert, aber ich habe meine Locken dazu bekommen, sich halbwegs gut zu benehmen, und ich trage sogar ein wenig Make-up – etwas, was so häufig passiert wie ein Tsunami in einem See.

Ich atme tief durch, betrete das Café und schaue mich um, um zu sehen, ob Mark vielleicht schon da ist.

Das Bistro ist klein und gemütlich, mit den typischen Diner-Bänken, die im Halbkreis um eine Kaffeebar angeordnet sind. Der Geruch von gerösteten Kaffeebohnen und Backwaren ist köstlich und lässt meinen Magen vor Hunger knurren. Ich wollte mich nur auf den Kaffee beschränken, aber ich beschließe, mir auch ein Croissant zu kaufen; mein Budget sollte dafür ausreichen.

Nur wenige der Tische sind besetzt; wahrscheinlich, weil es ein Dienstag ist. Ich überfliege sie, weil ich nach jemandem suche, der Mark sein könnte, und bemerke einen Mann, der allein am entferntesten Tisch sitzt. Er schaut in meine entgegengesetzte Richtung, so dass ich nur den Hinterkopf sehen kann, aber sein Haar ist kurz und dunkelbraun.

Er könnte es sein.

Ich sammele meinen Mut und nähere mich dem Tisch. »Entschuldigung«, sage ich. »Bist du Mark?«

Der Mann dreht sich zu mir um, und mein Puls schießt in die Stratosphäre.

Die Person vor mir sieht überhaupt nicht aus wie die Bilder in der App. Sein Haar ist braun, und seine Augen sind blau, aber das ist die einzige Ähnlichkeit. Die harten Gesichtszüge des Mannes sind weder rund noch scheu. Vom stahlharten Kiefer bis zur falkenartigen Nase ist sein Gesicht völlig männlich, geprägt von einem Selbstbewusstsein, das an Arroganz grenzt. Ein Hauch von Schatten verdunkelt seine schlanken Wangen, so dass seine hohen Wangenknochen noch deutlicher hervorstechen, und seine Augenbrauen sind dicke dunkle Schrägstriche über seinen stechend hellen Augen. Selbst hinter dem Tisch sitzend, sieht er groß und kräftig aus. Seine Schultern sind in seinem maßgeschneiderten Anzug unglaublich breit, und seine Hände sind doppelt so groß wie meine.

Unmöglich, dass dies der Mark von der App ist, es sei denn, er hat seit der Aufnahme dieser Fotos einen ernsthaften Trainingsmarathon im Fitnessstudio eingelegt. War das möglich? Konnte sich ein Mensch so sehr verändern? Er hatte seine Größe nicht im Profil angegeben, aber ich hatte angenommen, dass das Auslassen bedeutete, dass er höhentechnisch wie ich eher unterdurchschnittlich war.

Der Mann, den ich ansehe, ist in keiner Weise

unterdurchschnittlich, und er trägt mit Sicherheit keine Brille.

»Ich bin … ich bin Emma«, stottere ich, als der Mann mich weiterhin anstarrt, wobei sein Gesicht hart und unergründlich ist. Ich bin mir fast sicher, dass ich den falschen Kerl erwischt habe, aber ich zwinge mich trotzdem, zu fragen: »Bist du zufällig Mark?«

»Ich ziehe es vor, Marcus genannt zu werden«, antwortet er zu meiner Überraschung. Seine Stimme ist ein tiefes männliches Rumpeln, das etwas primitiv Weibliches in mir anspricht. Mein Herz schlägt noch schneller, und meine Handflächen beginnen zu schwitzen, als er aufsteht und unverblümt sagt: »Du bist nicht das, was ich erwartet habe.«

»Ich?« *Was zum Teufel ...?* Eine Welle der Wut verdrängt alle anderen Emotionen, während ich auf den unhöflichen Riesen vor mir starre. Dieses Arschloch ist so groß, dass ich mir den Hals verrenken muss, um zu ihm aufzuschauen. »Und was ist mit dir? Du siehst überhaupt nicht aus wie auf deinen Bildern!«

»Ich schätze, wir wurden beide irregeführt«, sagt er mit angespanntem Kiefer. Bevor ich antworten kann, deutet er auf den Tisch »Du kannst dich genauso gut hinsetzen und mit mir essen, Emmeline. Dann bin ich nicht umsonst den ganzen Weg hierhergekommen.«

»Ich heiße *Emma*«, korrigiere ich vor Wut kochend. »Und nein, danke. Ich werde einfach gehen.«

Seine Nasenlöcher beben, und er tritt nach rechts, um mir den Weg zu versperren. »Setz dich, *Emma*.« Er lässt meinen Namen wie eine Beleidigung klingen. »Ich werde mit Victoria reden, aber im Moment verstehe ich nicht, warum wir nicht wie zwei zivilisierte Erwachsene essen können.«

Die Spitzen meiner Ohren brennen vor Wut, aber ich rutsche in die Bank, anstatt eine Szene zu machen. Meine Großmutter hat mir von klein auf Höflichkeit beigebracht, und selbst als Erwachsene, die allein lebt, fällt es mir schwer, gegen das anzukämpfen, was sie mir beigebracht hat.

Sie würde es nicht gutheißen, wenn ich diesem Idioten mein Knie in die Eier rammen und ihm sagen würde, dass er sich verpissen soll.

»Danke«, sagt er und rutscht auf die Bank mir gegenüber. Seine Augen funkeln eisblau, während er die Speisekarte betrachtet. »Das war nicht so schwer, oder?«

»Ich weiß nicht, *Marcus*«, sage ich und betone extra den formellen Namen. »Ich bin erst seit zwei Minuten bei dir, und schon auf hundertachtzig.« Ich gebe die Beleidigung mit einem damenhaften, von meiner Großmutter genehmigten Lächeln ab, werfe meine Handtasche in die Ecke unserer Nische und nehme die Speisekarte, ohne mich zu bemühen, meinen Mantel auszuziehen.

Je eher wir essen, desto schneller kann ich hier herauskommen.

Ein tiefes Lachen erschreckt mich, und ich schaue auf. Zu meinem Entsetzen grinst der Idiot, und seine Zähne blitzen weiß in seinem leicht gebräunten Gesicht. Keine Sommersprossen, stelle ich eifersüchtig fest; seine Haut ist perfekt ebenmäßig, ohne auch nur ein einziges Muttermal auf seiner Wange. Er ist nicht im klassischen Sinn gutaussehend – seine Gesichtszüge sind zu grob dafür – aber er sieht schockierend gut aus, auf eine starke, rein männliche Art und Weise.

Zu meinem Entsetzen breitet sich eine Hitzewelle in meinem Unterleib aus, und meine inneren Muskeln ziehen sich zusammen.

Nein. Auf keinen Fall. Dieses Arschloch macht mich *nicht* an. Ich kann es kaum ertragen, ihm gegenüber am Tisch zu sitzen.

Ich knirsche mit den Zähnen, schaue in die Speisekarte und stelle mit Erleichterung fest, dass die Preise an diesem Ort tatsächlich angemessen sind. Ich bestehe immer darauf, bei Dates für mein eigenes Essen zu bezahlen, und jetzt, da ich Mark getroffen habe – Entschuldigung, *Marcus* –, würde ich es ihm auch zutrauen, mich an einen noblen Ort zu schleppen, wo ein Glas Leitungswasser mehr kostet als ein Patrón. Wie konnte ich mich bei dem Kerl so sehr irren? Offensichtlich hatte er gelogen, als er behauptet hat, in einer Buchhandlung zu arbeiten und ein Student zu sein. Zu welchem Zweck, weiß ich nicht, aber alles an dem Mann vor mir schreit Reichtum und Macht. Sein Nadelstreifenanzug schmiegt sich an seinen breitschultrigen Rahmen, als wäre er für ihn maßgeschneidert, sein blaues Hemd ist steifgebügelt, und ich bin mir ziemlich sicher, dass seine subtil karierte Krawatte von einem Designer ist, der Chanel wie ein Walmart-Label aussehen lässt.

Als mir alle diese Details auffallen, habe ich einen neuen Verdacht. Könnte mir jemand einen Streich spielen? Kendall vielleicht? Oder Janie? Sie kennen beide meinen Geschmack bei Männern. Vielleicht hat eine von beiden beschlossen, mich auf diese Weise zu einem Date zu locken – aber warum sie mich mit *ihm* zusammengebracht haben und er dem zustimmen würde, ist ein großes Rätsel.

Stirnrunzelnd schaue ich von der Speisekarte auf und betrachte den Mann vor mir. Er hat aufgehört zu grinsen und betrachtet mit gerunzelter Stirn die Speisekarte, was ihn älter aussehen lässt als die siebenundzwanzig Jahre, die auf seinem Profil angegeben sind.

Dieser Teil muss auch eine Lüge gewesen sein.

Meine Wut verstärkt sich. »Also, *Marcus*, warum hast du mir geschrieben?« Ich lege die Speisekarte auf den Tisch und starre ihn wütend an. »Besitzt du überhaupt Katzen?«

Er schaut auf, und sein Stirnrunzeln vertieft sich. »Katzen? Nein, natürlich nicht.«

Die Irritation in seinem Ton lässt mich alles über Großmutters Missbilligung darüber vergessen, ihm direkt in sein schlankes, hartes Gesicht zu schlagen. »Ist das eine Art Streich? Wer hat dich dazu angestiftet?«

»Verzeihung?« Seine dicken Augenbrauen heben sich in einem arroganten Bogen.

»Oh, hör auf, so zu tun, als seist du unschuldig. Du hast mich in deiner Nachricht angelogen, und du hast die Frechheit, mir zu sagen, dass *ich* nicht das bin, was du erwartet hast?« Ich spüre praktisch den Dampf, der aus meinen Ohren kommt. »*Du* hast *mich* angeschrieben, und ich war in meinem Profil völlig ehrlich. Wie alt bist du? Zweiunddreißig? Dreiunddreißig?«

»Ich bin fünfunddreißig«, sagt er langsam, und sein Stirnrunzeln kehrt zurück. »Emma, worüber redest ...«

»Das war's.« Ich nehme meine Handtasche am Henkel, rutsche von der Bank und stelle mich hin. Großmutter hin oder her, ich werde nicht mit einem Idioten essen gehen, der zugegeben hat, mich getäuscht zu haben. Ich habe keine Ahnung, was einen Kerl wie ihn dazu bringen würde, mit mir zu spielen, aber ich werde keine Witzfigur sein.

»Schönes Abendessen«, knurre ich, drehte mich um und gehe zum Ausgang, bevor er mir wieder den Weg versperren kann.

Ich habe es so eilig, fortzukommen, dass ich fast eine große, schlanke Brünette umrenne, die sich dem Café nähert, und den kleinen, pummeligen Typen, der ihr folgt.

Besuchen Sie www.annazaires.com/book-series/deutsch/ und bestellen Sie Ihr Exemplar von *Wall Street Titan – Der Börsenhai* noch heute!

Über den Autor

Ich liebe es, Humorvolles zu schreiben (oft die unangemessene Art), Happy Endings (beide Arten) und Charaktere, die schrullig genug sind, um als komische Käuze (genau richtig zum Fremdschämen) bezeichnet zu werden.

Wenn Sie Liebesromane mit viel Komik und Wohlfühlcharakter lieben, besuchen Sie www.mishabell.com/de/ und melden Sie sich für meinen Newsletter an.